DJ에게 보내는 편지

김 성 종

추리문학사

DJ에게 보내는 편지

DJ에게 보내는 편지　　　　차 례

1 . DJ에게 보내는 편지 ···11

2 . 지식인들의 비판에 대해 ································13

3 . 박정희의 위선과 허구 ································25

4 . 3金 청산에 대해 ― 宋 復교수의 글을 읽고서·····36

5 . 지역 감정 ― 도마뱀의 꼬리 ·····················48

6 . 언론 ― 그 기막힌 카멜레온적 변신·············61

7 . 왜 DJ를 미워하는가 ― 참으로 알다가도 모를 일···········76

8 . 정치판 ― 닥치는 대로 물어뜯는 미친개들의 세계···········89

9 . YS ― 그 미망(迷妄)의 허수아비 ··············111

10 . 종교 ― 그 거대한 카리스마·······················138

11 . 4 · 13 총선 ― 그 허수아비들의 축제 ···········149

12 . 文化 ― 그 영원한 테마·····························188

　　단편소설 。 **고독과 굴욕** ·······························235

1. DJ에게 보내는 편지

대통령에게 공개적으로 편지를 보내는데 있어서 가장 먼저 곤란을 느낀 것은 대통령을 어떻게 부르는 것이 좋을까 하는 점이었습니다. 각하라고 부르자니 아첨을 하는 것 같고, 그렇다고 대통령님이라고 하자니 발음상 너무 어색합니다. 생각 끝에 그냥 각하라고 부르기로 했으니 듣기 싫으시더라도 양해하여 주시기 바랍니다. 저 같은 일개 작가가 대통령에게 아첨할 일도 없을 뿐 아니라 제자신 그런 짓은 본능적으로 싫어하기 때문에 각하라는 호칭은 단지 발음상 편리하고 예의에 그다지 어긋나지 않는다는 생각이 들어 사용키로 한 것입니다.

이렇게 각하에게 편지를 보내게 된 것은 갑작스럽게 결정된 것은 아니었습니다. 전부터 편지를 보내고 싶었지만 그때마다 마음을 추스리면서 시국을 관망하곤 했습니다. 하지만 이제는 더 이상 보고만 있을 수가 없어, 관망만 하고 있다는 것은 현실도피 내지는 죄악이라는 생각이 들어 마침내 이렇게 감히 편지를 올리게 되었습니다.

이 글이 짧게 끝날지, 아니면 긴 글이 될지 모르겠습니다만, 혹시 좀 길어지더라도 끝까지 읽어 주시면 고맙겠습니다. 그리고 중간중간에 어쩌다 거친 표현이 튀어나오더라도 넓으신 아량으로 이해하여 주시기를 바랍니다.

2. 지식인들의 비판에 대해

2000년 1월

먼저 한국의 지식인들에 대해 이야기하고 싶습니다. 다 그런 것은 아니지만 한국의 지식인들은 대체로 권력지향적이고, 강한 자에게는 약하기 이를 데 없고 약자 앞에서는 오만할 정도로 강해 보이는, 아주 야비한 속성이 있습니다.

요즘 언론에 편승해서 뻔질나게 DJ정부를 매도하는 데 열을 올리고 있는 지식인들(대부분 대학교수들입니다만)이 바로 그런 부류에 속하는 자들이라고 생각합니다. 지식인들의 비판은 그것이 상궤를 벗어나지 않은 건전한 비판으로서 국민의 공감을 획득할 수 있을 때 그 가치가 있는 것입니다. 그러나 요즘 지상에 뻔질나게 오르내리는 몇몇 지식인들의 대정부 비판은 비판을 위한 비판, 인기를 노리는 비판, 누구나 할 수 있는 천

편일률적인 비판이라는 생각을 지울 수가 없습니다. 그와 함께 비인간적이고 잔인하다는 생각까지 듭니다. 아무리 혹독한 비판이라 하더라도 거기에는 인간적인 따뜻함이 배어 있어야 한다는 것이 저의 생각입니다.

그들의 비판을 읽고 나면 지식인으로 행세하고 있는 그들의 지식 수준에 의심이 갈 때가 한두 번이 아니고, 그때마다 분노와 함께 한숨이 흘러나오곤 합니다. 그들의 인기몰이식 비판을 듣고 있으면 마치 그들이 난마처럼 얽혀 있는 문제들을 일거에 해결할 수 있는 해결사 같은 생각이 듭니다. 그들은 마치 악마를 상대하는 것처럼 무자비하게 비판을 쏟아냅니다. 그러나 거기에는 진정한 가치가 무엇인지, 그리고 근원적인 문제가 무엇인지도 모르는 무식과 천박함이 도사리고 있습니다. 이 점을 국민들은 간과해서는 안 된다고 생각합니다. 이들 지식인들은 사회여론을 선도할 수도 있고 호도할 수도 있는 지도적인 위치에 있는 사람들이기 때문에 문제의 심각성이 더 큰 것입니다. 그들은 영향력이 크기 때문에 문제를 올바로 진단하고, 비판하고, 국민들에게 희망의 메시지를 전달해야 할 의무가 있습니다. 그러나 놀랍게도 그들에게는 문제를 올바로 진단할 수 있는 깊이도, 통찰력도 없을 뿐 아니라 국민들에게 메시지를 전달할 수 있는 어떤 철학도 없습니다. 그러니까 지도적인 위치에 있는 지식인이라는 것은 한낱 허상에 불과한 것이지요. 이런 자들이 제법 용기있는 척하면서 DJ정권을 맹비난하는 것을 보면 실로 가소롭기까지 합니다.

왜 가소로운가 하면 강자에 약하고 약자에게는 강한 그 비열한 속성이 그대로 드러나니까 하는 말입니다. 요즘 떠들어대고 있는 지식인들을 보면 하나같이 영악해서 우선 상대방이 강한지 약한지 눈치를 살피다가 안전하다 싶으면 덥석 달려들어 물어뜯는 것이 영락없이 생쥐를 닮았습니다.

박정희의 서슬이 시퍼렇던 유신시절의 지식인상을 살펴보면 생쥐 같다는 제 말이 지나친 말이 아님을 잘 아실 것입니다. 아니, 제가 이런 표현을 쓰지 않아도 그 당시, 그 암흑의 시대에 우리의 지식인들이 어떻게 변절하고 어떻게 침묵했는지, 그 누구보다도 뼈저린 체험을 통해 인지하셨을 줄 압니다. 다시 입에 올리기도 창피한 일이지만, 후세를 위해서도 암흑시대의 한국 지식인상에 대해 잠깐만이라도 언급해 두는 것이 필요하다고 생각되어 말씀드리겠습니다

유신치하라는 것이 어떤 시대였습니까? 아마 20세기 한국 역사상, 아니 20세기 세계 역사상 그와 같이 어처구니없는 폭압과 폭정의 시대는 없었을 것입니다. 그때에는 헌법을 고치자는 말만 해도 긴급조치 위반으로 체포하여 감옥에 보내지 않았습니까? 대통령을 조금 비난만 해도 국가 원수를 모독했다 해서 당장 잡아가지 않았습니까? 참 기가 막힌 시대였습니다. 그때에 비하면 지금은 정말 천국에서 살고 있는 것이나 다름없습니다. 헌법을 고치자는 말은 아무나 할 수 있고, 대통령을 아무리 욕해도 잡아가는 사람이 없습니다. 한나라당 김홍신 의원이 대통령 입을 재봉틀로 드르륵 박아야 한다고 말했지만 그는 손끝 하나 다치지 않은 채 끄떡없이 국회의원 행세를 하고 있습

니다. 유신시대라면 정말 어림없는 일이지요.

워낙 서슬이 시퍼렇던 시절이라 바른말깨나 잘한다는 사람들도 겁이 나서 숫제 입들을 다물고 있었습니다. 말좀 한다는 사람들, 이를테면 김동길 교수 같은 분은 여기저기 돌아다니면서 꽤 비판적인 강연들을 했는데, 그 내용들을 살펴보면 핵심은 건드리지 않고 구렁이 담 넘어가듯 슬그머니 비켜가서 변죽만 울리는 것이 고작이었습니다. 그러니까 당시 우리 지식인들의 용기라는 것이 겨우 그 정도에 지나지 않았고, 그 정도나마 할 수 없었던 지식인들은 마치 꿀 먹은 벙어리처럼 숫제 입들을 다물고 있었습니다. 그것이 제일 안전한 방법이었으니까요.

겁에 질려 벌벌 떨고 있는 지식인들의 모습을 한번 생각해 보십시오. 당신은 그때 감옥에서 생과 사의 갈림길에 서 계셨지요. 그 갈림길에서 지식인들의 침묵과 변절을 지켜보면서 얼마나 많은 외로움을 느끼셨습니까? 그러나 당신은 영어의 몸에서 풀려나 다시 정치생활을 시작한 뒤에도, 그 후 대통령이 된 뒤에도 과거 지식인들의 변절과 침묵에 대해서 단 한마디도 그를 탓하거나 개탄하는 말을 한 적이 없습니다. 당신의 얼굴을 보고 있으면 무엇인가 말로 표현할 수 없는 고뇌와 고독의 빛이 서려 있음을 보게 됩니다. 그 속에 아마도 지식인들의 변절과 침묵을 괴로운 심정으로 지켜보던 아픔이 그대로 깃들어 있는 것만 같아 저를 슬프게 하는군요. 겁에 질려 벌벌 떨고 있었던 것은 지식인들만이 아니었죠. 큰소리 땅땅 치던 종교인들도 비굴할 정도로 입들을 다물고 있었으니까요.

지금은 모두 고인이 되었지만, 유신시절을 이야기하니까 이숭녕 박사와 김동리 선생이 생각납니다. 이숭녕 박사는 원로 국문학자로 후학들의 추앙을 받던 분이고, 김동리 선생은 원로 작가로 한국 소설의 대부로 존경을 받던 분입니다. 그런데 어이없게도 이 두 분은 유신체제를 노골적으로 옹호하는 글들을 여기저기에 발표함으로써 그들을 따르는 많은 사람들을 실망시켰고, 전통적인 선비정신에 큰 상처와 오욕을 남겼습니다. 그러고도 세상을 떠날 때까지 원로 대접을 받았으니, 생각하면 부끄럽고 한심스러운 일이 아닐 수 없습니다. 부끄럽고 한심스러운 일이 어디 그뿐이겠습니까?

요즘 가장 한심스러운 일은 뭐니뭐니해도 박정희 신드롬이라고 할까, 박정희에 대한 향수 같은 것이 되살아나고 있는 점입니다. 여기에는 물론 언론의 공작이 큰 위력을 발휘하고 있다고 볼 수 있겠지만, 거기에 편승해서 부화뇌동하고 있는 일부 지식인들의 책임도 무시할 수 없다고 생각합니다. 보수적인 언론들, 특히 조선일보와 중앙일보는 박정희를 현대사의 수렁에서 꺼내어 더럽고 추악한 때를 벗기고 그를 우상화하는데 열을 올리고 있습니다. 조갑제 기자의 야심작인 「내 무덤에 침을 뱉어라!」가 그 대표적인 예라고 할 수 있습니다. 방대한 자료를 끝없이 늘어놓은 듯한 산만하기 짝이 없는 글은 귀중한 지면을 점령한 채 매일매일 독자들의 눈앞을 어지럽혀 왔습니다. 처음에는 야심만만하게 기획하고 시작한 연재물 같아 보였지만, 시간이 흐르면서 보니 신선감도 떨어지고 지리멸렬해지는 것 같았고, 그것을 읽는 독자들도 별로 없는 것 같았습니다. 한마디로 그것은 올바른 생각을 가지고 있는 지식인들의 조롱거리로 끝나고 말 것이라는 생각이 듭니다. 그것을 피하려면 얼른 연재를 끝내는 수밖에 없겠지요.

이른바 박정희 신드롬에서 강조되고 있는 것은 그의 경제개발입니다. 박정희가 한국의 민주화를 짓밟고 숱한 인권운동가 및 정치인들을 탄압한 것은 경제개발 과정에서 충분히 있을 수 있는 일이라는 것이 박정희를 옹호하는 지식인들의 변명 내지 주장입니다. 처음에는 변명 비슷하게 흘리다가 그것이 어느 정도 먹혀든다고 생각하자 요즘은 아예 드러내놓고 그를 영웅시하고 있습니다. 어느 신문사에서는 여기에 편승해서 지난 20세기 한국에서 가장 영향력 있는 인물을 선정 발표했는데, 1위가 박정희로 선정되었다고 크게 보도하기까지 했습니다. 그를 선정한 사람들은 대부분이 대학교수를 포함한 지식인들이었는데, 마침 박정희 신드롬이 불고 있을 때인 만큼 아주 그럴듯하게 포장된 보도라는 생각이 들었습니다. 그와 함께 지식인들의 판단이란 것이 일반 대중의 판단과 다를 게 뭐가 있느냐는 생각도 들었습니다. 지식인들이 그를 20세기의 가장 영향력 있는 인물로 선정했으니, 무지몽매한 백성들이야 결국 이렇게 생각할 수밖에 없겠지요. 박정희야말로 20세기 한국에서 가장 훌륭한 정치가였다고.

정말 그는 훌륭한 정치가였을까요? 후진국에서는 경제개발을 위해서는 국민의 자유와 기본권을 탄압해도 되는 것일까요? 박정희는 정말 경제개발을 위해 한국의 민주화를 짓밟은 것일까요?

그는 결코 훌륭한 정치가가 아니라는 것이 저의 생각입니다.

쿠데타를 일으켜 총칼로 권력을 탈취한 후 20년 가까이 온 국민을 숨도 못 쉬게 만들어 놓고, 국가를 자기 사유물인 양 마음대로 주물러댔으니, 그리고 그 때문에 전두환, 노태우로 이어진 계속된 군사독재로 한국의 민주화는 30년 가까이 정체된 채 세계사의 흐름에서 철저히 소외당했으니, 이처럼 국가 발전을 망친 그를 어떻게 훌륭한 정치가라고 할 수 있겠습니까? 그를 가난한 한국을 일으켜 세운 경제발전의 주역으로 평가하면서 영웅으로 묘사하려는 지식인들에게 저는 묻고 싶은 한마디가 있습니다. 만일 쿠데타가 일어나지 않고 장 면(張勉) 박사가 계속 집권했다면 한국은 경제발전을 할 수 없었을까요?

　장 면 박사를 생각하면 실로 안타까운 마음 금할 수가 없습니다. 지금까지도 그에 대한 평가는 제대로 나온 적이 없습니다. 단지 과도기의 혼란을 수습하지 못하고 쫓겨난 무능한 정치인이었다는 정도가 국민이 알고 있는 그에 대한 전부입니다. 이 얼마나 무지한 단견입니까?

　부패와 독재로 점철된 이승만 정권이 무너진 것은 1960년 4월이었습니다. 4·19 학생의거로 정권이 갑자기 무너지는 바람에 한국사회는 혁명의 열기와 함께 극도로 혼란에 빠졌습니다. 이 혼란 속에서 태어난 것이 장 면 정권이었습니다. 야당이 선거를 통해 정권을 쟁취한 것이 아니고 학생의거라는 물리적 힘에 의해 갑자기 정권을 떠안게 된 것입니다. 그러나 불과 1년만인 1961년 5월 박정희가 이끄는 쿠데타군에 의해 장 면 정권은 거품처럼 힘없이 꺼지고 말았습니다. 역사상 그렇게 허망하게 무너진 정권도 없을 것입니다. 미처 정권이 자리잡히기

도 전에 아닌 밤에 홍두깨식으로 갑자기 뒤통수를 얻어맞았으
니 일격에 쓰러질 수밖에 없었겠지요. 이것은 마치 맹수가 길
목에 숨어 있다가 허기에 지쳐 비틀거리고 있는 순한 사슴을
갑자기 달려들어 물어 죽이는 것과 조금도 다를 바가 없는 짓
입니다. 아주 비겁한 짓이었습니다.

　박정희는 비겁한 인간이었습니다. 이승만의 자유당 정권이
독재와 부패의 늪 속에서 나라를 망치고 있을 그때 쿠데타를
일으킬 것이지 왜 하필이면 연약하고 선량한 장 면 정권을 탱
크로 깔아뭉갰을까요? 장 면 정권이 어떻게 태어난 정권이었
습니까? 어린 학생들과 시민들이 피를 흘리며 이룩한 자유민
주주의의 제단 위에서 어렵사리 피어난 정권 아니었습니까?
거기에는 4 · 19혁명을 완수하려는 온 국민들의 열망이 있었
고, 그것은 곧 오랜 압제와 빈곤으로부터 탈출하려는 온 국민
의 안타까운 몸부림이기도 했습니다. 그러나 그와 같은 열망과
꿈과 몸부림은 박정희가 이끈 쿠데타군에 의해 무참히 짓밟히
고 말았습니다. 일개 군인의 야욕이 한 국가와 수천만 국민들
의 희망을 송두리째 앗아간 것입니다.

　한 인물이 나타나 독재자로 변신하여 국가를 파탄에 빠뜨리
고, 국민들에게 불행과 슬픔을 안겨주고, 그것도 모자라 국민
들을 죽음의 구렁텅이 속으로 몰아넣은 예는 허다합니다. 히틀
러와 스탈린이 그러했고, 남미의 독재자들이 바로 그런 자들이
었습니다.

　장 면 정권은 4 · 19의거에 의해 집권한 지 1년만에(실제로
집권기간은 1년도 못 됩니다만) 박정희에 의해 무너지고 말았

습니다. 박정희는 부정부패 일소와 조국 근대화를 쿠데타 명분으로 내걸었습니다. 참 듣기 좋은 말이었습니다. 하지만 집권한 지 1년밖에 안 된 장 면의 약체 정권이 그 동안 무슨 일을 할 수 있었겠습니까? 부정부패는 이승만 정권이 물려준 것이었습니다. 이승만의 장기집권이 가져온 피해는 실로 엄청나게 큰 것이었습니다.

어느 국가나 건국 초기는 국가의 초석을 다지기 위한 아주 중요한 시기에 해당됩니다. 이 중요한 시기를 이승만 정권은 13년 집권기간 동안 내내 망치고 말았습니다. 친일파를 비롯한 일제 식민지시대의 유산을 청산하지 않고 그대로 받아들여 정권유지에 악용함으로써 국가의 도덕적 기반을 처음부터 망가뜨려 놓았고, 6·25전쟁의 참혹한 상처를 반공이라는 단순 논리로만 치유하려고 함으로써 국가발전의 비전을 제시하는데 실패하고 말았습니다. 그와 함께 현실정치의 부패와 공무원의 부정은 국가 전체를 구조적 부정부패의 고리로 연결시켜 놓고 말았습니다. 현재 만연되어 있는 부정부패는 이미 자유당 정권 때부터 그 뿌리를 내렸던 것입니다. 건국 초기를 나라의 기틀을 튼튼히 다지는데 쓰지 않고 오히려 이처럼 망치는데 허비했으니 이승만의 죄는 실로 크다고 할 수 있을 것입니다.

그 죄의 업보를 죄 없는 장 면이 고스란히 물려받았던 것입니다. 13년 동안 곪을 대로 곪은 끝에 터져 버린 환부를 장 면인들 1년 안에 어떻게 치유한단 말입니까? 대영제국의 처칠인들 그렇게 단기간 내에 그것을 수습하지는 못했을 겁니다. 그런데도 박정희는 그 1년을 못 참고 쿠데타를 일으켰던 것입니다.

그것은 순전히 권력에 대한 탐욕이 아니고는 있을 수 없는 악마적 광기의 산물이었습니다. 그는 그것을 숨기기 위해 부정부패 일소와 조국 근대화라는 그럴듯한 말로 자신의 악마적 광기를 포장했던 것입니다.

장 면이라고 부정부패 일소와 조국 근대화의 필요성을 몰랐던 것이 아닙니다. 그는 그 누구보다도 그 필요성을 절감했습니다. 그러나 그는 근본이 선량한데다 국제신사였고 자유민주주의의 신봉자였습니다. 그에게서는 독재자의 면모를 눈꼽만큼도 찾을 수가 없었습니다. 그는 근본적으로 박정희와는 전혀 다른 인간이었습니다. 박정희가 모든 문제를 힘으로 밀어붙여 해결하려고 한데 반해 장 면은 민주적인 절차에 따라 처리하려고 했습니다. 그러다 보니 시간이 더디 걸리고 그 과정에서 혼란이 야기될 수밖에 없었습니다.

민주적인 절차는 시간과 인내를 필요로 합니다. 그 과정을 거침으로써 후진국은 점차 민주시민사회로 발전해 나가는 것입니다. 따라서 국가의 장래를 생각할 때 장 면 총리가 취한 행동, 즉 민주적인 절차에 따른 문제해결 방식은 옳고 합당한 것입니다. 그 당장에는 그것이 혼란과 무능으로 비쳤지만, 그것은 겉만 보고 판단한 어리석은 인식이었습니다.

여기서 짚고 넘어가야 할 아주 중요한 문제가 있습니다. 다름 아닌 민주사회를 위한 국민들의 의식수준입니다. 장 면 정권 당시 국민들의 민주화 욕구는 가히 폭발적이었습니다. 그래서 4·19의거를 통해 이승만 정권을 몰아냈던 것입니다. 그러나 그후 그 욕구를 민주화 혁명으로 승화시키는데 있어서는 실패하고 말았습니다. 그 결과 박정희에게 쿠데타를 일으키게 하는 빌미를 주었던 것입니다.

알만한 사람들은 다 아시겠지만, 4·19로 이승만 정권이 물러나자 각종 시위가 봇물을 이루며 시가지를 뒤덮었습니다. 각종 이익단체는 물론 심지어 초등학생들까지 거리로 뛰쳐나와 요구조건을 내걸고 소리를 질러댔습니다. 시위는 이승만 정권이 물러남으로써 그 당위성이 사라졌습니다. 많은 학생들의 죽음이 한 독재정권을 무너뜨린 만큼 그 고귀한 정신을 기리기 위해서도 더 이상의 시위는 있어서는 안 되는 것이었습니다. 더 이상의 시위는 쓸데없는 것이었고, 그것은 혼란만 가중시킬 뿐이었습니다. 그러나 사람들은 무한대의 자유에 도취되어 너나 할 것 없이 스크럼을 짜고 거리로 뛰쳐나왔습니다. 그것은 독재정권을 타도한데 대한 축하 퍼레이드가 아니었고, 장면 정부에게 지금 당장 이런저런 문제를 해결하지 않으면 가만두지 않겠다는 협박성 시위가 대부분이었습니다. 시위로 독재정권을 무너뜨렸으니 시위대의 사기는 하늘을 찌를 듯 드높았고, 그것을 거역한다는 것은 당시의 분위기로서는 거의 불가능한 일이었습니다. 사정이 이러 하니 무정부적인 상태가 지속되는 것 같아 불안하기 짝이 없었고, 성급한 사람들은 어떤 카리스마적인 인물이 나타나 사태를 수습해 주기를 바랐는지도 모릅니다. 참으로 안타까운 일이었습니다. 여기서 우리 국민들이 얼마나 성미가 급한 국민인가를 충분히 알 수 있다고 생각합니다. 불과 1년을 참지 못하고 그처럼 무턱대고 데모들을 해댔으니, 얼마나 한심스럽고 통탄할 일입니까?

제 생각에는 13년이라는 장기 집권이 낳은 폐해를 수습하기 위해서는 적어도 수년의 기간이 필요했다고 봅니다. 더구나 장 면 정권은 너무 갑작스럽게 정권을 떠맡았기 때문에 미처 그 준비가 되어 있지 않았습니다. 그런데도 국민들은 수습기간을 기다려 주기는커녕 첫날부터 시위를 시작했고, 장 면 정부를 무능하고 부패한 집단이라고 몰아붙였습니다. 그때 장 면에게 필요한 것은 국민들의 지지와 도움이었습니다. 국민들이 불필요한 시위를 자제하고 장 면의 민주정부가 뿌리를 내릴 수 있도록 그를 도와주었다면 박정희도 감히 쿠데타를 일으키지 못했을 겁니다.

장 면 정부는 경제개발 계획도 가지고 있었고 근대화를 위한 청사진도 마련해 두고 있었습니다. 따라서 쿠데타가 일어나지 않았고, 국민들이 시위를 자제하고 기다려 주었다면 장 면 정부는 민주화를 진행시키면서 착실히 경제발전을 이룩할 수 있었을 겁니다. 이 말은 박정희가 아니더라도 장 면이 충분히 근대화를 이루어낼 수 있었다는 뜻입니다. 그렇게 되었다면 민주화와 함께 경제발전이 동시에 이루어짐으로써 국가의 기반이 보다 튼튼해졌을 것입니다.

장 면의 퇴장은 한국이 민주국가로 도약할 수 있는 계기를 상실했다는 점에서 정말 애석한 일이었습니다.

3. 박정희의 위선과 허구

2000년 2월

5·16쿠데타가 일어나고 박정희를 비롯한 주역들이 청와대를 찾아가자 당시 내각제하의 실권 없는 대통령이던 윤보선은 그들의 인사를 받는 자리에서 「올 것이 왔다.」고 말했습니다. 참으로 어이없고 한심스러운 말이었습니다. 그는 군사쿠데타를 아주 당연한 것으로 받아들이고 있었습니다. 아니면 칼자루를 쥐고 있는 군인들에게 듣기 좋으라고 아첨한 것인지도 모릅니다. 그렇게 함으로써 대통령자리나마 그대로 유지하고 싶었던 게 아니었을까요?

실권자인 장 면을 연금시켜 놓은 박정희는 더 이상 두려워할 상대가 없었습니다. 실권 없는 윤보선은 굳이 연금시켜 놓을 필요도 없었습니다. 올 것이 왔다는 등 기회주의적인 발언으로 오히려 쿠데타를 두둔하고 나선 만큼 더 이상 바랄 것이 없었습니다. 박정희가 요구하지도 않았는데 자진해서 협조하고 나왔으니까요.

윤보선과 장 면은 이승만 이후의 차기대권을 겨냥하고 세력을 키워온 야당의 양대 거물이었습니다. 4·19로 이승만이 물러나자 그들은 자연스럽게 대권후보로 압축되었고, 치열한 경쟁 끝에 장 면이 실권을 잡게 되었던 것입니다. 실권 없는, 상징적인 대통령으로 물러앉은 윤보선은 장 면에 대해 적대감을 품을 수밖에 없었고, 그러던 차에 마침 쿠데타가 일어나자 올 것이 왔다고 쾌재를 불렀는지도 모릅니다.

다시 말하지만 참으로 어이없고 한심스러운 말이었습니다. 그래도 일국의 상징적인 대통령이라면 당연히 쿠데타의 부당성과 부도덕을 준열히 꾸짖어야 했습니다. 만일 그때 윤대통령이 박정희에게 그와 같은 아첨조의 말을 하지 않았다면, 다시 말해 박정희의 손을 들어주지 않았다면, 그리고 한 걸음 더 나아가 국군 지휘권을 가지고 있는 미군 사령관에게 쿠데타군에 대해 단호한 조처를 취해줄 것을 요청했다면 사정은 확연히 달라졌을 것입니다. 어쩌면 쿠데타는 실패로 돌아갔을 것이고, 한국 현대사는 민주주의와 근대화의 길을 순탄하게 밟아나가는 가장 바람직하고 정상적인 궤도를 보여주었을 것입니다.

지나간 역사를 되돌아보면 우리 국민들만큼 지도자 복이 없는 국민도 없을 것이라는 생각이 듭니다. 지지리도 복이 없었기에 상식 이하의 지도자들만 만나 줄곧 피눈물나는 불행만 겪어왔습니다. 언제 한번 우리 국민이 환하게 웃으며 지도자를 믿고 따르는 모습을 보신 적이 있습니까? 존경할만한 지도자를 갖지 못한 국민은 정말 불행한 국민입니다.

다시 박정희 시대로 돌아가 보겠습니다. 그 시대에 우리 국민들은 과연 행복을 느꼈을까요? 박정희는 국민들로부터 어느 정도 존경을 받았을까요? 박정희는 존경은 커녕 공포의 대상으로 국민들 사이에 존재했을 뿐입니다. 죠지 오웰의 「1984년」에 나오는 Big Brother ― 박정희는 바로 그 빅 브라더였습니다.

국민들이 그를 얼마나 무서워했는지는 제가 굳이 설명하지 않아도 잘 아실 것으로 믿습니다. 당신이야말로 박정희 시대의 최대의 피해자였으니까 그 공포가 어느 정도였는가는 누구보다도 잘 파악하고 계셨겠지요.

앞서도 말했지만 박정희에 대한 신드롬에서 그를 미화하는 지식인들은 한국의 경제발전을 들고 있습니다. 하지만 그가 아니었더라도 그것은 장 면 정부가 충분히 이루어낼 수 있는 부분이었다고 조금 전에 말씀드렸습니다. 아니, 장 면 정권이었다면 박정희식의 개발독재로 경제를 발전시키지는 않았을 것입니다. 또 한 나라의 경제를 몇몇 재벌에게 독과점하도록 내버려두지는 않았을 것입니다.

여기서 아담 스미스의 다음과 같은 말이 생각납니다.

「경제는 인간의 근면과 절약적인 도덕행위에서 비롯된다.」

이것은 경제에 도덕적 가치를 대입시킨 아주 중요한 말이라고 생각됩니다. 흔히들 경제를 이야기할 때 우리는 수단방법이야 어떻든 돈만 벌면 된다고 말합니다. 그것이 얼마나 위험한 발상인가를 아담 스미스는 이미 경고했던 것입니다.

경제는 인간과 인간 사이에서 이루어지는 거래관계입니다. 따라서 거기에 도덕적 가치와 윤리의식이 결여된다면 그 경제는 마치 모래 위에 쌓은 성과 같아서 언젠가는 무너지기 마련입니다. IMF 위기를 맞아 미국의 세계적인 컨설턴트회사인 매킨지가 한국 경제를 가리켜 「끊임없는 가치의 파괴과정」이었다고 평가한 것은 몹시 부끄럽긴 하지만 되새겨 볼만한 지적이었다고 생각됩니다. 도덕적 가치를 외면한 채 밀어붙이기식 개발로 이루어진 경제 발전 ― 그 그늘에는 도덕적 가치의 붕괴라는 함정이 도사리고 있었던 것입니다.

박정희식 개발독재는 극소수 재벌의 독식에 의한 일시적인 경제발전을 가져오긴 했지만 90년대까지 이어져온 그 망령은 결국 IMF를 통해 그 허상이 여실히 드러났던 것입니다. 그렇다면 만일 장 면에게 10년 정도의 기회가 주어졌다면 한국 경제는 어떻게 되었을까요? 앞서도 말했지만 장 면은 자유민주주의 정신에 투철한 국제신사였습니다. 따라서 그는 경제개발을 하는데 있어서 자유민주주의라는 도덕적 가치의 기초 위에서 그것을 추진했을 것입니다. 그리고 그렇게 추진한 경제개발은 가치의 파괴과정이 될 리도 없었고, 21세기의 문턱에서 IMF라는 대재난을 불러들이는 원인이 될 수도 없었을 것입니다. 놀라운 국부를 창출해서 아마 지금쯤은 선진국 대열에 동참해 있을지도 모릅니다.

박정희 신드롬은 우리가 정말 경계해야 할 일입니다. 그것은 군부독재에 대한 향수나 다름없습니다. 그때의 그 탄압과 굴욕과 분노를 사람들은 벌써 잊었단 말입니까? 아니, 잊었다기보다는 일부 주요 언론들과 지식인들이 박정희 신드롬을 부추기고 있는 것이 문제라고 생각합니다.

제가 걱정하고 있는 것은 박정희 신드롬 때문에 그의 위선과 허구가 가려지지 않을까 하는 점입니다. 정말 그래서는 안 된다고 생각합니다.

그가 우리 나라에 얼마나 해를 끼쳤는지 그것을 요약해서 말씀드려 보겠습니다.

첫째, 그는 한국의 민주주의를 30년 정도나 후퇴시켰습니다.

그의 집권기간과 그 뒤에 이어진 전두환·노태우의 군사독재를 합치면 그 기간은 무려 30년이나 됩니다. 이렇게 긴 군사독재는 바로 박정희 자신이 테이프를 끊었기 때문입니다. 민주주의가 30년 후퇴했다는 것은 바로 세계사의 흐름에서 소외되었다는 것을 의미하고 또한 국가발전이 그만큼 늦어졌다는 것을 뜻합니다.

둘째, 도덕적 타락입니다.

총칼로 국민의 의사를 무시하고 정권을 탈취했기 때문에 법적으로 정통성이 없었을 뿐 아니라 정권이 갖춰야 할 도덕성도 갖지 못했습니다. 따라서 그의 집권으로 국가의 도덕적 기반이 무너지는 것은 당연한 일이었습니다. 당시의 도덕적 가치는 총칼이었고, 수단방법을 가리지 않는 출세 지상주의였고, 경제 지상주의였습니다. 그리고 우상화된 그의 한마디 한마디가 바로 최고의 도덕적 가치였습니다. 바른말하는 사람들은 모두 잡아 가두고, 법적 절차도 없이 강제로 끌고 가 고문하고, 때려 죽이고, 사형언도를 밥먹듯이 하고…….

　결국 한국이라는 나라는 박정희 1인을 위해 존재했고, 그가 마음대로 주물러 대는 그의 사유재산이었습니다. 그런 상황이 었던 만큼 거짓말하는 사람들이 득실거리고, 군부에 얹혀 한 자리 하려고 부나비처럼 몰려드는 아첨꾼들과 기회주의자들이 넘쳐나고, 군을 끼지 않으면 아무 일도 안 되는 판국이 벌어졌 던 것입니다. 그야말로 도덕적 타락이 극에 달했던 것입니다.

　셋째, 인본주의의 상실입니다.

　사실 이 문제처럼 심각한 것도 없습니다. 인간과 인간 사이의 따뜻한 관계가 무너졌다는 것은 바로 그 사회가 얼마나 살벌한 사회인가를 말해 주는 것입니다.

　박정희의 군사독재가 시작되면서 이 사회는 얼마나 살벌한 사회로 변했습니까? 사람들은 하고 싶은 말이 있어도 붙잡혀 갈까봐 작은 소리로 쑥덕거렸고, 서로를 의심하고 고자질하기 일쑤였습니다. 누가 정부를 비난하는 말을 한마디 하면 보상금 을 타 먹으려고 즉각 고발하였습니다. 무시무시한 비밀경찰의 끄나풀들이 사회 구석구석까지 거미줄처럼 퍼져 있었기 때문 에 사람들은 자기 한 사람의 안전을 지키기 위해 주위의 눈치 를 보기에 바빴습니다. 지식인들은 꿀 먹은 벙어리처럼 입을 다물어 버리던가, 한 자리 얻으려고 권력층에 빌붙어 알랑거리 곤 했습니다. 그때까지 한국 사회를 지탱시켜 온 인간적인 유 대관계가 끊어지면서 우리 사회는 붕괴되고 말았습니다. 가치 관이 붕괴되면서 그 자리를 메꾼 것이 바로 비인간적인 것들이 었습니다. 극과 극만이 존재하는 극단적인 흑백논리, 극우세력의 기승, 출세 지상주의, 이기주의와 황금 만능주의 등 모두가 군사문화가 뿌린 독소들이었습니다.

박정회의 위선과 허구를 이야기하는데 있어서 앞의 세 가지 외에도 그냥 지나칠 수 없는 점이 한 가지 있습니다. 다름 아닌 개인적인 면에서의 그의 도덕성입니다. 도덕성 면에서 그는 역사상 가장 타락한 지도자였습니다. 그는 겉으로는 국민들에게 근면과 성실을 최고의 덕목으로 요구하면서 자신도 그렇게 하고 있는 것처럼 행동했습니다. 그러나 그는 낮과 밤이 다른 이중 인격자였습니다. 낮에는 근면하고 성실한 지도자인 것처럼 행동하다가 해가 떨어지면 전혀 다른 모습으로 변하는 것이었습니다. 소위 안가라는 비밀스러운 곳에서 그는 거의 매일같이 딸 같은 젊은 여자들을 끼고 앉아 폭음하기 일쑤였고, 만취한 후에는 여자들의 부축을 받고 잠자리에 들곤 했습니다. 그가 수없이 많은 여자들, 이를테면 영화배우, 탤런트, 모델, 여대생 같은 반반한 여자들을 줄줄이 건드렸다는 것은 이미 알만한 사람들은 다 아는 사실입니다. 경호원들 가운데 그에게 그런 여자들을 대주는 전문 채홍사까지 있었다는 것은 공공연한 비밀 아닙니까?

이와 같은 박정회의 엽색행각에 대해 어떤 사람들은 자고로 영웅호걸들은 술과 여자를 좋아했다고 하면서 그것을 아주 당연한 것으로 받아들이는 경향이 있습니다. 그야말로 말도 안되는 소리입니다. 그런 사람들이야말로 기초적인 상식과 도덕성도 갖추지 못한 사람들이겠지요.

현대 국가의 지도자는 높은 도덕성을 요구받고 있습니다. 능력이 있느냐 없느냐 하는 것은 그 다음의 문제입니다. 부도덕한 지도자에 대해서는 국민들이 가만두지 않습니다. 만일 선진국의 지도자가 박정희 같은 엽색행각을 했다면 벌써 탄핵심판을 받고 그 자리에서 쫓겨났을 것입니다. 그러나 웬일인지 우리 나라에서는 탄핵은커녕 이제 와서는 그를 우상화하는 신드롬까지 일고 있으니 참으로 해괴한 일이 아닐 수 없습니다.

그를 우상화시키는데 열을 올리고 있는 대학교수, 기자, 기업인 등이 사회의 지도적 위치에 있는 지식인들은 박정희를 평가하는데 있어서 공통점이 있습니다. 제가 앞서 지적한, 박정희가 이 나라에 끼친 세 가지 해악은 물론 그의 엽색행각에 대해서는 약속이나 한 듯 일절 입을 열지 않는다는 점입니다.

엽색행각 — 이 한 가지만으로도 박정희는 역사에서 감히 고개를 들 수 없는 사람입니다. 이제는 그의 위선과 허구를 알게된 이상 그에 대한 신드롬 같은 것은 더 이상 일지 않았으면 합니다.

끝으로 그가 얼마나 무지막지한 지도자였는가 하는 것을 한가지 예를 들어 말씀드리겠습니다.

어느 날 아침 기차를 타고 가다보니 시골의 초가 지붕들이 파랗고 빨간 페인트로 온통 칠해져 있었습니다. 울긋불긋한 그모습들은 자연과는 동떨어진 흉물 그 자체였습니다.

사연인즉 초가 지붕은 궁색해 보이니 모두 뜯어내고 다른 것으로 덮으라고 지시를 내렸다는 것입니다. 그래서 당시 한창이던 새마을운동의 이름을 빌어 초가 지붕을 모두 뜯어내고 그대신 슬레이트나 함석을 얹었던 것입니다. 하지만 미관상 그대로 내버려 둘 수가 없어 그 위에다 울긋불긋 페인트칠을 했던 것입니다.

참으로 어이없고 어처구니없는 일이었습니다. 하긴 그때에는 어처구니없는 일들이 다반사로 일어나고 있었으니까요.

초가 지붕은 궁상맞아 보일지는 몰라도 우리 민족이 수천 년 동안 기거해 오던 주택 양식이었습니다. 그것은 선조들의 지혜가 수천 년 동안 배어 있는, 환경 친화적이고 자연에 가장 잘 어울리는 집이었습니다. 황토로 벽을 쌓은 초가집이 사람이 지내기에 가장 좋다는 것은 연구를 통해 이미 입증된 바 있습니다. 많은 사람들이 주택으로서의 초가집의 우수함을 이야기하고 있습니다. 평당 1,2천만 원을 호가하는 호화 아파트나 빌라보다도 게딱지 같은 초가집이 훨씬 건강에 좋다는 것입니다. 그런 집들을 하루아침에 모두 없애 버린 것입니다. 한두 채도 아니고 방방곡곡에 자연의 일부처럼 평화롭게 자리잡고 있던 수백만 초가집들의 머리 가죽을 일거에 벗겨내 버린 겁니다. 세상에 어떻게 그런 일이 있을 수 있을까요? 초가 지붕을 벗겨내고 슬레이트를 덮는다고 해서 가난이 사라지는 걸까요?

유럽의 시골에 가보면, 특히 영국의 경우 몇 백 년 된 초가집들이 보물처럼 보호받고 있는 것을 볼 수가 있습니다. 지난해에 영국에 갔던 길에 남쪽 해안에 자리잡은 도체스터시에 가보았습니다. 그곳에 「테스」의 저자인 토마스 하디의 기념관과 생가가 있다고 해서 일부러 찾아갔던 것입니다.

그 아름다운 도시는 마치 토마스 하디 때문에 축복을 받고 있는 도시 같았습니다. 시내 한 가운데에는 청동으로 된 하디의 좌상이 놓여 있었고, 또 다른 번화가에는 하디 기념관이 있었습니다. 하디 기념관에는 그에 관한 모든 것들이 일목요연하게 전시되어 있었습니다. 모든 가게에는 하디를 기념하는 기념품들이 빠짐없이 진열되어 있었고, 관광객들은 그것들을 사느라고 열심이었습니다. 하디의 고향 도시는 하디를 재산목록 1호로 자랑하고 있었고, 그를 떳떳하게 관광상품으로 내놓고 있었습니다. 오래 전에 세상을 떠난 하디는 죽어서 고향에 큰 은혜를 베풀고 있었습니다.

하디의 생가는 시내에서 좀 떨어진 교외에 자리잡고 있었습니다. 나지막한 야산 밑에 자리잡은 그 집은 온통 꽃 속에 묻혀 있었습니다. 그리고 꽃 속에 파묻혀 있는 그 집은 아주 오래된 초가집이었습니다. 오래된 초옥과 그 주위를 둘러싸고 있는 아름다운 야생화, 그리고 적막감은 한편의 수채화 같았고, 낙원이란 바로 이런 곳을 두고 하는 말이 아닐까 하는 생각이 들었습니다. 만일 그 집의 지붕이 페인트칠을 한 슬레이트로 덮여 있었다면 느낌이 어땠을까요?

이렇게 볼 때 지도자의 미적 감각도 참 중요하다는 생각이 듭니다. 세계적으로 아름다운 도시와 나라들은 하나같이 미적 감각이 뛰어난 지도자들에 의해 건설되지 않았습니까?

수십 년이 지난 지금 농촌의 흉물로 변한 주택들을 보면서 전국의 수십만 수백만 호의 지붕을 자신의 명령 하나로 바꿀 수 있다는 한 지도자의 어처구니없는 발상과 자신감이 얼마나 무서운 결과를 가져올 수 있는가를 새삼 느끼곤 합니다. 보다 현명하고 사리판단이 분명한 지도자였다면 초가 지붕을 없애는

토마스 하디의 생가. 200년 가까운 세월이 흘렀는데도 하디
가 태어난 초옥은 그대로 남아 있다. 왼쪽은 필자. 오른쪽은
아들 志洙군(케임브리지大 물리학 박사과정 재학중).

것을 하나의 권장사항 정도로 제시했을 것입니다. 그와 함께
보다 훌륭한 모델을 보여주면서 점진적으로 농촌주택을 개량
해 나아갔을 것입니다.

　전국의 초가 지붕을 보기 흉하다고 일거에 갈아치우는 일도
양단식 통치형태는 박정희의 집권기간 중에 내내 나타납니다.
이를테면 미니 스커트를 입은 아가씨를 경찰이 연행해서 자로
높이를 재어 기준치를 초과하면 즉결심판에 넘겨 처벌한다던
가 장발 청년들을 잡아다가 머리를 자른다던가 하는 것들이 모
두 그의 발상에서 나온 것들이었습니다.

4. 3金 청산에 대해―宋 復 교수의 글을 읽고서

2000년 2월

지난해 조선일보 9월 22일자에 실린 연세대 송 복 교수의 시론을 읽고 났을 때 저는 한마디로 안타까움과 실망감이 교차되는 착잡한 기분을 느끼지 않을 수 없었습니다. 정치사회학을 전공한 국내 최고의 지식인이라는 분의 한국 정치현실을 보는 시각이 고작 이 정도일까 하는 실망감과 함께 그의 글이 몰고 올 그릇된 파장을 생각할 때 안타까움을 금할 수가 없었습니다. 그 동안 여기저기 실린 송교수의 글을 더러 읽었지만, 읽고 난 느낌은 거침없으면서 독선적인 자기 도취에 빠져 있는 글이구나 하는 생각을 떨쳐 버릴 수 없었습니다. 이해를 돕기 위해 지난해 9월 22일자에 실린 송교수의 글 「신당과 3김 3폐」라는 제하의 글을 소개해 드리겠습니다.

선거 때만 되면 으레 들리는 것이 신당 소리다. 새 대통령이 나왔다 하면 또 한 차례 벌이는 것이 신당 창당이다. 명분은 늘 역사 창조, 새 시대 대비며 개혁이다. 그리고 곧 낡은 역사가 되고 개혁의 대상이 된다. 그것이 바로 21세기를 코앞에 둔 지금 우리의 현실이다. 기가 찰 노릇이다.

왜 우리가 그토록 3김을 지탄하고 청산을 부르짖는가? 이 모두 3김의 유죄이기 때문이다. 이승만, 박정희 전 대통령들의 신당 창당은 불가피했다. 정당이 없었기 때문이다. 심지어 전두환 전대통령의 창당도 불가피했다. 쿠데타로 모두 정당들을 없앴기 때문이다. 전 정부의 정당을 그대로 물려받은 노태우 전 대통령은 왜 또 창당했는가? 김영삼 전 대통령은 왜 또 창당을 되풀이했는가? 정치를 정도(正道)로 하려고 하지 않았기 때문이다.

그렇다면 현 정권은 왜 또 신당을 창당하려 하는가? 정치를 사술(cunning)로 생각하기 때문이다. 어떻게 하면 다가오는 총선에서 이길 것인가, 어떻게 하면 다음 정권으로까지 집권을 연장해 볼 것인가를 위해 어떤 사술이든 다 동원하려 하기 때문이다. 그래서 일본에서 써먹다 버린 그 중선거제, 우리도 한때 써먹다 비민주적이라 해서 버린 그 중선거구제를 다시 부활하려 획책하고, 거기에 정당명부식 비례대표제까지 써먹으려 획책한다.

정당의 생명은 역사성이요, 안전성이며 민주성이다. 그래야 국민이 믿을 수 있는 정당을 가려낼 수 있다. 정당을 마음대로 만들고 마음대로 부수어서 완전히 무역사성의 정당을 만들어 놓고, 그것도 이제 금방 창당해 놓고, 믿을 수 있는 정당을 가리는 정당명부제를 하자니, 도대체 어느 나라에 살다 온 정치인의 발상인가?

그러나 아무리 부르짖어도 3김이 있는 우리 정치사는 그 사술에서 벗어날 수 없다. 우리 정치사는 21세기를 맞아도 표류할 수밖에 없고 비민주적으로 지향없이 흘러갈 수밖에 없다. 3김이 있는 한 무엇보다 1인 보스정치에서 벗어날 수가 없고 민주화를 기할 수가 없다. 보스 한 사람이 공천권도 갖고, 정당과 국회 간부직도 임명하고, 정치자금도 독점하고, 그러다 국민의 지탄이 일면, 발기인을 제 마음대로 임명해서 그 임명 발기인으로 신당을 만든다. 그들이야말로 재벌의 오너보다 더한 오너들이다. 재벌의 오너들이야 대기업을 만들고 고용도 창출하고 부도 증대시킨다. 아무리 그들을 욕해도 과보다는 공이 더 크다.

3김이 있는 한 지역 감정, 지역 갈등에서 벗어날 수 없고, 지역 카드로 회귀한 지역주의적 총선전략에서 탈피할 수 없다. 더구나 그 지역주의의 지역정당에서 해방될 수 없다. 3김과 추종자들은 으레 지역 갈등의 원조로 박정희 전 대통령을 내세우고 몰아붙인다. 그러나 박정희 시대의 지역 갈등은 세계 어느 나라에나 다 있는 지역 갈등이다. 유럽, 미국, 일본이라고 없는가? 그 같은 지역 갈등은 우리나라의 특수현상이 아니라 보편현상이다. 그 갈등을 다 내포하면서 이들 나라엔 전국적인 정당이 있다. 우리도 적어도 박정희 시대에는 전국적인 정당이 있었다. 전국적인 여당이 있었고, 전국적인 야당이 있었다. 우리 정당이 지역정당으로 전락한 것은 오로지 3김이 원조다. 무슨 지역은 누구 정당, 또 무슨무슨 지역은 누구누구 정당식의 지역분할식 정당은 오로지 3김이 만들었다.

3김이 있는 한 민주적인 절차도 바로 설 수 없다. 민주주의는 절차다. 민주주의에서 절차는 시작이며 끝이다. 그래서 서구인들은 「절차적 민주주의」라는 말을 입에 늘 붙여놓고 있다. 그런데 이 절차가 3김 앞에서는 「밀실의 흥정」으로 바뀐다. 국민 앞에서 한 공약도 밀실의 흥정으로 하루아침에 거짓이 된다.

정치 9단과 사술 9단은 다른 것이다. 여야 정치인들의 살신성인하는 의지 없이는 사술 9단이 우리 정치사를 내내 지배한다. 그래서 우리는 3김 청산을 안타깝도록 부르짖는 것이다.

읽어볼수록 거침없고 당당한 글이라는 생각이 듭니다. 하지만 그 당당함이 황당함으로 바뀌는 것은 웬일일까요? 인기 있는 정치학자의 글이 황당하게 느껴진다면 정말 걱정스러운 일이 아닐 수 없습니다. 왜냐하면 황당한 내용이 사실로 보일 수도 있으니까요.

송교수가 주장하는 이른바 「3김 청산론」은 시중잡배나 정상배들이 무책임하게 지껄이는 일종의 유행어 같은 것이지 깊은 사고력과 통찰력을 지닌 지식인이 할 수 있는 말은 아닙니다.

실로 우연히 3김씨가 성이 같았기 망정이지 만일 그들의 성이 朴·許·金이었다면 「3김 청산」이라는 간단한 유행어가 생겨날 수 있었을까요?

3김 청산이라는 말을 들을 때마다 언어의 유희 내지는 폭력이 이렇게 오랫동안 한 개인의 가치를 무자비하게 유린할 수 있을까 하는 생각과 함께 그 잔인함과 무책임, 몰상식에 전율을 느끼곤 합니다. 더욱 놀라운 것은 모두가 그 말에 익숙해져 있고, 그러다 보니 당사자들의 마음이야 어떻든 아무렇지도 않게 그 말을 사용하고 있다는 점입니다. 뭔가 잘 알고 있다는 지식인들까지도 말입니다. 정말 3김 청산이라는 말을 이렇게 사용해도 좋은 걸까요? 단연코 그래서는 안 된다는 것이 저의 생각입니다. 여기서 3김에 대해 간단하게 한번 살펴보겠습니다.

3김의 공통점은 성이 같다는 것뿐 그들은 근본적인 점에서는 전혀 다른 인간들입니다. 그들의 철학, 인생관, 인생역정 등을 살펴볼 때 그들은 거의 유사점이 없는 이질적인 사람들입니다.

여기서 주목해야 할 사람은 DJ입니다.

그는 장기간의 암울한 군부독재를 종식시키고 한국 국민들에게 자유민주주의라는 정치철학을 생활 속에 깊이 각인시켜 준 사람입니다. 다시 말해 그는 한국을 민주국가로 일으켜 세우는 데 전생애를 바친 한국 민주주의의 살아 있는 전설적 인물입니다. 저는 한 인간의 비폭력 저항정신이 얼마나 큰 힘을 발휘할 수 있는가를 DJ에게서 발견합니다. 모든 사람들(특히 지식인과 정치인들)이 공포에 사로잡혀 침묵하고 있을 때 그는 거의 혼자이다시피 비폭력 저항으로 수십 년 동안 독재와 싸웠고,

그 결과 50년만에 처음으로 야당이 집권하는, 즉 자유민주주의의 승리라는 위업을 달성했습니다. 그것은 얼마나 우리 국민들이 목매어 기다리던 승리였습니까?!

그것은 또한 박해와 고통, 눈물과 분노와 절규로 얼룩진 DJ라는 인간의 인간 승리이기도 했습니다. 저는 그것을 한민족최초로 일궈낸 민주주의의 쟁취라는 점에서 단군이래 최대의 경사라고 서슴없이 말할 수가 있습니다.

그렇다면 그 주역에게 우리는 힘을 실어 주고 그가 마음껏 경륜을 펼쳐 이 나라를 부강하게 만들 수 있도록 혼연일체가 되어 도와주어야 한다고 생각합니다. 그럼에도 불구하고 아직도 3김 청산 운운하면서 그를 괴롭히고 있으니 실로 답답하고 안타까운 일이 아닐 수 없습니다.

DJ가 집권했을 때 우리가 그에게 선물한 것은 무엇이었습니까? 장미꽃 한 송이라도 선물했다면 저는 아무 말 않겠습니다. 꽃 한 송이는커녕 온 국민의 합작품인 IMF를 그에게 선물했던 것입니다. 4천만 국민의 생활을 일거에 도탄에 빠뜨린 국가 부도라는 엄청난 재앙을 그에게 안겨주고는 그의 얼굴만 쳐다보았습니다. 그가 마치 구세주라도 되는 양 말입니다.

어떻든 우리를 대신해서 피눈물나는 생애를 보낸 그에게 우리는 빚을 갚기는커녕 더 큰 고통을 안겨주었던 것입니다. 그렇다면 적어도 그에게 그 고통을 헤쳐나갈 시간을 주고 좁은 길이나마 터주는 것이 도리가 아니었을까요? 그러나 그러기는커녕 그가 대통령에 취임하기 무섭게 바로 그날부터 나라를 망친 야당은 반성하고 자중하지 않고 그의 발목을 붙잡고 늘어지기 시작했습니다. 3김 청산이니 지역감정이니 운운하면서.

DJ 집권의 경우 그에게는 처음부터 허니문이 주어지지 않았습니다. 50년만에 처음으로 정권이 교체되었는데도 말입니다. DJ에게 허니문이 주어지지 않았다는 것은 한국의 정치수준, 즉 그 야만성을 보여준 것이었습니다.

외국의 경우 정권이 교체되면 새 정부가 자리잡을 때까지 야당과 언론은 어느 정도 비판이나 비난을 삼가면서 밀월기간을 보내는 것이 상식처럼 되어 있습니다. 사실 권력을 인수하고, 방대한 정부기구를 파악하고, 사람을 적재적소에 앉히는 일이 어디 쉬운 일입니까? 더구나 국정 경험이 없는 사람이 그런 일을 한다는 것이 그렇게 쉬운 일이겠습니까? 당연히 그에게는 시간이 필요했습니다. 그리고 도움도 필요했습니다. 그러나 야당과 언론은 처음부터 그를 물어뜯기 시작했습니다. 참으로 보기에 민망할 정도로 헐뜯기 시작했습니다. 당신은 일흔이 넘은 연로한 몸이십니다. 하지만 당신을 공격하는 자들은 당신의 나이 같은 것은 전혀 고려하지 않더군요.

저는 그것을 보면서 이런 생각을 했습니다. 저 노구로 국정을 이끄는 것만도 벅찰 텐데 온갖 공격까지 견뎌내야 하니 얼마나 피곤하고 혼란스러울까? 그들은 어쩌면 그렇게 무자비할 수 있을까? 정치인들한테는 인간적인 배려를 기대할 수 없는 것일까?

저는 마치 장 면 정권시대를 보는 것 같았습니다. 나라야 어떻게 되든 혼란을 부추겨 정권을 무너뜨리려는 무책임하고 기회주의적인 인간군상들 ― 변화를 두려워하는 보수적인 기득권 세력들의 모습이 거기에 있었습니다.

　도매금이라는 말이 있는데, 3김 청산은 바로 세 김씨를 도매금으로 넘기자는 말이나 다름없습니다. 생선이나 물건은 인격이 없으니 그럴 수도 있겠지요. 하지만 3김을 그런 식으로 넘길 수는 없습니다.

　3김은 서로 달라도 너무 다릅니다. 따라서 그들을 같은 부류로 취급하는 것은 천부당 만부당한 일입니다. 그 이유를 좀더 구체적으로 말씀드려보겠습니다.

　먼저 DJ와 JP의 관계를 살펴보겠습니다. 지금은 두 사람이 공동여당을 형성해서 그런 대로 사이좋게 지내고 있는 것 같지만 그들은 근본적으로 화해할 수 없는 사이입니다.

　먼저 정치철학 면에서 그들은 확연히 다릅니다. DJ가 자유민주주의를 생명처럼 여기고 거기에 목숨을 걸었다면 JP는 박정희와 함께 그것을 파괴한 쿠데타의 주역이었습니다. 박정희 집권기간 동안 DJ가 죽을 고비를 수 차례 넘기면서 온갖 박해를 받고 있는 동안 JP는 권력의 핵심에서 부귀영화를 누리고 있었습니다. 간단히 말해서 DJ는 피해자였고 JP는 가해자였습니다.

　박정희 정권이 무너지면서 처해진 입장들이 달라지지만, 민주주의에 대한 DJ의 신념과 열망은 조금도 식을 줄을 몰랐습니다. 계속되는 군부독재 하에서도 그는 줄기차게 민주주의를 갈망했고 그 필요성을 절규했습니다. 민주주의는 DJ에게 있어서 절대적인 신앙 그 자체였습니다. 반면 JP에게 있어서 민주주의는 강 건너 불 구경처럼 남의 일에 지나지 않았습니다. 그는 그 문제를 심각하게 생각하지도 않았고, 민주정치를 외치는 대중들의 목소리를 들으면 그저 그러려니 하고 고개만 끄덕이는 정도의 시늉만 보였습니다. 민주주의는 그의 신념이 될 수도 없었고, 그보다는 5·16 정신이 그에게는 더 가치 있는 철학이었습니다. 5·16 정신이란 게 무엇인지는 잘 모르겠지만, 아무튼 그가 자유민주주의의 중요성을 말하는 것을 저는 일찍이 본 적이 없습니다. 사실상 그는 어떤 정치철학도 없는, 오직 노련한 줄타기로 정치생명을 연장해온 노회한 정치인에 지나지 않습니다.

현재 그는 극우 보수세력의 중심 인물로 자처하고 있지만, 그것은 자신의 입지가 불리해지면 써먹는 구역질나는 자기 보호막에 지나지 않습니다. 5·16 쿠데타의 주역들은 벌써 모두 사라지고, 지금은 JP 혼자 남았습니다. 그는 충청도 표를 등에 업고 교묘하게 줄타기를 계속하고 있습니다. 사라지지 않으려고 버티는 그의 모습이 이제는 연민으로 다가오고 있습니다. 이런 느낌은 저 혼자만의 느낌은 아닐 것입니다.

다시 한번 묻겠습니다. JP와 DJ가 이렇게 서로 다른데도 그들을 한데 묶어 퇴장시켜야 하나요?

이제 YS에 대해 말씀드려 보겠습니다. YS에 대해서는 따로 장을 만들어 이야기해야 할 만큼 말씀드리고 싶은 것이 참 많습니다. 여기서는 간단히 몇 가지만 이야기해 보겠습니다.

YS는 DJ와 함께 일생 동안 한국의 민주화를 위해 싸운 민주화 투쟁의 쌍두마차로 알려져 있고, 많은 사람들이 그렇게 인정하고 있습니다. 그러나 박정희 정권의 탄압이 극에 달했을 때에도 YS는 감옥에 한번 가지 않았습니다. 전두환 ― 노태우로 이어지는 군부 독재기간에도 그는 손끝 하나 다치지 않고 무사했습니다. 그에 대한 탄압과 압력이 없었던 것은 아니지만 당국은 그에게 육체적인 고통을 주지는 않았습니다. 계엄 하에서도 그는 끄떡없었습니다. DJ를 비롯한 많은 사람들이 붙잡혀가서 갖은 고초를 겪고, 사형언도를 받고, 또 사형대의 이슬로 사라지고, 그보다 나은 사람들도 10년, 20년씩 장기형을 받았지만, 웬일인지 YS만은 무사했습니다. 그는 단 한번도 끌려가서 손찌검을 당한 적이 없습니다. 경찰도, 군인도, 정보원도 모두가 그를 비켜 갔습니다. 그는 마치 치외법권지대에 있는 것 같았습니다. 군부가 DJ는 체포해도 YS만은 건드리지 않을 것이다 ― 이것은 혹독한 군사 독재시절 지식인들 사이에 퍼져 있던 공통적인 인식이었습니다. 언제라도 타협이 가능한 인물 ― YS는 그런 인물로 인식되고 있었습니다. 이와 같은 인식은 훗날 그가 노태우와 손을 잡고 합당을 이끌어내고, 그것을 기반으로 대통령에 당선된 사실로 충분히 입증되었습니다. 따라서 민주화 투쟁의 질이나 깊이 면에서 YS는 DJ의 상대가 될 수 없는 존재입니다. 두 사람을 놓고 민주화 투쟁의 쌍두마차라고 말하는 것은 뭘 몰라도 한참 모르는 말입니다.

 지적인 면에서도 YS는 DJ의 상대가 안 됩니다. 이 점에서는 JP도 마찬가지라고 생각됩니다. 하지만 YS가 가장 뒤떨어진다고 보아집니다.

 YS에게서는 논리적인 사고나 행동철학을 발견할 수가 없습니다. 민주주의에 대한 그의 신념은 정치철학에서 비롯되었다기 보다는 맹목적인 믿음에 바탕을 두고 있다고 보는 것이 옳은 판단일 것입니다. 자식이 못난 부모를 무조건 따르듯이 말입니다. 그의 돌출행동이나 발언, 그 밖의 모든 정치적 언행들이 거의가 그의 뛰어난 동물적 감각에 따라 이루어진 것들이라는 것은 알만한 사람들은 다 아는 사실들입니다. 이런 점에서 그는 냉철한 이성과 판단에 따라 행동해 온 DJ와 큰 차이가 나는 것입니다. YS의 입에서 들을 수 있는 단어들을 분석해 보면 그가 불과 몇 개의 단어밖에는 사용할 줄 모르는, 다시 말해 어휘 구사능력이 초보 수준에 머물러 있음을 알게 됩니다. 민주수호, 독재타도, 부정부패……. 현재 DJ에게 퍼부어 대고 있는 그의 독설도 이런 단어들의 범주 내에서 벗어나지 못하고 있습니다. 이런 수준의 인물이 일국의 대통령을 지냈다는 사실이 도무지 믿어지지가 않습니다.

이제 DJ와 다른 두 사람과의 차이는 어느 정도 밝혀졌다고 봅니다. 자유민주주의에 대한 불굴의 신념, 그것을 쟁취하기 위한 피나는 투쟁, 끊임없는 노력과 공부, 해박한 지식 등을 생각할 때 DJ는 분명 다른 두 사람과는 비교할 수 없는 높은 위치에 있는 사람입니다. 이런 것을 묵살한 채 모든 잘못의 원죄가 3김에게 있으니 3김을 하루빨리 청산해야 한다는 주장은 참으로 어리석고 위험한 논리가 아닐 수 없습니다.

송교수에게 묻고 싶습니다.

DJ가 없었다면 50년만의 정권 교체가 가능했을까요?

건국 이후 50년만에 야당이 정권을 잡았다는 사실만으로도 DJ는 위업을 달성한 것입니다.

DJ가 없었다면 한국의 민주화가 가능했을까요?

민주화 투쟁을 한 사람은 많습니다. 하지만 그 구심점은 항상 DJ였습니다. 그가 있었기에 학생들과 젊은이들, 그리고 지식인들이 보이지 않는 연결 고리로 이어져 민주화 운동을 벌일 수 있었던 것입니다. 만일 DJ가 태평양에 수장되었거나 전두환의 손에 사형 당했다면 한국의 민주화는 어떻게 되었을까요? 보나마나 몇십 년은 더 지연되었을 것입니다.

5. 지역감정 — 도마뱀의 꼬리

2000년 2월

도마뱀의 꼬리처럼 잘라도 잘라도 살아나는 지역감정 —.

어떻게 하면 없앨 수 있을까요?

많은 사람들이, 특히 정치인들은 입만 열면 지역감정을 없애야 한다고 이구동성으로 말하곤 합니다. 그 말을 하도 많이 들어 이제는 신물이 날 지경이고, 그저 그러려니 하고 한쪽 귀로 흘러 넘겨 버립니다. 그런 말들을 하는 정치인들이 진심은 숨긴 채 거짓말을 하고 있다는 것을 알기 때문입니다.

우리 나라 정치인들 대부분은 지역감정을 없애려고 하기는 커녕 오히려 그것을 부추겨 자신의 정치적 기반으로 삼고 있습니다. 그것을 최대한 이용하여 표를 끌어 모으는 것이 그들이 노리는 속셈입니다. 따라서 그들에게 있어서 지역감정은 필요악이고, 없어서는 안 될 아주 든든한 후원자인 셈입니다.

만일 지역감정이 없어진다면 정치생명이 끊어질 정치인들은 과연 몇 명이나 될까요? 아마 현역 국회위원 중 3분의 2 이상이 선거에서 떨어질 것입니다. 때문에 그들은 필사적으로 지역감정을 움켜쥐고 있는 것입니다. 얼마나 악랄한 심보입니까? 그 악랄함에 분노와 혐오감을 느끼면서 연민의 정까지 품어봅니다. 과연 그런 자들에게 이 나라를 맡겨도 될까요?

송 복 교수는 지역감정의 원흉으로 3김을 지적하면서 그들 세 사람만 없어지면 지역갈등이 없어질 것처럼 이야기하고 있습니다. 그의 주장대로 과연 그럴까요?

여기서 지역감정의 뿌리를 살펴볼 필요가 있습니다.

송교수는 3김과 그 추종자들이 으레 지역갈등의 원조로 박정희 전대통령을 내세우고 몰아붙인다고 하면서, 박은 결코 원조가 아니라고 극구 변호하고 있습니다. 박정희 시대의 지역갈등은 세계 어느 나라에나 있는 것으로, 우리 나라만의 특수현상이 아니라 보편적인 현상이라는 것입니다. 그 이유로 그는 그 시대에는 그와 같은 지역갈등을 내포하면서도 전국적인 여당과 전국적인 야당이 있었다는 것입니다. 참으로 이해하기 어려운, 해괴하기 짝이 없는 해석이라고 하겠습니다. 어떻게 정치학자라는 사람의 견해가 이처럼 상식 이하일 수가 있을까요?

한번 생각해 보십시오. 솔직히 말해 박정희 시대의 당이란 것이 당이라고 할 수 있습니까? 폭압적인 독재자가 만든 당을 가지고 전국적인 정당이라고 추켜세우다니 그저 어안이 벙벙할 따름입니다. 그야 폭력을 사용하니까 전국적인 정당인 것처럼 보였겠지요. 하지만 독재 하에서의 전국적이라는 말이 무슨 의미가 있겠습니까? 당시 명목상의 야당으로 유정회라는 것이 있었지요. 야당을 맥못추게 하기 위해 박정희가 만들어 낸 사이비 정당이었지요. 그런 것을 가지고 전국적인 정당이라고 할 수 있을까요?

엄밀히 말하면 지역감정은 5·16쿠데타와 함께 시작되었다고 볼 수 있습니다. 쿠데타를 일으켜 헌정을 뒤집어엎은 박정희는 민정이양 약속을 하는 자리에서 눈물까지 흘리면서 자기처럼 불행한 군인이 되지 말아달라고 당부까지 했습니다. 그러나 그는 자기 손으로 자기 어깨 위에 별 네 개를 달고 폼을 잡는가 싶더니 이내 대장으로 예편, 민간인 복장으로 갈아입은 다음 민정이양 약속을 저버리고 대통령 선거에 출마했습니다.

그때부터 그는 출신지역인 영남권에 전적으로 의지하면서 지역감정을 부추기기 시작했습니다. 쿠데타 직후부터 그의 주위는 이미 경상도 인맥으로 채워지고 있었기 때문에 영남권 민심을 사로잡는 것은 아주 쉬운 일이었습니다. 당시 공화당 의장이던 이효상 같은 이는 노골적으로 지역감정을 선동하면서 경상도가 똘똘 뭉쳐 박정희를 뽑아야 한다고 역설했습니다. 결국 그렇게 해서 박정희는 대통령에 당선되었고, 그때부터 본격적으로 경상도 개발에 천문학적인 돈을 쏟아 붓기 시작했습니다. 정계와 관계, 군부와 비밀기관, 법조계와 경찰, 금융권과 재계 등 모든 분야의 상층부에는 경상도 출신들이 대거 포진하기 시작했습니다. 포항제철과 함께 울산, 대구, 구미 등에 대규모 공단이 들어서고, 대학도 여기저기 세워지기 시작했습니다. 한마디로 박정희는 영남권의 구세주였고 은인이었습니다. 대구는 항상 거물로 북적거렸습니다.

반면 전라도는 박정희의 관심 밖이었습니다.

정적으로 눈엣가시처럼 미워하는 DJ가 정신적 지주처럼 버팀목이 되어 전라도 사람들의 가슴속에 깊이 자리잡고 있는 것이 심히 못마땅했는지 몰라도 아무튼 박정희 시대에는 전라도 지방은 버림받은 변방지대나 다름없었습니다. 개발 독재시대인 만큼 한 지역에만 특혜를 주어 집중적으로 개발시키는 것은 별로 어려운 일이 아니었습니다.

인재의 등용 면에서도 모든 요직에 경상도 출신 사람들로만 앉히고 전라도 사람들을 일절 배제시킴으로써 전라도인들의 소외감은 갈수록 심화되어 갔습니다.

여기서 DJ가 지역감정을 부추기고 심화시켰다고 주장하는 사람들도 있습니다. 하지만 그는 어디까지나 박해만을 받아온 피해자였을 뿐입니다. 칼자루를 쥐고 있지 않은 그가 어떻게 지역감정을 조장할 수가 있겠습니까? 그에게 죄가 있다면 민주주의를 줄기차게 주장해 온 것과 소외된 사람들의 동반자로서 그들의 동정심을 받았다는 것뿐입니다.

지역감정의 핵으로서 당시에 TK라는 말이 유행한 것을 기억하실 것입니다. 김영삼 시대에는 PK라는 말이 유행이었지만, 그전 박정희 — 전두환 — 노태우 시대를 관통하는 유행어는 단연 TK였습니다. 대구와 경상북도를 상징하는 TK는 TK사단으로도 불리면서 30여 년 동안 그 위력을 발휘했습니다. 나라를 좌지우지한 TK 출신 사람들을 뭉뚱그려 표현한 TK사단이라는 말이야말로 지역감정을 전파하고 대변한, 그리고 한 시대를 풍미한 신조어였던 것입니다.

박정희가 씨를 뿌리고 키운 지역감정은 18년에 걸친 그의 집권기간에만 그친 것이 아니었습니다. 그 뒤를 이어 권력을 찬탈한 전두환 역시 TK세력을 그대로 이용하면서 지역감정을 보다 공고히 다져나갔던 것입니다. 그리고 세 번째의 군장성 출신인 노태우도 그 전철을 그대로 밟아 나갔습니다.

박정희 ― 전두환 ― 노태우로 이어지는 경상도 출신 군인들의 집권기간은 무려 33년이나 되었습니다. 그러니까 그들은 33년 동안이나 자신들의 출신 지역만을 끼고 돌면서 지역감정을 완벽하게 구축했던 것입니다.

상식적으로, 아주 편안한 마음으로 한번 생각해 보십시오. 경상도 출신 군인들이 서로 번갈아 가면서 줄잡아 33년 동안이나 집권했으니, 그것도 자기들이 태어나 자란 지역만을 애지중지하며 키웠으니, 소외지역의 사람들 마음이 편안할 리 있었겠습니까? 마음이 바다같이 넓은 부처가 아닌 다음에야 어찌 감정이 없을 수 있겠습니까? 30여 년간 쌓이고 쌓인 감정이 응어리가 되어 언젠가는 터지고야 말 것이라는 것은 이미 예견된 일이었습니다.

여기에, 내연되고 있는 불길에 기름을 끼얹은 결정적인 역할을 한 것이 바로 5·18 광주학살이었습니다. 수천 명의 무고한 시민들을 죽이거나 상해한 이 학살을 주도한 인물들은 하나같이 모두가 경상도 출신 군 지휘관들이었습니다. 학살이 벌어지고 있는 동안 다른 지역, 특히 TK지역 사람들은 쥐죽은 듯 침묵을 지키고 있었습니다. 아니, 수수방관하고 있었다는 표현이 옳을 것입니다. 당시 광주에는 다음과 같은 말이 파다하게 퍼져 있었습니다.

「경상도 군인들이 전라도 사람들을 모두 죽이고 있다!」

생각해 보면 이 얼마나 절박한 표현입니까? 마치 스파크 뉴스처럼 퍼지고 있는 이 절박한 외침에 가만히 앉아 있을 광주 시민이 누가 있었겠습니까?! 상황이 이러했을진대, 피가 통하는 인간으로서 어찌 감정이 폭발하지 않을 수 있었겠습니까?!

그것은 인간이라면 누구나 가질 수 있는 아주 당연한 반응이었습니다.

광주 학살을 정점으로 지역감정은 이제 돌이킬 수 없는 지경으로까지 고착화되어 버리고 말았던 것입니다.

이제 전라도에서 지역감정이 특히 두드러지게 나타나게 되었던 이유를 아셨으리라 믿습니다. 굳이 제가 이런 말씀을 드리지 않더라도 피해 당사자인 당신께서는 저보다 더 깊이 그 이유를 이해하고 계시겠지요. 하지만 저는 당신이 벌써 알고 있고 이해하고 있는 일이라 할지라도 제 나름대로 정리해서 몇 번이고 들려 드리고 싶은 심정입니다. 왜냐하면 당신의 외로움을 조금이라도 덜어 드리고 싶으니까요.

5·18 광주 학살을 고비로 철저하게 인권을 유린당한 전라도 사람들은 자신들의 감정을 표출할 방법이 선거밖에 없었습니다. 그리고 박해와 살해 위협에서 겨우 목숨을 부지하고 있는 DJ에게 모든 희망을 걸었습니다. 그만이 자신들의 억울함

을 밝혀 주고 인권을 되찾아 줄 수 있는 유일한 인물이라고 생각했기 때문입니다. 따라서 전라도 사람들이 그를 전폭적으로 지지한 것은 아주 당연한 일이었습니다. 그리고 그것은 경상도 사람들이, 또는 충청도 사람들이, 그리고 강원도 사람들이 자기 지역 출신 정치인들에게 몰표를 던져주는 것과는 근본적으로 성격이 다른 것이었습니다.

무엇보다도 전라도 사람들의 투표행위에는 절박함이 있었습니다. 그것은 살아남아야 한다는 거의 본능적인 절박함이었습니다. 그리고 거기에는 더 이상 당하고만 있을 수 없다는 억울함으로 인한 울분, 모멸감에서 벗어나 긍지를 지키려는 자존의 암묵적 시위가 있었습니다.

그러나 다른 지역 사람들의 몰표 행위는 다분히 지역 이기주의에서 비롯된 것이었습니다. 더욱이 영남지역 사람들의 지역감정이 보여준 싹쓸이 투표는 30년 넘게 지켜온 기득권을 절대 잃을 수 없다는 과욕의 표출이라고밖에 볼 수 없습니다.

여기서 다음과 같은 계산을 한번 해봅니다. 물론 이런 계산이 현실적으로 어려운 것이고 또 아주 순진한 생각이라고 할 수 있겠지만 안타까운 나머지 한번 계산을 해본 겁니다. 경상도 쪽에서 33년 동안 권력을 독점해 왔으니까 더 이상 욕심부리지 말고 다음에는 전라도 쪽에 한번 양보하면 어떨까? 그렇게 해서 그들의 한과 울분을 풀어 주면 지역감정이 가라앉을 것이 아닌가?

그러나 이런 생각이 얼마나 어리석고 감상적인 것인가 하는 것은 지난번 대선 때 여실히 드러났습니다.

지난번 대선 결과를 보면 지역감정에 따른 몰표 현상이 조금도 사라지지 않았음을 알 수가 있습니다. 경상도 사람들은 기득권을 잃지 않으려고 여당 후보에게 몰표를 던졌고, 전라도 사람들은 참담한 심정과 함께 마지막 희망을 담은 채 DJ에게 표를 찍었습니다. 마지막 희망이라고 한 것은 만일 이번에도 실패하면 더 이상 미래에 희망이 없다고 생각했기 때문입니다.

그런데 하늘이 도왔던지 DJ가 아슬아슬한 표차로 대통령에 당선되었던 것입니다. DJ 본인이나 전라도 사람들한테는 정말 몇십 년만에 맛보는 눈물겨운 승리였습니다. 그러나 그 승리에 아쉬움은 남았습니다. 지역감정은 그대로 남아 있었고, 기득권을 상실한 경상도 사람들은 DJ를 부정적인 눈으로 싸늘하게 쳐다보고 있었습니다.

사실 엄밀한 의미에서 경상도 사람들 모두가 기득권을 상실한 것은 아닙니다. 국민은 지역을 초월해 모두 평등하기 때문입니다. 다만 그 동안 부귀영화를 누려온 소수의 권력집단, 즉 TK사단이 기득권을 상실했을 뿐입니다. 평범한 일반 경상도 사람들한테 무슨 기득권이 있겠습니까?

하지만 소박하고 평범한 경상도인들은 TK사단의 지역감정 선동에 휘말려 판단력을 상실한 채 몰표를 던졌던 것입니다. 그러나 결과는 그들이 바라던 것과는 다르게 나왔습니다. 얼마든지 다르게 나올 수 있는 것 아닙니까?

50년만의 정권 교체 — 그것은 한국 역사상 처음 있었던 일대 사건이었습니다. 그것은 DJ와 전라도 사람들만의 승리가 아닌, 민권의 승리이자 건국 이후 최대의 경사였습니다. 따라서 한국민은 모두 감격의 눈물을 흘리며 그것을 축하해야 마땅했습니다.

50년만의 정권 교체로 한국의 국제적 위상은 높아졌고, 마침내 민주정치의 기본 틀이 정착되기에 이르렀습니다. 얼마나 우리가 바라던 일이었습니까? 그런데 우리는 우리 자신이 이룩한 이 소중한 성취가 얼마나 가치 있고 귀중한 것인지를 모르고 있습니다. 다만 눈앞의 이익에 눈이 팔려, 또 지역감정에 얽매여 그 가치를 외면하고 있습니다. 참으로 슬픈 일이 아닐 수 없습니다. 처음의 냉담한 반응이 일부에서는 적대감으로까지 변하고 있으니, 나라의 장래가 심히 걱정됩니다.

이렇게 된 이유는 아직도 여전히 지도층에 있는 사람들이 지역감정을 조장하고 있기 때문입니다. 그 동안, 그러니까 5·16쿠데타부터 따진다면 2000년까지 40년 동안 지역감정의 폐해가 얼마나 극심했는가 하는 것은 모두가 다 아는 일입니다. 그렇다면 나라의 장래를 조금이라도 걱정하는 사람이라면 지역감정을 조장하는 짓을 당장 그만두고 화해 화합의 길로 나가는 것이 당연한 일입니다. 하지만 기득권을 잃지 않으려는 지도층 인사들은 오로지 자기 한 몸의 이익과 영달만을 생각하고 있을 뿐 나라의 운명 같은 것은 관심도 없습니다. 한마디로 그들은 적보다도 더 나쁜 사람들입니다. 합법적으로 교묘하게 국민의 고혈을 빨아먹고 나라를 분열시키고 있으니 적보다 나쁘면 나빴지 나을 게 조금도 없습니다.

지금의 지역감정에는 처음의 살아야 한다는 절박함도 없고 지역 이기주의만이 존재하고 있을 뿐입니다. DJ가 대통령에 취임한 지 이제 겨우 2년이 되었습니다. 그러나 지난 33년 동안 특혜를 누려온 기득권 세력들은 그 2년을 못 참고 입에 거품을 물고 DJ를 헐뜯고 나섰습니다. DJ를 물어뜯는 그들의 모습은 모두가 하나같이 이성을 상실한 맹수들 같았습니다.

집권당이 정치를 잘못해서 나라를 부도사태로 몰고 가고, 온 국민을 IMF 관리하의 참담한 상태로 몰아넣었다면, 그 당은 당연히 책임지고 정권을 내놓는 것이 순리입니다. 그래서 국민은 집권당을 문책했고, 야당에게 정권을 물려주었던 것입니다. 그러나 지금의 야당은 반성은커녕 과거 집권당 시절을 못 잊어하고 있고, 정권을 내준 것이 너무도 억울한 나머지 DJ정권이 출범하기가 무섭게 사사건건 물고 늘어졌습니다.

IMF 관리체제에서 나라와 국민을 하루빨리 벗어나게 해야 하는 크나큰 부담을 안고 출발한 DJ정권은 야당의 공격에 시달려야 했습니다. 야당의 공격은 줄기차고 집요했습니다. 쉴새 없이 퍼부어 대는 거센 공격에 정부는 비틀거리기 시작했고, 야당을 못마땅하게 생각하던 국민들도 어느새 슬그머니 거기에 세뇌되어 공격의 대열에 가담하기 시작했습니다. 정말 해도 너무 한다는 생각을 지울 수가 없었습니다. 33년에 비하면 2년이란 세월은 아무 것도 아니지 않은가? 짧은 2년 동안에 김대중 정부는 IMF를 훌륭히 극복하고 괄목할 만큼 다시 경제를 일으켜 세우지 않았는가? 그러나 야당은 그 사실을 인정하고 싶지가 않았습니다. 인정하기는커녕 더욱 무자비한 폭로전으로 정부를 궁지에 몰아넣었습니다. 그들이 외쳐대는 비방 가운데 가장 끔찍한 말 두어 개를 골라 보았습니다.

「DJ정권은 태어나서는 안 될 정권이었다!」

「경상도가 다시 정권을 되찾아야 한다!」

「지금은 좌익광란의 시대다!」

경상도가 다시 정권을 되찾아야 한다는 말은 지역감정을 노골적으로 부추긴 망국적인 말이라고 할 수 있습니다. 왜 지역에 빗대어서 정권을 되찾으려고 하는 겁니까? 이런 말을 하는 정치인들이 존재하고 있는 한 지역감정은 영원히 사라지지 않을 것입니다.

자유민주주의의 위대한 승리 ― 피눈물나는 역경을 딛고 50년만에 태어난 정권을 놓고 태어나서는 안 될 정권이라고 말하다니, 이런 망언이 어디 있습니까?

지금이 좌익광란의 시대라고 생각하십니까? 냉전시대는 벌써 사라지고 새로운 밀레니엄을 맞아 원대한 비전을 가지고 국가를 발전시켜야 할 정치인들이 아직도 냉전시대의 이데올로기를 무기로 상대방을 공격하다니 참으로 한심스러운 발상이 아닐 수 없습니다.

사상문제는 DJ를 끊임없이 괴롭혀 온 문제였습니다. 그것이 새빨간 허구인 것을 알면서도 정적들은 그것을 이용해서 그를 괴롭혀 왔습니다. 대통령이 된 지금도 말입니다. 페어플레이 정신이라고는 손톱만큼도 없는 그 무자비하고 야만적인 공격에 당신은 얼마나 마음이 아플까 생각해 보곤 합니다. 이 문제는 그대로 지나칠 수가 없어 다음에 따져보기로 하겠습니다.

DJ가 취임한 이후 2년 동안 국회는 단 하루도 편안한 날이 없었습니다. 끝없이 이어지는 공세와 폭로전으로 국회는 항상 살기등등한 분위기에 휩싸여 있었고, 정치인들은 서로 상대방을 못 잡아먹어 으르렁거렸습니다. 한마디로 국회는 국민을 위해 봉사하는 정치판이 아니라 서로 먹을 것을 차지하려고 짖어대는 개판이나 다름없었습니다. 그 바람에 시급한 민생현안들은 뒷전으로 밀리고, 2000년대의 원대한 국가 비전도 찾아볼 수 없게 되었습니다. 참으로 한심스럽고 무책임한 자들의 집단이 바로 한국의 국회의원들이라는 생각이 들었습니다. 이럴 바에야 국회가 무슨 소용이 있느냐는 국회 무용론이 일반시민들 사이에서 전염병처럼 퍼지고 있습니다.

국회를 개판으로 만들어 놓은 정치인들은 그것도 모자라 자기 지역구에 내려와서는 지역감정에 또 불을 지릅니다. 저는 부산에 거주하고 있기 때문에 지역구 의원들의 망국적인 언행을 자주 보게 됩니다. 자기 지역구에 내려온 국회의원들은 민심을 사로잡기 위해 원색적인 언어로 지역감정을 마구 부추깁니다. 그리고 그보다 더더욱 구역질나고 보기 민망한 것은 걸핏하면 집단으로 우하니 몰려와 부산역 광장 같은 데서 야외집회를 갖고 듣기 민망한 말들을 무책임하게 쏟아낸다는 점입니다. 다른 지역에 가면 호응을 못 받으니까 부산에 내려와 부산시민들을 상대로 지역감정을 부추기는 것입니다. 얼마나 자신이 없으면 그런 짓을 하는 것일까요? 이 얼마나 비굴하고 속이 빤히 들여다보이는 짓입니까? 그들은 부산 시민들이 보는 앞에서 주먹을 휘두르며 이렇게 외칩니다.

「DJ가 부산을 죽이려고 합니다! 여러분 이대로 두고만 볼 겁니까?! 부산 기질 모두 어디 갔습니까? 본때를 보여줍시다!」

멋모르는 부산 시민들은 동원된 당원들을 따라 박수를 치며 환호합니다. 그것을 보고 국회의원들은 기세등등해서 미친 듯 부르짖습니다.

「이 판에 DJ정권을 끝장냅시다! 역사상 이렇게 부패한 독재 정권은 없었습니다!」

끝가는 데를 모르는 지역감정 선동과 근거도 없는 폭로전 — 이것이 지난 2년 동안의, 개판 같은 정치 현장이었습니다.

6. 언론 ― 그 기막힌 카멜레온的 변신

2000년 2월

　요즘처럼 신문방송 등 주요 언론매체들이 시청자와 독자들을 시체말로 헷갈리게 하는 때도 없을 것입니다. 언론매체들이 하는 것을 가만히 지켜보고 있으면 추측기사들을 멋대로 써대고 있거나, 어떤 목적의식을 가지고 의도적으로 정도에서 벗어난 보도를 하고 있거나, 또는 지역감정을 조장하는 논조를 마치 대단한 용기를 가지고 하는 것처럼 큰소리로 떠들어대는 것을 볼 수가 있습니다.

　이런 경우 일반적인 국민들은 언론의 보도를 그대로 믿어 버리기 십상이고, 그렇게 되면 언론은 여론조작이라는 소기의 목적을 달성하게 되는 것입니다. 사실 언론이 우매한 국민들을 속이는 것처럼 쉬운 일도 없을 것입니다. 국민들 각자는 세상

돌아가는 것에 대해, 그리고 정치에 대해 잘 아는 것처럼 이러쿵저러쿵 이야기들 하지만 사실 음모론자들이 볼 때는 어리석기 짝이 없는 것이 국민들 아닙니까?

여론 조작의 가장 대표적인 것이 얼마 전까지 세상을 떠들썩하게 했던 J일보의 경우입니다. 거대재벌을 등에 업고 출발한 J일보는 그 동안 많은 투자와 노력 덕분으로 중앙의 주요 일간지로 자리를 잡았고 판매부수면에서 1위를 차지하려는 치열한 싸움을 계속해 왔습니다. 그러던중 부친에 이어 경영권을 물려받은 젊은 사장이 탈세혐의로 구속되는 사태가 일어났습니다. 주요 일간지의 사장이 구속된 예가 지금까지 없었기 때문에 그의 구속은 전 언론은 물론 국민들의 초미의 관심사가 되었습니다. 그는 결국 유죄가 입증되어 거기에 준하는 판결을 받았고, 얼마 후 석방되긴 했지만 현재 법적으로 자유로운 입장은 아닌 것으로 알고 있습니다. 그의 구속은 법 앞에서는 만인이 평등하다는 원칙을 보여준 것으로서 좋은 사례로 남게 되겠지만, 그에 대한 법 집행을 앞두고 J일보가 보여준 치졸한 여론조작 행위는 그대로 묵과할 것이 아니라 반드시 짚고 넘어가야 할 문제라고 생각합니다.

당시 J일보가 자행한 조작 행위 중 가장 치졸하고 낯부끄러운 짓거리는 외국 언론을 동원해서 사장의 구속을 막으려고 한 점입니다. 사장의 탈세혐의를 어떻게든 언론 탄압으로 몰고 가려고 안간힘을 쓰다가 그것이 여의치 않자 외국 언론을 끌어들여 검찰의 법 집행에 대항한 것입니다. 세계 언론기구와 외국 유명 언론인들을 동원해서, 정부가 J일보를 죽이려고 한다며

매일 떠들어대는 바람에 무지한 국민들은 어리둥절해 했고, 일부는 J일보의 주장에 동조하기까지 했습니다.

만일 그때 검찰이 J일보의 여론조작과 파상공세에 밀려 사건을 흐지부지 처리하고 사건 당사자를 구속시키지 않았다면 J일보는 민주언론의 승리라고 호들갑을 떨었을 것이고, 반면 정부는 언론에 끌려다니는 신세로 전락하고 말았을 것입니다. J일보 기자들이 다른 언론사 기자들 앞에서 자기네 사장을 수사하는 것은 언론 탄압이라고 성명서를 낭독하는 모습, 사장이 구속되던 날 법원 앞에서 도열하여 「사장님, 힘내세요!」하고 소리치던 장면 등은 치졸한 언론과 언론인들의 자화상인 것 같아 구토를 느끼게 합니다.

사족이지만, J일보가 구차하게 외국 언론까지 끌어들인 데에는 국내 언론사들의 동조를 전혀 받지 못했기 때문이 아닌가 생각됩니다. 동병상련(同病相憐)이라고, 같은 업종끼리는 으레 고통을 함께 나누고 도와주는 것이 도리입니다. 그러나 J일보 사태를 보면서 제가 느낀 것은 다른 언론사들이 동정이나 동조는커녕 오히려 고소하다는 듯 팔짱을 끼고 구경만 하고 있었다는 사실입니다. 따라서 동조하는 언론사 하나 없는 J일보 입장에서는 처음부터 외로운 싸움을 벌일 수밖에 없었고, 그러다 보니 궁여지책으로 외국 언론을 끌어들이지 않았나 생각됩니다.

국내 언론사들이 J일보의 주장에 동조하지 않은 이유는 대체로 다음 두 가지일 거라고 생각됩니다.

첫째는 언론 탄압이라는 J일보의 주장이 설득력이 없을 뿐 아니라 여론조작의 냄새가 짙게 풍기고 있었기 때문입니다.

둘째는 J일보한테 적들이 많다는 사실입니다. 다른 신문사들에 비해 역사가 짧은 J일보는 창간 때부터 조선일보, 한국일보, 동아일보 등 3대 일간지들이 누려온 독점적 지위를 위협하면서 짧은 기간 내에 급성장했습니다. 우수한 기자들을 기습적으로 스카웃하고, 판매부수 확장을 위한 공격적이고 끈질긴 마케팅 전략, 다른 신문사에는 없는 막강한 자본력 등으로 불과 몇 년 사이에 4대 일간지로 자리잡게 되었습니다. 자연, 경쟁지들한테는 J일보가 눈엣가시일 수밖에 없었습니다. 따라서 그들 사이에 협조니 동조니 동정이니 하는 따위는 있을 수가 없었습니다. 그런 말들은 순진하기 짝이 없는 이야기로 치부될 수밖에 없겠지요.

솔직히 말해 늙은 여우같이 노회한 오래된 신문사 사주들한테는 무슨 황태자라도 되는 양 설쳐대는 J일보의 젊은 사장이 미운 오리새끼처럼 보였겠지요. 이참에 한번 버르장머리를 단단히 고쳐 다시는 이쪽을 넘보는 일이 없도록 했으면 하고 바랐겠지요.

J일보가 그 동안 지면 혁신 등을 통해 괄목할만한 성장을 한 것은 사실입니다. 가로쓰기 단행, 전문기자제 도입, 풍부하고 유익한 내용 등으로 독자들을 사로잡았고, 그것을 본 다른 신문사들은 J일보를 따라가느라고 정신없이 허둥대야 했습니다. J일보의 괄목할만한 성장으로 군웅할거시대의 독점적 지위가 무너지기 시작했기 때문입니다.

그러나 J일보의 이와 같은 성장에는 한계가 있었습니다. 이 말은 신문의 정론(正論)과 관계가 깊은 말입니다.

신문의 생명은 정론에 있습니다. 신속 정확한 보도는 어느 신문이나 할 수 있습니다. 그러나 공명정대한 논리로 대중을 이끄는 것은 결코 쉬운 일이 아닙니다. 아무리 우수한 기자들과 막강한 자본력을 무기로 신문을 만든다 해도 그것만으로 정론이 만들어지는 것은 아닙니다. 독자들은 멍청한 것 같아도 어떤 신문이 정론을 펼치고 있는지, 다 감지하고 있다는 것을 아셔야 합니다.

정론과 함께 중요한 것은 도덕적 품격입니다. 정론을 주장함에 있어서도 품격을 갖추어야 합니다. 품격이 결여된 정론은 독자들의 대접을 받을 수가 없습니다.

한국 언론사들 가운데에는 종교단체에서 만든 신문사와 방송국들이 있습니다. 그와 같은 종교단체의 우두머리를 대부라고 부르겠습니다. 종교를 이용해서 엄청난 부를 축적한 각 대부들은 영향력을 극대화하기 위해 신문사를 하나씩 만들었습니다. 엄청난 돈을 쏟아부으면서 말입니다. (그 돈을 불우한 이웃들에게 나누어 준다면 얼마나 좋을까요?) 그러나 아무리 돈을 많이 쏟아붓고, 우수한 기자들을 스카웃하여 신문을 만들어도 독자들을 확보하는데는 실패하고 말았습니다. 그 이유는 무엇일까요? 그것은 아무리 변명을 해도, 특정 종교를 선전하여 교세를 확장하려는 신문이라는 선입견이 이미 독자들의 머리 속에 각인되어 있기 때문입니다. 이와 같은 선입견은 그것들이 정론지가 아니라는 생각으로 귀결됩니다. 정론지가 아니기 때문에 굳이 사볼 필요가 없다는 생각 ─ 이것은 얼마나 단순 명쾌한 논리입니까?

다시 말씀드리지만 J일보가 사장의 형사입건을 놓고 보여준 태도는 정론과는 거리가 먼 치졸한 모습이었습니다. 외국 언론까지 끌어들인 여론조작과 기자들의 충성심 경쟁은 J일보의 도덕성을 의심케 했고, J일보의 한계를 극명하게 보여준 해프닝이었습니다. 그 사건으로 J일보의 도덕적 위상이 크게 상처받았다는 것을 J일보가 알고 있는지 모르겠습니다.

그 사건이 터졌을 때 J일보는 가만히 침묵을 지켜야 했습니다. 그렇지 않고 마치 사운을 걸기라도 한 듯 신문사 전체가 들고일어나 언론 탄압이라고 떠들어대는 바람에 문제가 커졌고, 결과적으로 J일보 이미지에 큰 상처만 입히고 말았습니다. 반성하는 의미의 무거운 침묵과 뒤이은 사과보도가 있었다면 J일보는 도덕성에 별로 상처를 입지 않았을 것이고, 나아가 정론지로서 떳떳이 고개를 들 수 있었을 것입니다.

제가 보기에는 한국 언론이 지금처럼 당당하게 제 목소리를 내고, 할말 안 할말 마음대로 토해냈던 때는 일찍이 없었다고 생각합니다. 현재의 한국 언론의 모습은 마치 제왕의 위치에 있는 것 같은 느낌이 듭니다. 제왕의 자리에 앉아서 무소불위(無所不爲)의 권력을 휘두르고 있다고 해도 과언이 아닙니다. 무슨 말을 해도 간섭하거나 잡아가지 않는다는 것은 누구나 다 아는 사실입니다. 대통령을 빨치산 같은 수법을 구사하는 인간이라고 매도해도, DJ정권 타도를 외쳐도, DJ 아들이 미국에서 호화주택에 살고 있다고 거짓말을 해도, 좌익들이 광란의 파티를 열고 있다고 주장해도, 50년만에 집권한 야당에게 지난 2년 동안 그렇게 무자비하게 비난을 퍼부었는데도, 입만 열면 3김 청산이니 거짓말장이라느니 해도 누구 한 사람 붙잡혀 갔다는 말을 듣지 못했습니다. 이렇게 제멋대로 무책임하게 떠들어대는 것을 보고 있자니, 이제는 통제를 좀 해야겠다는 생각이 들 정도입니다.

현재 우리 국민은 아무도 무서워하지 않습니다. 군인도 경찰도 비밀기관 요원도 대통령도 무서워하지 않습니다. 무서워해서는 안 되겠지요. 굳이 무서워하는 곳이 있다면 세금을 징수하는 국세청이라고나 할까요. 탈세가 전국민적으로 광범위하게 자행되고 있으니까 국세청을 무서워할 수밖에 없겠지요.

미국무부가 지난 2월 25일(현지 시간) 펴낸 1999년 「세계인권보고서」에는 다음과 같은 글이 실려 있습니다. 한국 언론의 현주소를 아주 적절히 표현한 것 같아 여기에 인용합니다.

「한국 언론은 모든 분야에서 정부를 강도 높게 비판하고 있으며, 보도를 막으려는 당국의 탄압은 없다.」

정론을 벗어난 기사를 쓰는 등 도덕적 품격을 상실하기는 지방 언론들도 마찬가지입니다.

지방 언론들 역시 최근 들어 열심히 지방의 여론을 조작하고 있는 것을 보게 됩니다. 그것을 볼 때마다 안타까움을 금할 수가 없습니다. 저는 부산에 살고 있기 때문에 부산의 언론에 대해 말씀드리겠습니다.

부산의 언론들은 지역감정을 부추겨 어떻게든 지역 민심을 악화시키려고 기를 쓰고 있는 것 같아 걱정스럽기 짝이 없습니다. 부산 시민들 사이에 反DJ 정서가 강한 것도 그 일부는 언론들의 그와 같은 무책임한 보도 때문이라는 생각이 듭니다. 겉으로는 지역감정을 일소해야 한다고 떠들면서도 뒤에서는 지역감정을 조장하고 있는 것이 부산의 언론들입니다. 부산 출신 야당의원들이 걸핏하면 내뱉는 말이 「DJ정권이 부산 죽이기에 나섰다.」 「DJ정권이 부산을 죽이려고 한다.」는 것입니다. 거기에 놀아난 각종 이익단체들도 집회 때면 으레 같은 말을 목청껏 외칩니다. 더욱 놀라운 것은 시민단체라는 것이 거기에 편승해서 「DJ정권 타도!」를 외치는 일입니다. 그런데 부산의 언론들은 이런 구호들을 여과 없이 그대로, 마치 기다렸다는 듯이 큼직하게 보도하는 것입니다. 그리도 논조까지도 그대로 답습하고 있습니다.

어느 날 필자는 지방 언론의 지역 감정 조장에 대해 답답하기도 하고 화가 나기도 해서 모 신문사의 간부에게 술자리에서 이렇게 물어보았습니다. 지역 여론을 올바로 선도해야 할 신문사가 지역 감정을 오히려 부추기고 있으니, 그게 말이 되느냐? 그러자 그는 기다렸다는 듯이 다음과 같이 대답하는 것이었습니다.

「지역감정을 부추기지 않으면 신문이 잘 팔리지 않는다.」

지방 언론의 한계라고 하기에는 너무도 서글픈 답변이었습니다. 가공할 이 현실을 해결할 수 있는 방법은 없을까요?

언론을 움직이는 것은 거기에 소속되어 있는 기자들입니다. 따라서 기자들이 도덕적으로 단단히 무장되어 있어야 함은 너무도 당연한 일입니다. 그러나 오늘날 한국 언론에 종사하고 있는 기자들은 도덕적인 것에는 별로 관심이 없고, 특종과 돈

그리고 권력 같은 것에만 눈독을 들이고 있는 것 같아 안타깝기 짝이 없습니다. 기자들이 너무 세속적 이기에만 집착하고 출세 지상주의에 빠져 있는 한 그들한테서 정론을 기대하기는 어려운 일입니다.

얼마 전 모 방송국의 정치부 기자가 자신이 출입하는 정당의 국회의원한테 거액의 돈을 빌려달라는 애절한 편지를 보낸 것이 지상에 공개되어 사람들의 빈축을 산 적이 있습니다. 본인이야 사정이 딱해서 그런 짓을 했겠지만, 정치 권력에 유착해서 기생하고 있는 기자 세계의 타락상을 보는 것 같아 속이 편치 않았습니다. 기자들이 촌지를 밝히는 것은 어제 오늘의 일이 아닙니다. 한국 기자들 사이에서는 그것은 아주 오래 전부터 있어온 일반적인 관행 같은 것이었습니다. 미국이나 일본 같은 나라의 기자들로서는 생각조차 할 수 없는 지저분한 짓이 일반적인 관행으로 수십 년 동안 통용되어 오다니, 정말 수치스러운 일이 아닐 수 없습니다.

기자가 누구한테서 돈을 받으면 그 사람에 대해서, 또는 그 사람이 속해 있는 조직에 대해서 비판적인 기사를 쓸 수 없는 것은 자명한 일입니다. 정치인이나 경제인들, 또는 관리들은 그것을 알기 때문에 기자들한테 돈을 집어주는 것이고, 기자들은 서슴없이 그것을 받아 챙김으로써 암묵적 관계를 이루어 나가는 것입니다. 이와 같은 고질적인 병폐는 국가 전체의 구조적인 부패하고도 깊은 연관이 있기 때문에 단시일 내에 없어지지는 않겠지만, 아무튼 기자들을 타락시키는 요인인 만큼 하루빨리 근절시키지 않으면 안 된다고 생각됩니다.

기자들이 너무 세속적 이기에만 집착하고 출세 지상주의에 빠져 있음은 특히 정치적 격변기나 선거철에 두드러지게 나타나곤 합니다.

기자들이 권력자에게 빌붙어 그 주구(走狗) 노릇을 하기 시작한 것은 박정희 정권 때부터였다고 생각됩니다. 그들은 권력자의 환심을 산 뒤 청와대에 들어가 대변인 역할을 하던가 문화부장관, 또는 공보처장 자리를 맡기도 하고, 국회로 진출하기도 했습니다.

선배들의 출세와 출세방법 등을 지켜본 속물 후배 기자들은 때만 오기를 기다리고 있다가 박정희 암살(10 · 26사태)을 계기로 권력구조와 정치판이 한바탕 요동치기 시작하자 일제히 움직이기 시작했습니다. 그들은 기자 생활하면서 맺어놓은 연줄과 학연 지연 혈연 등을 총동원함은 물론 권력자를 찬양하는 미사여구로 가득 찬 아부성 기사를 수시로 발표함으로써 권력층의 환심을 산 뒤 마침내는 권력 핵심부에 접근하는데 성공합니다.

계엄 하에서 삼권을 틀어잡은 권력자의 위세는 정말 대단했습니다. 박정희의 위세를 그대로 답습하기 시작한 전두환은 먼저 언론을 장악할 필요가 있었습니다. 하지만 그는 어떻게 해야 언론을 손아귀에 넣을 수 있는지 그 방법을 몰랐습니다. 그때 그에게 그 방법을 일목요연하게 브리핑해준 것이 바로 언론인들이었습니다. 출세에 눈이 어두운 그 속물 언론인들 가운데서도 가장 두드러지게 언론을 탄압하는데 앞장선 기자를 일단 쟈칼(jackal)이라고 부르겠습니다. 쟈칼은 교활한 짐승으로,

남이 먹다 버린 썩은 고기를 즐겨 먹는다고 하는데, 일반적으
로 사기꾼이나 남의 앞잡이를 지칭할 때 사용합니다.

　브리핑을 통해 권력자의 마음을 사로잡는데 성공한 쟈칼은
마침내 언론관계 실무 책임자로 발탁되었고, 그때부터 그는 언
론을 탄압하는데 발벗고 나섰습니다. 신문사에서 기자로 오랫
동안 일해 왔기 때문에 그는 기자들의 속성을 누구보다도 잘
파악하고 있었고, 어떻게 요리하면 그들의 약점을 잡을 수 있
는지, 그리고 그 약점을 이용하여 그들을 꼼짝 못하게 붙들어
매는 방법 등을 잘 알고 있었습니다. 아주 교활한 방법으로, 그
리고 그것이 여의치 않으면 권력의 힘을 빌어 그는 언론을 길
들이기 시작했고, 마음에 들지 않은 신문사와 방송국을 언론
통폐합이라는 명분으로 없애 버렸습니다. 그 바람에 수많은 언
론인들이 거리로 쫓겨났고, 겨우 살아남은 언론사들은 입에 재
갈이 물린 채 군부가 시키는 대로 어용의 길을 걸어야 했습니
다. 자본주의 국가에서 사유재산을 이렇게 마음대로 처분할 수
있다니, 권력이 무섭긴 무서웠던 모양입니다. 보안사에서 언론
사 사장들을 불러들여 지하실에 감금해 놓고 포기각서를 쓰라
고 협박을 했다고 하니, 그런 야만적인 짓이 어디 있습니까?

　더욱 한심스러운 것은 그와 같은 야만적인 행위를 지휘한 자
가 바로 언론인 출신인 쟈칼이었다는 점입니다. 그는 일신의
영달을 위해 자기 동료와 선후배 언론인들의 목을 자르는데 앞
장을 섰고, 언론의 자유를 말살하는데 유감없이 실력을 발휘했
던 것입니다. 언론인이 언론인의 목을 치는데 그처럼 열을 올
린 것을 보면 그는 양심이라고는 손톱만큼도 없는 일종의 새디

스트 환자였던 것 같습니다.

아무튼 언론에 재갈을 물려 그들을 마음대로 부려먹을 수 있게 만든 그 훌륭한 솜씨로 크게 인정을 받은 쟈칼은 군부 통치 기간 내내 원했던 대로 요직에 앉아 계속 실력을 발휘했습니다. 하지만 부패 언론인의 전형으로서, 그리고 전 언론인에게 치욕적인 모멸감을 안겨준 한국 언론의 배신자로서 쟈칼은 언론사에 길이 기억될 것입니다.

쟈칼에 대해서만 주로 말씀드렸지만, 그 외에도 언론인 출신 배신자들은 많이 있습니다. 출세욕에 사로잡힌 상당수의 언론인들은 쟈칼의 뒤를 이어 권력층에 아부하기 위해 몰려들었는데, 권력 핵심부에서도 그들의 교활한 두뇌가 필요했기 때문에 그들을 측근에 불러들여 최대한 이용하기 시작했습니다. 그러니까 악어와 악어새의 관계가 시작되었다고 볼 수 있겠지요. 그들은 청와대 비서관, 국회의원, 장관, 공보기관 간부, 정보기관 간부, 정부기관지의 사장, 방송국 사장 등등 곳곳에 배치되어 군사독재를 유지시키는데 크게 이바지했습니다.

30여 년에 걸친 군사독재에 한국 언론인 출신들이 기여한 공로는 자못 컸습니다. 그 때문에 한국 언론의 이미지는 크게 변질되고 말았습니다. 언론계의 분위기도 많이 달라졌습니다. 송곳처럼 날카로운 필봉으로 공명정대한 보도를 쓰는 것을 생명으로 알아야 함에도 불구하고 그와 같은 도덕성은 구시대의 유물처럼 서랍 속으로 처박혀 버리고, 그 대신 기회주의와 생존 게임이 판을 치기 시작했습니다. 모든 언론사들은 어떻게든 권력층의 비위를 거스르지 않으려고 눈치만 보기 시작했고, 수단

방법을 가리지 않고 권력층에 빌붙어 목숨을 부지하려고 기를 썼습니다. 참으로 서글픈 현상이었습니다. 분위기가 이렇게 돌아가니 기자다운 기자도 찾아보기 어렵게 되었고, 모두가 약삭빠르고 냉소적인 기자들만 우글거리게 되었습니다.

지금은 그때와는 상황이 많이 달라졌습니다. 만일 DJ정권이 나서서 기자들 목을 자르고 언론 통폐합을 한다면 어떻게 될까요? 아마 DJ정권은 당장 무너져 버릴 겁니다. 세상은 이렇게 많이 달라졌습니다. 이것은 언론자유가 그만큼 신장되고, 이제는 그 누구도 언론을 간섭하고 통제할 수 없게 되었음을 의미합니다.

그렇다면 언론이 이렇게 제자리를 찾게되고 자유를 최대한 누릴 수 있게 된 것은 누구 때문일까요? 언론이 불굴의 투쟁을 통해 자신의 힘으로 자유를 획득한 것일까요? 천만의 말씀입니다. 지금까지 한국 언론이 강자에게는 약하고 약자에게는 강한 비굴한 존재였다는 것, 권력의 눈치보기에 급급해서 정론은 고사하고 곡필아세(曲筆阿世)로 국민의 눈과 귀를 멀게 하고 생존게임에만 몰두해 왔다는 것은 이미 앞에서 말씀드린 바 있습니다. 따라서 한국 언론은 언론자유를 쟁취하는데 조금도 기여한 바가 없습니다. 지금 그들이 누리고 있는 자유는 다른 사람들이 가져다준 것입니다. 그들은 그것을 알고 있을까요?

언론인들이 그렇게도 바라던 언론 자유는 다름 아닌 국민들이 권력자들로부터 빼앗아다가 그들에게 안겨준 것입니다. 그리고 또 있습니다. 언론자유를 쟁취하고 그것이 자리잡는데 결정적인 역할을 한 사람들이 있습니다. 다름 아닌 목숨을 걸고 평생동안 자유민주주의를 지켜온 DJ 같은 사람들이 있었기에 오늘날 언론이 제 권리를 찾고 표현의 자유를 만끽하게 된 것입니다. 언론은 이처럼 자기 희생을 통해 언론의 자유를 쟁취해 준 이들의 용기에 대해 항상 감사하는 마음을 잊지 말아야 할 것입니다.

이처럼 언론의 자유가 최대한 보장되고 마음만 먹으면 얼마든지 정론(正論)을 펼칠 수 있게 되었지만 웬일인지 언론인들의 모습은 커 보이지가 않고 왜소하고 불안해 보이기만 합니다. 그리고 속물적으로 보일 때도 있습니다. 한번 상실한 이미지를 되찾는다는 것이 그렇게도 어려운 일일까요? 아니, 과연 오늘의 언론인들은 실추된 이미지를 개선하려고 노력이나 하고 있는 걸까요? 제가 보기에는 전혀 그렇지 않는 것 같습니다. 권력에 추종하는 성향은 더욱 심해지고 있는 것 같고, 출세의 지름길을 잡으려고 혈안이 되어 기회만 노리고 있는 것 같습니다.

그 대표적인 인물들이 선거철이면 팔려 나가는 방송국 출신의 앵커나 정규 프로그램 진행자들입니다. 인물도 잘 생기고 말솜씨도 뛰어난 이들은 매스컴을 통해 시청자들에게 얼굴이 팔리고 제법 인기가 오르자 스타행세를 하게 되고, 급기야 그것을 미끼로 정계에 입문하게 됩니다. 각 정당들은 대중스타처럼 인기있는 그들을 영입하여 선거에 내보내면 누구보다도 당선 가능성이 크기 때문에 하나라도 더 의석을 확보하기 위해 다투어 그들을 받아들입니다. 자연 운동선수처럼 그들의 몸값이 오르기 마련입니다. 그렇게 해서 정계에 들어가 한 자리 하고 있는 언론인 출신 정치인들이 현재 수두룩합니다. 그리고 그와 같은 언론인들의 입신출세과정이 모두 비슷하다 보니까 세대가 바뀌어도 똑같은 짓거리들이 되풀이되고 있습니다. 이제는 언론인들의 정계 입문코스가 공식처럼 정형화되어 있을 정도입니다. ① 아나운서 또는 기자로 K방송국 입사 → ② 수년 후 9시 뉴스 앵커 → ③ 신문잡지에 오르내림 → ④ H당 입당 후 국회의원 당선 → ⑤ H당 대변인.

이렇게 언론인 출신 정치인들은 많이 생겨났지만, 그들이 정치력을 발휘하여 국가 발전에 큰 기여를 했다는 말은 아직까지 들어보지 못했습니다. 뛰어난 정치인으로 두각을 나타낸 사람도 없을 뿐 아니라 정계에 입문하자마자 그날부터 있으나마나 한 존재로 전락해 버리고 말았으니까요. 국회의원 재임기간 내내 보릿자루처럼 한쪽 구석에 처박혀 있다가 표결 때 손이나 들어 주는 거수기 역할밖에 한 것이 없는데, 그들이 그런 것에나마 만족해 했다면 저로서도 더 이상 할말은 없습니다.

7. 왜 DJ를 미워하는가? — 참으로 알다가도 모를 일

2000년 3월

우리 사회에는 알다가도 모를 일들이 참 많습니다. 그 가운데서도 DJ를 미워하는 사람들이 많다는 사실이야말로 정말 알다가도 모를 일입니다. 몇 십 년을 두고 한 정치인에 대해 이렇게 애증이 교차하는 예는 지금까지 없었을 것입니다.

DJ에 대해 거부감을 느끼거나 그를 미워하는 감정은 단연 경상도 쪽이 압도적으로 많습니다. 이는 오랫동안 축적된 지역감정에 그 원인이 있다고 봅니다. 그러니까 지역감정의 화살이 아무 죄 없는 한 개인에게 집중된 것이고, 그는 오랜 세월 동안 그 희생양으로 살아온 것입니다.

집단적 거부감이나 증오가 쌓이면 그것은 한 방향으로 폭발하기 마련입니다. 사람들은 감정을 폭발시킬 타깃을 찾게 되는

데, 바로 그 타깃에 DJ가 적임자로 부각된 것입니다. 지역감정에 사로잡힌 집단적 충돌보다 한 개인에게 그 감정을 쏟아버릴 수 있다면 상처가 훨씬 줄어든다는 점에서 DJ 1인에 대한 공격은 어쩌면 다행한 일인지도 모릅니다. 하지만 DJ 한 사람이 감내해야 할 고통을 생각한다면 그보다 잔인한 짓도 없을 것입니다.

제가 살고 있는 부산만 해도 DJ를 싫어하는 사람들이 참 많습니다. 지난번 대선 때 저와 잘 알고 지내는 모 신문사 간부는 농담반 진담반으로 이런 말을 했습니다.

「만일 DJ가 대통령에 당선된다면 외국으로 이민을 가겠다.」

그의 표정이 순간적으로 굳었던 것으로 보아 진심으로 그런 말을 했던 것 같습니다. 그후 마음이 바뀌었는지, 아니면 형편이 여의치 않았는지는 몰라도 그는 여전히 부산에 눌러앉아 살고 있습니다만, 아무튼 신문사 간부라는 사람의 DJ에 대한 감정이 그 정도 수준이라고 생각하니 참으로 한심스럽고 막막하기만 했습니다.

DJ를 싫어하고 미워하는 사람들에게 물어봅니다. 왜 DJ를 싫어합니까? 도대체 DJ를 미워하는 이유가 무엇입니까?

그런데 불행히도 거기에 대한 대답은 없습니다. 분명한 이유도 없이 그들은 DJ를 미워하고 있는 것입니다. 그러니까 무조건 그를 싫어하고 있는 것입니다. 그렇다면 좀더 구체적으로 물어보겠습니다.

1. DJ가 당신에게 혹시 해를 끼쳤습니까?

DJ가 우리 국민에게, 특히 그를 미워하는 경상도 사람들에게 해를 끼친 적은 없습니다. 해를 끼치기는커녕 그는 한국의 민주화를 위해 평생을 고통과 고난 속에 살아온 사람입니다. 한국의 민주화는 국가 발전의 원동력이 되는 가장 중요하고 기본적인 틀이자 정치 철학입니다. 많은 사람들이 한국의 민주화를 위해 싸우고 투쟁해 왔지만 DJ만큼 생사의 고비를 수없이 넘나들면서 전 생애를 바쳐서 싸워온 사람은 지금까지 없었습니다. 그런 점에서 그의 희생정신과 선명성, 불굴의 투쟁정신은 존경받아 마땅합니다. 그 점에서는 아무도 그를 따를 수가 없습니다.

만일 그가 없었다면 과연 지금처럼 민주화된 사회에서 우리 국민들이 자유를 만끽하며 살아갈 수 있을까요? 아마 그것은 불가능했을 것입니다. 그가 있었기에 민주화 투쟁이 불꽃처럼 찬란하게 타오를 수가 있었던 것입니다.

이렇게 볼 때 우리 국민은 DJ라는 한 인물한테 그 동안 너무 많은 부담을 안겨줬고, 너무 큰 은혜를 입었다고 할 수 있습니다. 우리가 DJ라는 인물을 가졌다는 것이 얼마나 큰 다행이고 복인지 모르겠습니다.

한편 생각하면 한국 국민은 DJ한테 큰 빚을 졌다고 볼 수 있습니다. 사실 이 말은 결코 틀린 말이 아닙니다. 그 빚은 결코 갚을 길이 없는 아주 큰 빚이라는 것을 한국 국민은 알아야 합니다. 그런데 빚을 갚기는커녕 오히려 그를 미워하다니! 저는 도저히 그 마음을 이해할 수가 없습니다. DJ 자신은 사람들이 자신을 미워하는 것을 보고 속으로 얼마나 많은 피눈물을 흘렸을까요? 겉으로는 한번도 내색한 적이 없지만, 그는 국민에 대해 배신감마저 느꼈는지도 모릅니다.

2. 색깔이 의심스럽기 때문에 그를 미워하는 것입니까?

색깔 논쟁은 평생 동안 그를 피곤하게 만들었습니다. 그는 거기에 대해 그 부당성을 열심히 설명해야 했고, 대통령이 된 뒤에도 그 논쟁에 시달리고 있습니다.

이 문제에 대해 저는 아주 간단하게 이런 생각을 해봅니다. 만일 DJ가 공산주의자라면 그는 남한을 적화시키기 위해 평생 동안 위장생활을 해왔다는 것을 의미합니다. 그것은 그가 간첩이라는 것을 뜻합니다. 그렇다면 간첩이 대통령까지 됐으니 그것은 그야말로 역사상 최대의 스파이사건임에 틀림없고, DJ는 스파이사상 최고의 스파이로 기록될 것입니다. 그리고 그는 지금 공산주의자 대통령으로서 남한을 적화시킬 수 있는 절호의 기회를 갖게 된 셈입니다. 자, 이제 남한은 머지않아 적화될 것이 틀림없습니다.

이 가공할 드라마를 어떻게 생각하십니까? 현실성이 있다고 보십니까?

DJ가 간첩이라는 증거는 어디에도 없습니다. 평생 동안 그를 음해하고 어떻게든지 그에게 공산주의자라는 죄명을 뒤집어씌워 그를 제거하려고 했던 온갖 악랄한 공작도 결국은 실패하고 말았습니다. 그에게서 손톱만큼도 혐의점을 발견할 수가 없었기 때문입니다. 전두환을 비롯한 군부 독재자들은 기고만장해서 DJ를 잡아들인 다음 그를 빨갱이로 몰아 죽이려고 했습니다. 하지만 증거가 없었기 때문에 결국은 내란죄로 기소하여 그에게 사형언도를 내렸습니다. 그들은 정말 DJ를 죽일 생각이었습니다. 그를 제거해야만 반대세력을 잠재우고 마음대로 권력을 휘두를 수가 있기 때문이었습니다. 후환을 없애기 위해서도 그를 제거하고 싶었을 것입니다. 사형집행을 눈앞에 둔 DJ의 목숨은 광풍 속의 촛불처럼 꺼질 듯 말듯 애처롭게 깜박거리고 있었습니다. 그러나 아무도 앞에 나서서 그를 죽여서는 안 된다고 용기 있게 말하는 사람이 없었습니다. 말깨나 한다는 지식인들도, 언론도, 추기경도, 기독계의 거물 목사들도, 불교계의 그 흔한 큰 스님들도 하나같이 모두 입을 다물고 있었습니다. 군부 독재의 서슬이 워낙 시퍼렇게 살아 있었기 때문에 겁을 집어먹고 꿀 먹은 벙어리처럼 침묵을 지켰던 것입니다. DJ가 무죄라는 것을 알면서도 말입니다.

결국 DJ를 살린 것은 한국인이 아닌 미국인들이었습니다. 미국은 만일 전두환 정권이 DJ를 죽일 경우 가만두지 않겠다고 엄중 경고했습니다. 전두환은 할 수 없이 사형집행을 중지하고 무기형으로 감형시키지 않을 수 없었습니다.

저는 사형을 무기로 감형시키던 날의 감동을 잊을 수가 없습니다. 밤중에 집으로 돌아가고 있을 때 차도에 마구 종이가 뿌려지고 있는 것이 보였습니다. 종이를 한 장 집어들고 보니 신문 호외(號外)였습니다. 거기에는 「金大中, 무기로 감형」이라는 기사 제목이 잉크 냄새를 풍기며 꿈틀거리고 있었습니다. 아아, 이젠 살았구나! 저는 가슴을 쓸어내렸습니다.

공산주의는 20세기와 함께 이미 역사의 뒤안길로 사라졌습니다. 그것은 실패한 이데올로기로 지구상에 살육과 전쟁, 파괴와 증오의 피비린내 나는 상흔만을 남긴 채 저주스런 유산으로 땅에 묻혔습니다. 생각해 보십시오. DJ가 바보가 아닌 이상 뭐가 아쉬워서 아무 희망도 없는 공산주의를 신봉하겠습니까?

하지만 아직도 그를 공산주의자라고, 노골적으로 그렇게 표현은 하지 않더라도 제법 의미심장하게 색깔론을 들먹이며 그를 공격하는 사람들이 있습니다. 그런 사람들을 보면 잔인하고 야비하다는 생각이 듭니다. 그와 함께 인간이 그처럼 비열해질 수 있다는데 대해 저는 비애를 느낍니다.

공산주의에 대해 우리 국민은 본능적으로 움츠러들 만큼 거부감을 느낍니다. 어떤 사람들은 지나치리 만큼 적대감을 보이기도 하고 증오심을 표출하기도 합니다. 미국이나 일본, 프랑스 같은 곳에는 합법적으로 공산당이 존재하지만 우리처럼 그렇게 적대감을 보인다거나 하지는 않습니다. 민주국가에서는 사상의 자유가 보장되기 때문에 누가 무엇을 믿든 상관하지 않습니다. 하지만 한국에서는 그렇지가 않습니다. 6·25 전쟁으로 수백만 명이 죽거나 다쳤고, 천만 명에 달하는 이산가족이 생겨났기 때문에 피해의식과 함께 증오의 감정이 뼛속 깊이 사무치게 되었고, 그것은 세월이 흐르면서 치유되기는커녕 오히려 더 깊이 국민들 사이에 뿌리를 내리게 되었던 것입니다. 그러니까 공산주의에 대한 한국 국민들의 거부감은 이성적으로는 이해될 수 없는, 이미 체질화되어 버린 생활철학으로 남게 되었던 것입니다.

여기엔 반공교육이 한몫을 차지하게 되었던 것입니다. 반공교육은 처음부터 공산주의에 대한 이해가 배제되고 적대감과 증오, 그리고 두려움만을 국민들에게 심어 주었기 때문에 사람들은 지난 반세기 사이에 거의 대부분이 반공주의자가 되었던 것입니다.

이런 이유로 해서 우리 국민들은 지금도 공산주의에 대해 아주 민감하게 반응하고 있습니다. 그런데 DJ를 공격하는 사람들은 바로 이 점을 이용하고 있는 것입니다. 색깔 논쟁처럼 국민들에게 잘 먹혀들어 가는 것도 없기 때문에 걸핏하면 그것을 끄집어내 DJ를 빨갱이처럼, 또는 그 사촌 정도 되는 것처럼 묘사하는 것입니다. 그야말로 악랄하기 짝이 없고, 교활하고 비열한 짓이 아닐 수 없습니다. 그들은 공격할 무기가 그것밖에 없기 때문에 수십 년 동안 그것만 붙들고 늘어지고 있는 것입니다.

정치인이라면 왜 정정당당하게 싸우지 않고 그처럼 야비한 짓들을 하는 것일까요? 입이 열 개라도 일일이 해명하기에 지친 DJ의 심정을 충분히 이해하고도 남습니다. 많은 사람들이 당신의 서글픈 심정을 이해해 주었으면 합니다.

3. DJ 때문에 경상도 출신 인물이 계속 집권하는데 실패했고, 그래서 그를 미워하는 것입니까?

솔직히 말해 그런 점도 있을 것이라고 생각합니다. 하지만 그런 생각은 크게 잘못된 것입니다. 잘못된 정도가 아니라 아주 어리석은 생각입니다. 많은 사람들이 지역감정에 사로잡힌 나머지 문제의 본질을 계속 잘못 판단한다면 국가적으로 큰 불행을 가져오게 될 것입니다.

어느 지역 출신이 집권을 하든 그런 것은 조금도 문제가 되지 않습니다. 또 문제가 되어서도 안 됩니다. 중요한 것은 가장 훌륭한 사람이 국가 지도자가 되어야 한다는 것입니다. 이것은 국가 발전에 결정적으로 중요한 일입니다. 하지만 지역감정에 사로잡혀서 자기 지역 출신 사람만 고집한다면 국가 발전은 고사하고, 오히려 후진국으로 전락하는 불행을 자초하게 될 것입니다.

앞에서도 말한 바 있지만 한국의 불행은 지금까지 훌륭한 지도자를 갖지 못한데서 비롯되었다고 볼 수 있습니다. 우리가 일찍부터 훌륭한 지도자를 가졌더라면 지금쯤은 아시아의 선진국인 일본이나 싱가폴 또는 홍콩처럼 살기 좋은 나라가 되어 있을 것입니다. 하지만 불행하게도 DJ 이전까지 우리 나라를 통치해 온 지도자들은 하나같이 부적격자들이었습니다. 그들은 독재와 부패, 무능과 무지의 대표적인 인물들이었습니다. 그런 그들이 국가 운명을 마음대로 주물러왔기 때문에 한국은 부패하고 혼란스러운, 세계에서 가장 문제가 많은 나라가 되었던 것입니다. 그리고 21세기의 문턱에서 좌절하고 말았던 것입니다.

무능하고 무지한 통치자 한 사람이 국가와 국민을 파멸로 몰아넣은 예는 얼마든지 있습니다. 포악한 독재자 한 명 때문에 수백만 수천만 명의 생명이 참혹하게 학살당한 비극의 역사는 세계 도처에 널려 있습니다. 그와는 반대로 현명하고 유능한

지도자 한 사람 때문에 국가의 위기를 극복하고 부강한 나라가
된 경우도 얼마든지 있습니다. 에이브라함 링컨, 처칠, 루즈벨
트, 드골, 네루, 그리고 현재 살아 있는 싱가폴의 전 수상 리콴
유(李光耀) 등이 바로 그런 지도자들이겠지요.

잘 아시겠지만 싱가포르는 인구 350만 명의 조그만 도시국
가입니다. 인구수로 말하면 부산보다도 적은 국가이고, 면적
크기로 말하면 대구시만한 나라입니다. 이 손톱만한 나라가 세
계 2위의 국가 경쟁력을 가지고 있다고 하면 도무지 믿어지지
가 않을 것입니다. 그러나 그것은 사실입니다.

싱가포르가 독립한 것은 1965년으로, 겨우 35년밖에 되지
않았습니다. 그러나 오늘날 이 조그만 섬나라는 역대 동양의
어느 나라도 누리지 못한 영광을 한몸에 받고 있고, 세계 각국
은 이 작은 도시국가의 시스템을 배우려고 안달하고 있을 정도
입니다. 현재 싱가포르의 1인당 국민소득은 2만5천 달러이지
만 그보다 더 부러운 것은 손톱만큼도 부정이 통하지 않는 깨
끗한 나라라는 사실입니다. 싱가포르가 가지고 있는 여러 가지
조건들을 생각하면 이 나라의 영광은 분명 경이롭다 못해 불가
사의하기까지 합니다.

싱가포르는 하나에서부터 열까지 악조건이란 악조건은 모두
가지고 있습니다. 적도 바로 밑에 있기 때문에 섭씨 35도를 웃
도는 무더운 날씨에 자원이라고는 하나도 없는 이 나라는 자기
힘만으로는 생존 자체가 불가능합니다. 식량과 원자재는 물론
식수까지도 1백% 외국에 의존해야 하기 때문에 얼마나 나쁜
조건에 처해 있는 나라인지 짐작이 가고도 남을 것입니다. 제

조업과 농수산업 등 1,2차 산업의 비중은 극히 미미합니다. 그렇다고 우리처럼 단일민족 국가도 아닙니다. 인도인, 말레이인, 중국인, 아랍인 등 다양한 다인종 국가이기 때문에 정치적 불안요소를 처음부터 안은 채 건국 초기에는 빈곤과 부패가 극심해 도저히 희망이 없는 나라로 외면당할 정도였습니다.

이와 같은 나라에 만일 우리 나라 역대 대통령들 같은 인물이 나타나 통치했더라면 싱가포르는 지금쯤 아마 지구상의 최대 빈국이거나 말레이지아에 아예 합병되었거나 했을 것입니다. 무능하고 무지한 통치자를 만나지 않았다는 것이 싱가포르 국민들로서는 얼마나 다행한 일이었는지 모릅니다.

하늘은 싱가포르 국민들을 불쌍히 여겼던지 리콴유라는 인물을 내려보냈고, 그는 초대 수상으로 30여 년간 싱가포르를 통치하면서 지구상에서 가장 살기 좋은 도시국가를 건설했습니다. 일찍이 영국에 유학, 케임브리지 대학에서 법학을 공부한 그는 동대학을 수석으로 졸업할 정도로 두뇌가 명석하고 탁월했습니다. 영어에 정통한데다 국제적인 감각까지 익힌 그는 앞날을 꿰뚫어 보는 예지와 비상한 수완, 그리고 발군의 리더십으로 불과 36세의 나이에 수상자리에 올랐습니다.

그가 제일 먼저 손을 댄 것은 부패였습니다. 부패를 척결하지 않고는 국가 발전을 이룩할 수가 없다는 것은 상식에 속하는 일입니다. 그러나 대부분의 후진국에서는 이와 같은 상식이 단지 구호로만 그치기 때문에 부패는 전염병처럼 계속 번지고 있고, 그로 인해 국민들은 빈곤과 고통에서 벗어나지 못하고 있는 것입니다.

리콴유의 부패 척결은 단호했습니다. 아무리 가까운 동지라 해도 부정행위가 드러나면 가차없이 처벌했고, 각종 법률이나 규칙을 제정하는데 있어서 투명성을 유지함으로써 직권을 이용한 부당한 금품강요의 여지를 없앴습니다. 리콴유 자신이 솔선수범해서 워낙 청렴결백한 생활을 실천했기 때문에 국민들의 전폭적인 지지와 함께 기득권 세력의 저항을 잠재울 수가 있었습니다. 이렇게 위에서부터 청렴강직하게 나오자 자연 공무원들도 그를 따를지 않을 수 없었습니다.

정직한 공무원들은 엘리트 의식으로 무장되었고, 전과는 다른 투명한 집행능력으로 국가 발전에 기여하기 시작했습니다. 리콴유는 강력하고 빈틈없는 리더십으로 그들을 이끌었고, 국민들도 거기에 적극적으로 호응했습니다. 이렇게 해서 자원은 커녕 자원 공급마저 끊긴 상태에서 무엇을 먹고 살아야 할지 막막했던 싱가포르는 불과 30년만에 세계 일류 국가로 다시 태어났던 것입니다.

자원 하나 없는 빈국이었던 싱가포르는 오늘날 세계 1위를 차지하는 수많은 항목들을 재산으로 가지고 있습니다. 부패 없는 깨끗한 나라이자 거리 역시 청결도 1위를 자랑하고 있는 나라입니다. 정보통신 금융 수송 등 사회간접 시설은 세계 어느 선진국과 비교해도 결코 뒤지지 않습니다. 그러나 싱가포르가 가장 자랑스럽게 생각하고 있는 것은 뭐니뭐니해도 리콴유의 탁월한 예지력과 리더십, 그리고 청렴결백이 트레이드마크인 엘리트 공무원들의 경쟁력입니다. 리콴유의 강력한 리더십과 이를 뒷받침하는 엘리트 공무원들의 투명한 집행능력이 싱가포르를 30년만에 세계 일류 국가로 만들었던 것입니다.

지난 30년 동안 군사 독재의 그늘에서 국가 경쟁력을 상실한 채 부패의 수렁 속으로 한없이 곤두박질쳤던 한국과 비교해 보면 정말 한없이 부럽기만 합니다. 무지와 무능, 그리고 독재로 한국의 발전을 좌절시켰던 지난날의 통치자들은 분명 역사의 죄인들로 기록되어야 할 것입니다. 재임중의 통치행위에 대해서는 법적인 책임을 물어서는 안 된다는 말, 이 얼마나 철면피하고 가당찮은 주장입니까? 법적인 책임 수준이 아니라 그들에 대해서는 역사의 이름으로 단죄해야 마땅합니다.

리콴유에 대해서는 세계의 지도자들이 아낌없이 찬사를 던진 바 있습니다.

「맨손으로 조그만 섬을 위대한 국가로 변모시킨 인물」, — 이것은 미야자와 기이치 전 일본 수상의 말입니다. 조지 부시 미국 대통령은 「내가 아는 한 가장 탁월하고 수완이 비상한 사람」이라고 말했습니다. 「큰 나라에서 태어났으면 영국 처칠 수상처럼 세계를 바꾸었을 인물」이라고 극찬한 사람은 헨리 키신저 전 미국 국무장관이었습니다. 영국 언론들은 일찍이 「수에즈 운하 동쪽에 리콴유만한 인물이 없다.」고 평가한 바 있습니다.

아, 한국에 리콴유만한 인물이 있었던들! 절로 탄식이 흘러나오는 것을 어찌할 수가 없군요.

각하, 한국에는 정말 리콴유 같은 인물이 필요합니다. 각하야말로 누구보다도 현명하고 탁월한 예지력을 지니고 있기 때문에 충분히 제2의 리콴유가 되실 수 있습니다. 하지만 남은 임기가 너무 짧군요. 정말 아쉽습니다. 남은 임기 동안이나마 한 가지만은 분명히 마무리짓고 떠나십시오. 다름 아닌 부패 문제입니다. 리콴유처럼 부패를 척결하지 않고는 결코 국가의 기강이 서지 않고 발전을 이룩할 수 없다는 것은 누구보다도 각하께서 잘 알고 계실 것입니다. 주위에서 독재자라고 하든, 야당을 탄압하기 위한 구실이라고 하든, 아무튼 누가 뭐라고 하든간에 두 눈을 딱 감으시고 단호하게 부패의 목을 단칼에 자르십시오. 남은 임기가 얼마 남지 않아 부패를 뿌리 뽑기에는 무리라고 생각하실지 모르겠지만, 그렇더라도 부패를 척결할 수 있는 발판은 마련해 놓을 수 있을 겁니다. 그렇게 해놓으면 후임자가 일하기가 훨씬 쉬울 것입니다.

지역감정에 사로잡혀 국가 지도자를 선택하는 행위가 얼마나 어리석고 위험한 짓인가를 지적하다보니 이야기가 좀 길어졌습니다. 아무튼 앞으로는 지역감정 따위는 철저히 무시한 채 리콴유 같은 인물을 국가 지도자로 선출하는데 온 국민이 지혜를 모아야 할 것입니다.

8. 정치판 — 닥치는 대로 물어뜯는 미친개들의 세계

2000년 3월

요즘 한국의 정치판을 보고 있으면 인간이 이보다 더 추악할 수 있을까 하는 생각이 듭니다. 너무 추악해서 그들 정치인들과 같은 국민이라는 사실조차 심히 부끄럽습니다. 그들과 같은 문화권 안에서 같은 언어를 사용하면서 산다는 것이 정말이지 싫습니다. 짐승보다 못하다는 말이 있는데 혐오감을 불러일으키는 점에서 그들은 확실히 짐승보다 못한 인간들이라는 생각이 듭니다. 인간의 탈을 쓴 괴물들이라고 할까요. 이 말이 조금도 지나친 말이 아니라는 생각이 듭니다. 나라야 어떻게 되든 전혀 상관하지 않고 미친개처럼 닥치는 대로 물어뜯는 그들을 보고 있노라면 적보다 해로운 인간이 따로 없다는 생각이 듭니다. 「적은 밖에 있지 않고 내부에 있다.」는 말이 실감이 날 정도입니다. 어쩌다가 한국의 정치판이 이렇게 되었을까요?

세계지도를 놓고 보면 한국이라는 나라가 얼마나 작은지 실감이 납니다. 중국과 일본 사이에 끼어 있어서 그런지 한반도는 더욱 작아 보입니다. 그나마 허리까지 잘려 더더욱 조그맣고 가련해 보이기까지 합니다. 이렇게 작고, 연약하며, 남북이 대치하고 있는 불안한 나라에서 일년 내내 정치인들의 악다구니가 끊이지 않아 민심이 흉흉하고 나라꼴이 난장판이 되고 있으니 참으로 한심스럽기 짝이 없습니다. 그와 함께 분노가 치밀어 오릅니다. 모두들 쓸어봐야 한줌밖에 안 되는 미친개들 때문에 우리가 이렇게 정신없이 휘둘리고 살아야 하는가. 도대체 그들이 뭔데 이 나라를 이렇게 난장판으로 만들어 놓고 있는가.

만일 하나님이 있어 하늘에서 한국을 내려다보신다면 우리 국민들이 참으로 한심스럽고 가여운 생각이 드실 겁니다. 외국인들은 얼마나 우리를 비웃고 있을까요? 합리적인 사고방식과 준법정신이 투철하고 공공선에 헌신하는 것을 자랑스럽게 생각하고 있는 선진 외국인들은 남의 기분을 상하게 하는 말을 함부로 꺼내지 않지만 그대신 속으로는 난마처럼 뒤얽혀 소용돌이치고 있는 한국의 정치판을 틀림없이 조롱하고 비웃고 있을 것입니다. 도대체 권력이 뭔데 국회의원이 뭔데 그렇게들 미친 듯이 싸우고 있을까? 외국인들은 도무지 이해할 수가 없을 것입니다. 인생을 보는 눈과 인생의 가치가 우리하고는 다르니까요.

외국에 나가보면 한국이 얼마나 작고 초라한 나라인가를 알게 됩니다. 대부분의 외국인들은 한국이 어디에 붙어 있는지 잘 모릅니다. 한국을 알고 있다 해도 그들에게는 나쁜 이미지 만 심어져 있습니다. 우리에게는 자랑할만한 것이 하나도 없고, 일년 내내 나쁜 것만 외부에 알려지고 있으니까요. 교통사고 사망률 1위, 부패지수 세계 1위, 인구밀도 세계 1위, 지구의 유일한 분단국가, 인간의 탈을 쓴 괴물들이 지배하는 국가……

미친개처럼 서로 물어뜯고 있는 괴물 같은 정치인들은 인생의 소중한 가치를 알고 있을까요? 국회의원 한 자리 하는 것이 그토록 가치있는 일일까요? 허구헌날 주먹을 휘두르면서 악을 쓰고, 우하니 몰려다니면서 쑥덕거리고, 하루종일 거짓말만 하고 다니는 그들은 자신들이 인생을 낭비하고 있다는 것을 알고 있을까요 모르고 있을까요? 그들의 하는 짓을 보고 있노라면 화도 나고 구역질도 나지만, 한편으로는 가여운 생각도 듭니다. 그들의 어리석음에 말입니다.

세계는 현기증이 날 정도로 빠르게 변하고 있습니다. 소리 없는 혁명이라고 부를 정도로 모든 분야가 급격하게 변하고 있습니다. 하지만 한국에는 변하지 않는 것이 하나 있습니다. 바로 정치입니다. 더 정확히 말한다면 정치인들입니다. 한국의 정치인들은 변화의 물결에 결코 씻겨 내려가는 법이 없습니다. 씻겨 내려가다가도 다시 기어올라와 정치판에 끼여들고 있습니다. 모두가 불사조들입니다.

외국에서는 법적으로나 도덕적으로 한번 낙인이 찍히면 두번 다시 정치판에는 나타나지 않습니다. 정치무대에서 깨끗이 퇴장합니다. 하지만 한국의 정치인들한테는 퇴장이라는 말이 통하지 않습니다. 아무리 부도덕한 짓을 하고 범법행위를 했어도 얼마 후에는 얼굴에 철판을 간 채 다시 무대에 등장하여 큰소리칩니다. 큰소리치는 정치인들치고 부패하지 않고 범법행위하지 않은 자 있습니까?

온갖 악랄한 짓을 자행하던 자가 언제 그랬느냐는 듯이 고개를 쳐들고 뻔뻔스럽게 국회의원 선거에 출마하는 작태는 아주 흔한 일입니다. 민주주의를 파괴한 죄로 감옥에 갔다 나온 군부독재의 하수인들이 이번에 또 국회의원 선거에 출마했더군요. 여기저기 기업체들로부터 닥치는 대로 돈을 우려먹고 감옥에 갔거나 검찰의 조사를 받고 나온 더러운 정치인들이 공천에서 탈락하자 신당을 만들어 또 선거판에 뛰어들었습니다. 그들은 하나같이 대가성이 없는 돈을 받았기 때문에 죄가 없다고들 말합니다. 참 뻔뻔스러운 작자들입니다. 그들이 몸담고 있는 정당에서 나와 새로 정당을 만든 이유들이 가관입니다. 기존의 정당이 썩었기 때문에 뛰쳐나와 새 정당을 만들었다는 것입니다. DJ 정권을 타도하기 위해 깨끗한 인사들이 모여 당을 만들었다는 것입니다. 참으로 가소로운 일입니다. 그들은 국민들이 비웃고 있는 것도 모르는 모양입니다. 아니, 알고 있으면서도 그대로 모르는 척하겠지요. 이미 얼굴에 철판을 깔고 있는 데다 웬만한 비난에는 눈 하나 까닥하지 않을 만큼 양심이 마비되어 있는 사람들이니까요.

사람들은 급조된 신당을 보고 「쓰레기당」이라는 극단적인 표현도 서슴지 않습니다. 정치인들이 무책임하게 내뱉는 상스럽고 험한 말들에 비하면 쓰레기당이라는 말은 사실 그렇게 극단적인 표현은 아니라고 생각합니다.

그런데 더욱 한심하고 개탄스러운 것은 신당이란 것이 새로운 정책이나 비전을 제시하는 것도 없이 지역감정을 선동, 처음부터 지역 정서에 전적으로 의존하고 있다는 점입니다. 어떻게든 부산과 경상도 표를 긁어모아 국회의원에 당선하고 보겠다는 것이 그들의 하나같은 생각입니다. 선거판이 난장판이 되든, 지역감정으로 반쪽짜리 나라가 갈가리 찢기든, 나라가 국제적으로 망신을 당하든, 그런 것에는 관심이 없습니다. 나라가 망해도 국회의원에 당선하고 보겠다는 것이 그들의 생각입니다. 정말 적보다도 더 해로운 작자들 아닙니까?

민국당 최고 위원이라는 김윤환(金閏煥) 의원은 기자회견을 통해 이런 말을 했습니다.

「이제 영남을 주축으로 한 정권을 창출해야 하는 것 아니냐. TK(대구·경북)와 PK(부산·경남)가 협력해야 영남 정권을 만들 수 있다.」

여러 정권을 거쳐오면서 정치권의 거물로 행세해 온 김의원이 사석도 아닌 기자들 앞에서 이런 말을 했다니 정말 어처구니가 없습니다. 그는 기자 출신으로 그래도 여느 정치인들과는 좀 다른 언행을 보일 줄 알았는데, 그러기는커녕 오히려 더 앞장서서 현지에 내려가 지역감정을 선동하고 있으니 정말 썩어도 보통 썩은 것이 아니라는 생각이 듭니다.

같은 당의 김광일(金光一) 전 대통령 비서실장은 지구당 합당창당대회에서 「이번에 실패하면 우리 모두 영도다리에서 빠져 죽어야 한다.」고 열변을 토했습니다. 그의 전력을 살펴보면 도저히 이해가 안 되는 막가파식 저질발언이 아닐 수 없습니다. 그는 한때 민권 변호사로서 호감이 가는 정치인이었습니다. 제가 그를 잘못 보았던 것일까요? 그러나 그는 이런 말도 했습니다.

「김대중 대통령이야말로 지역감정의 괴수다.」

아무리 야당에 몸담고 있다 해도 대통령에 대한 최소한의 예의도 없이 어떻게 그렇게 원색적이고 저질스러운 발언을 할 수가 있을까요? 이렇게 라도 해서 지역감정을 자극해야만 국회위원에 당선될 수가 있다는 말인가요? 참으로 한심스러운 일이 아닐 수 없습니다. 더욱이 그는 자신의 발언에 대해 민주당이 명예훼손으로 고발키로 하자 아주 반기는 기색으로 「고마운 일이네. 나 당선되겠네.」하고 말하는 등 상식 이하의 언행을 계속하고 있습니다. 아무래도 제가 잘못 보았던 것 같습니다.

그들의 행태를 보고 있으려니 희극적인 것도 보이더군요. 희극치고는 쓴웃음이 나오는 희극이었습니다만…….

그것은 신당 창당을 전후한 이른바 거물급 정치인들의 YS 방문을 두고 한 말입니다. 줄줄이 YS를 찾아가 한마디로 도와달라고 구걸하는 그들의 모습이 어쩌면 그렇게도 똑 같은지! 참으로 구역질나다 못해 측은해 보이기까지 했습니다.

왜 그들은 YS를 찾아갔을까요? YS가 도대체 뭣이기에 그렇게들 굽실거리며 찾아갔을까요? 평소에는 쳐다보지도 않더니 왜 갑자기 줄을 서서 방문했을까요?

시체말로 말하면 YS는 이미 한물 간 정치인입니다. 전직 대통령이라서 하는 말이 아닙니다. 그는 이미 평가가 났고, 그를 쳐다보는 국민들의 눈은 아주 냉소적입니다. 그런데도 불구하고 그가 부산·경남지역에 아직도 영향력이 있다고 생각됐기 때문에 그들은 그렇게 염치없이 그를 찾아갔던 것입니다. 그렇다면 YS가 부산·경남지역의 맹주라도 된다는 것입니까? 천만의 말씀입니다. 부산·경남지역의 주민들은 더 이상 어수룩하지 않다는 것이 제 생각입니다. 그들은 더 이상 악랄한 정치인들의 지역감정 선동에 이용당하지 않으려고 단단히 벼르고 있습니다. 그들은 자유롭게 자기 판단에 따라 정치적 선택을 할 것입니다.

생각해 보십시오. 과거에 YS에게 몰표를 던져 그를 대통령으로 뽑은 것은 전적으로 부산·경남 사람들이었습니다. 그들의 몰표가 결정적인 작용을 했던 것입니다. 하지만 그렇게 해서 얻은 게 무엇이었습니까? YS는 부산·경남 사람들의 기대에 부응했습니까? 그는 현명하고 훌륭한 대통령이었나요, 아니면 무지하고 무능한 대통령이었나요? 국민들에게 국가적 재난만을 안겨 준 채 떠나간 대통령이 아니었나요? 그런데도 불구하고 아직도 그에게 연연하고 있는 사람들이 있나요?

한치 앞도 내다볼 줄 모른다는 점에서 한국 정치인들만큼 멍청한 정치인들도 없을 것입니다. 똥개처럼 눈앞에 보이는 먹이만 보고 으르렁대고 있으니 그 수준이 똥개나 다름없지요.

신당 창당을 전후해서 YS를 찾아가 도움을 청한 비굴한 정치인들의 면면을 살펴보면 16명 정도로, 하나같이 한 가락씩

하는 사람들입니다. 이기택 · 장기표 · 이회창 · 조 순 · 김 덕 · 강삼재 · 김윤환 · 박찬종 · 이수성 · 김수한 · 서청원 · 한이헌 · 신상우 · 이한동 · 이부영 · 김광일씨 등이 그들인데, 이들이 YS를 찾아가 머리를 조아리며 꺼낸 말들이 역겨울 정도로 아부가 심해 장안의 화제가 되기도 했습니다.

이들 가운데 가장 우스꽝스럽고 표리부동한 사람은 단연 장기표씨였습니다. 우리가 지금까지 알고 있는 장기표씨는 이부영 · 김덕룡씨 등과 함께 일찍이 민주화 투쟁의 기수로서 감옥에도 들락거리는 등 그 나름대로 민주화를 위해 애쓴 인물입니다. 이부영 · 김덕룡 · 이재오씨 등은 문민화가 되자 재빨리 정치권에 진입, 구린내 나는 구정치인들과 함께 휩쓸리면서 구태의연한 짓거리들을 자행하는 속물 정치인들로 변신했지만 장씨만은 지금까지 재야에 남아 선명성을 무기로 큰소리쳐 오곤 했습니다.

그 동안 그는 걸핏하면 DJ를 공격하면서 3김 청산을 주장하곤 했습니다. DJ가 민주화 투쟁의 원조이자 그 발판을 마련한 사람이라면 장기표나 이부영 · 김덕룡 · 이재오 같은 사람들은 사실 햇병아리에 지나지 않습니다. 그들의 오늘이 있기까지에는 음으로 양으로 DJ의 공이 크다는 것은 누구나 다 알고 있는 사실입니다. 그런데도 불구하고 오늘날 DJ에게 등을 돌린 채 걸핏하면 그를 비난하고 있습니다. 참으로 배은망덕한 사람들이 아닐 수 없습니다. 직접적으로 도움을 안 받았다 해도 민주화 투쟁에 있어서 DJ는 그들에게 있어서는 분명 정신적인 스승이었습니다. 그 스승을 배반한 채 그들은 정치생명을 이어가고 있는 것입니다.

여기서 짚고 넘어가야 할 것이 있습니다. 그것은 민주화 투쟁을 하던 사람들이 거의가 정치판에 뛰어들었다는 사실입니다. 그러다 보니 민주화 투쟁의 순수성이 크게 오염되었다는 생각이 드는 것입니다. 결국 정치판에 뛰어들려고 민주화 투쟁이다 뭐다 해서 설치고 다녔구나 하는 생각을 떨쳐 버릴 수가 없습니다.

민주화 운동을 하다가 정치판에 뛰어든 사람들을 대강 추려 보면 이부영·김덕룡·이재오 외에 이신범·김문수·강삼재 씨 등이 있습니다. 이들 외에 몇 사람 더 있지만 이들의 이름이 쉽게 떠오른 것은 이들이 국회활동에서 유난히 두각을 나타냈기 때문입니다. 좋게 말해서 두각이지 좀 나쁘게 말한다면 악바리들이라고 해야 옳을 것입니다. 그래도 민주주의 신봉자들이고 민주화 투사들이기 때문에 여느 정치인들과는 다른 품위와 신사도를 갖추고 있을 것으로 기대했습니다. 민주화 운동을 한 죄로 이근안으로부터 혹독한 고문을 받았던 김근태 의원을 보십시오. 악만 남아 악바리일 것 같은 그는 놀라울 정도의 자제력으로 자신을 다스린 결과 국회의원들 가운데 가장 신사다운 인물로 평가받고 있습니다.

하지만 앞에 열거한 정치인들은 하나같이 악바리들로, 15대 국회를 시끄럽게 만드는데 큰 역할을 했습니다. 특히 이신범 의원 같은 사람은 끝없는 폭로전으로 국회를 난장판으로 만든 장본인이었습니다. 그는 대통령 영부인이 외제 고가품 옷으로 치장하고 있다느니, 미국에 유학중인 대통령 아들이 수백만 달러짜리 호화주택에서 살고 있다느니 하는 등 근거도 없는 것들을 마치 사실인양 폭로해댐으로써 국회를 난장판으로 만들었습니다. 끝없는 폭로전으로 자신은 뉴스의 초점을 받았는지는 몰라도 그의 인격은 시중잡배만도 못한 저질로 드러났습니다. 그는 정말 악랄하기 그지없는 폭로전으로 자신의 임기를 채운 저질 국회의원이었습니다. 대통령 아들의 호화주택 소유여부를 확인하겠다고 많은 돈과 시간을 들여 자신이 직접 미국에까지 가 보았지만 증거를 찾지 못해 허탕을 치고 돌아왔습니다. 대통령 아들은 서민층 주택에서 가족과 함께 소박하게 살고 있었던 것입니다.

다시 장기표씨 이야기로 돌아가겠습니다. 앞에 열거한 악바리 동지들과는 달리 장씨는 홀로 재야에 남아 있었습니다. 그리고 기회 있을 때마다 제법 입바른 소리를 하곤 했습니다. 하지만 그 말이라는 것이 대부분 3김 청산이나 DJ에 대한 비판으로만 일관하고 있어 그의 역사인식과 시국관에 문제가 있음을 알 수가 있었습니다. 썩은 정치판을 새롭게 개혁하기 위해서는 전혀 때묻지 않은 신당이 필요하다고 하면서 홍사덕 의원과 함께 무지개당이니 뭐니 하는 것을 만든다고 할 때 웬지 믿음직스럽지가 않고 순수한 느낌도 들지 않았습니다. 쇼맨십이 대단한 친구들이구나 하고 생각하고 있는데 아니나 다를까 홍사덕은 한나라당 선대위원장으로 가고, 장기표는 결국 때에 절대로 절어 썩은 냄새가 풀풀 나는 구닥다리 정치선배들과 손을 잡고 민주국민당을 창당했습니다.

결국 장기표는 그 수준밖에 안 되는 인물이었습니다. 그러니

까 사람들은 지금까지 그의 허상만을 보아 왔던 셈이지요. 이
제 실상이 적나라하게 드러나고 보니, 순수함을 잃지 않은 민
주투사가 단 한 명도 남아 있지 않다는 현실이 서글프고 개탄
스럽기까지 합니다.

　과거 동지들이 모두 국회의원 배지를 달고 으스대고 있는 것
을 보니 자신의 몰골이 초라해 보였겠지요. 나라고 국회의원
못할 게 뭐가 있는가? 좀 늦은 감이 있지만 막차라도 타서 국
회로 들어가야지. 이번에 놓치면 내 나이 환갑을 넘기게 되고,
그렇게 되면 정계 진출은 불가능해진다. 무지개당이든 민국당
이든 빨리 만들어서 금배지만 달면 되지 않는가. 나중에 여의
치 않으면 또 다른 당에 들어가던가 아니면 다른 당과 합당하
면 된다. 어차피 진리 따위는 없는 것이니까. 운이 좋으면 훗날
대권에 도전해 볼 수도 있지 않은가?!

　장씨는 창당의 주요 핵심 멤버니까 전국구를 통해서라도 국
회의원이 되겠지요. 하지만 그렇게 해서 얻은 금배지가 과연
무슨 의미가 있을까요? 그가 그렇게도 외쳐 대던 3김 청산이
얼마나 무책임하고 무지한 말이란 것을 과연 그는 지금쯤 깨달
았을까요? 그의 행동이 3김보다 나은 게 뭐가 있을까요? 그는
왜 YS를 찾아갔을까요?

　장씨가 청산의 대상인 YS를 찾아간 것은 새로 만든 민국당
을 지지해 달라고 부탁하기 위해서였다는 것은 삼척동자도 다
아는 사실입니다. YS가 지지해 주면 부산과 경남쪽 국회의원
자리는 따 놓은 당상이라고 생각했겠지요. 그는 YS를 만나고
난 뒤 그날 저녁 모임에서 이렇게 말했다는군요.

「YS를 만나 보니 확실히 우리 편이라는 느낌을 받았다.」

정치 초년생치고 이렇게 자신이 없는 사람은 처음 보는 것 같습니다. 그에게서는 패기도 불타는 정의감도 나이와 함께 사라져 버린 것 같습니다. 그의 말대로라면 YS는 청산의 대상입니다. 그런데도 그는 언제 그런 말을 했느냐는 듯 굽실거리며 YS를 찾아가 도움을 요청했습니다. 그리고는 상대가 확답을 하지 않자 밖으로 나와서는 자기 멋대로 「확실히 우리 편이라는 느낌을 받았다.」고 주장했습니다.

YS를 찾아간 것은 그렇다 치고 장씨가 그에게 구걸한 것은 다름 아닌 부산·경남의 지역감정이었습니다. YS가 민국당 쪽에 부산·경남의 지역감정을 확실히 불어넣어 주기만 한다면 민국당은 두 지역에서 몰표를 얻어 많은 수의 후보들이 국회로 진출할 수 있다고 생각했겠지요. 정말 가증스러운 생각이 아닐 수 없습니다. 닳아빠진 구정치인들보다 나은 점이라고는 하나도 없다는 사실에 저는 별로 놀라지 않았습니다. 이미 예상하고 있었던 일이었으니까요.

결국 장기표씨의 행태를 보면서 이런 생각이 들었습니다. 또 하나의 속물 정치인이 탄생했구나!

조 순씨의 경우도 세인의 조롱거리가 되고 있다는 것을 본인은 알고 있을까요?

한나라당에서 별로 대접을 받지 못한 채 꿔다 놓은 보릿자루처럼 한쪽에 있는 둥 마는 둥 처박혀 있던 그는 더 이상 푸대접에 견딜 수 없었던지 당에서 뛰쳐나와 신당에 합류했습니다. 한물간 속물 정치인들과 나란히 서서 새로운 정치개혁 운운하는 그의 신당 창당의 변은 도무지 신선감이 없고 패기도 없어 보였습니다. 죽지 못해 연명이나마 하려는 패장의 모습을 보는 듯해서 연민의 정까지 느끼게 했습니다.

잘 아시겠지만 그는 정치하고는 도무지 어울리지 않는 경제학자였습니다. 저명한 경제학자로 서울대에서 오랫동안 후학을 길러 왔고, 그래서 그의 주위에는 내노라 하는 제자들이 많이 있는 것으로 알고 있습니다. 그런 그가 정치계에 뛰어들었을 때 많은 사람들은 그의 학자적 양심과 순수함에 많은 기대를 걸었던 것이 사실입니다. 그러나 그와 같은 기대는 얼마 가지 않아 실망으로 변하고 말았습니다.

그가 DJ의 후원을 업고 서울시장에 당선되었을 때만 해도 그의 인기는 비교적 좋은 편이었습니다. 하지만 그 뒤에 그는 DJ에게 등을 돌립니다. 등을 돌린 이유는 자기 도취에 빠진 나머지 다른 욕심이 있었기 때문입니다. 그것은 다름 아닌 대권에 대한 욕심이었습니다. 그래서 그는 초대 민선 시장인 서울시장 자리를 명예롭게 마무리짓지도 않고 무책임하게 그 자리를 내던지고 대통령 후보로 나섭니다. 하지만 3개월만에 출마를 포기하고 이회창씨의 손을 들어줍니다. DJ를 지지해 주었다면 의리 있는 분이라고 칭찬을 받았을 겁니다. 그러나 그는 끝내 DJ를 배신하고 이회창씨의 편을 들어주었던 것입니다. 이회창씨가 DJ를 꺾을 수 있을 것이라고 생각했던 것 같습니다. 만일 그의 생각대로 이회창씨가 대통령에 당선되었더라면 그는 1등 공신으로 조 순 전성시대를 맞았을 것입니다. 하지만 그의 그와 같은 기대는 DJ의 당선으로 물거품이 되고 맙니다.

이처럼 갈피를 잡을 수 없을 정도로 이랬다저랬다 하는 우유부단한 태도와 거듭되는 실패와 변절로 그의 인기는 급속도로 내리막길을 달렸습니다. 무엇보다도 DJ 때문에 서울시장 자리에 올랐던 사람이 야심을 억제하지 못하고 결국 DJ를 배신했다는 사실이 치명적인 실수였던 것 같습니다. 좌절과 변절로 구질구질하게 정치 생명을 이어오던 그는 신당 창당이라는 관객 없는 정치쇼를 또 한번 벌임으로써 이제 막다른 골목에 와 있는 것 같습니다.

국민들이 그에게 기대했던 것은 학자로서의 선비정신이었습니다. 그러나 그는 그와 같은 국민들의 기대를 저버린 채 지금은 YS나 찾아가 살려달라고 애걸하는 서글픈 신세로 전락하고 말았습니다.

선비정신이 무엇입니까? 선비라면 모름지기 불의와 타협하지 않고, 높은 도덕적 기품으로 자신을 다스릴 줄 알아야 합니다. 그리고 부패한 세상을 향해 추상 같은 기개로 메시지를 전달해야 할 의무가 있습니다. 그러나 그는 아무 것도 보여주지 못했습니다. 그 흔하디 흔한 탐욕 외에는.

YS를 찾아가 도움을 청한 정치인들 가운데 또 우리를 실망시킨 대표적인 인물은 이수성(李壽成) 전 국무총리였습니다.

이수성씨는 서울대 총장도 역임하고 법학을 전공한 이름 있는 학자로, 그가 어느 날 갑자기 국무총리가 되었을 때 국민들은 비교적 그에게 호의적이었습니다. 처음에는 조 순씨만큼이나 국민들에게 좋은 인상을 심어 주었다고나 할까요? 학자 출신이기 때문에 국민들은 그에게 호감과 기대를 품었던 것 같습니다. 하지만 역대 학자 출신 총리들이 모두 그랬던 것처럼 그역시 탁월한 재상은 아니었던 것 같습니다. 그저 큰 실수 없이두리뭉실하게 임기를 마쳤던 것 같습니다. 하지만 그는 다른총리 출신 인사들과는 달리 야심이 있었습니다.

언제 보아도 몸에 무게를 실은 듯이 보이는 그는 외모에 어울리게 행보가 언제나 무겁고 신중해 보였습니다. 좀 나쁘게 표현하면 엉큼하다고나 할까요. 크레믈린의 사나이들처럼 여간해서는 속마음을 털어놓지 않으면서 정치에 미련이 있는 듯이행동하는 바람에 그를 스카웃하려는 각 정당 보스들의 애간장을 태웠습니다. 그럴수록 그의 몸값은 올라가고, 과연 그가 어디로 갈까 하고 모두가 궁금해 했습니다. 저 같은 사람들이야속으로 저 양반 괜히 폼잡고 있구나 하고 생각했지만, 그에게관심이 있는 사람들은 적지 않게 그의 행보를 주시하고 있었습니다.

그러나 그 역시 조 순씨처럼 어디에서도 확실한 보장을 받을수가 없었습니다. 각 정당들이 대구와 경북지역 정서를 고려해서 그를 영입하려고 군침을 흘렸지만 그렇다고 그에게 선뜻 보스 자리를 내주는 곳은 없었습니다. 정치의 생리가 권력투쟁인만큼 미끼를 던져 다른 사람을 이용은 하되 자기 자리를 양보해 주는 미덕은 없기 때문입니다. 그는 당총재나 대권 후보 같은 것을 확약받고 싶어했을 것입니다. 그가 노리는 것은 묻지않아도 뻔한 것이 아닙니까? 하지만 어디에서도 확약이 없자그는 예의 그 무게를 잡으면서 주위를 관망하고 있었습니다.

「국민이 필요로 한다면 국가를 위해서 봉사할 준비가 되어 있습니다.」하고 두리뭉실하게 여운을 남기면서 고개를 끄덕이는 그의 모습은 우스꽝스럽게도 줄다리기의 명수 같아 보이기도 했습니다. 그렇게 신중에 신중을 거듭하고 있으니 틀림없이 대단한 선택을 할 것이라고 모두가 생각하고 있었습니다. 하지만 저는 선택의 폭이 좁은 만큼 그도 별수가 없을 거라고 생각했습니다.

아니나 다를까. 그는 공천에서 탈락한 퇴물 정치인들과 손을 잡고 신당을 만들었습니다. 기껏해야 그 정도의 선택밖에 할 수가 없었던 것입니다. 하나의 선택이나 결단을 통해 우리는 그 사람의 인격과 철학까지도 읽을 수가 있습니다. 한마디로 저는 이수성씨의 선택을 보고 실망을 금할 수가 없었습니다. 다른 사람들도 아마 마찬가지 느낌을 받았을 것입니다.

그는 신당에 참여하면서 다른 사람들처럼 YS를 찾아갔습니다. 그리고 똑같이 도움을 청했습니다. 하지만 신당 사람들의 약점을 알고 있는 YS는 여유 있게 웃으면서 말을 빙빙 돌리기만 했습니다. 거절도 하지 않고 승낙도 하지 않음으로써 그들을 자신의 영향력 아래에 두려는 즉물적인 계산이 깔려 있었던 것입니다.

잘 아시는 것처럼 불과 며칠 사이에 몇 사람이 모여 뚝딱해서 만든 민주국민당에는 과거에 한 가락씩 한 퇴물 정치인들이 모여 있습니다. 그들은 하나같이 자신이 대통령 감이라고 생각하고 있는 사람들입니다. 그리고 또 가능성이 있든 없든 대권을 노리고 있는 사람들이기도 합니다. 그 속에서 이수성씨가 과연 어느 정도 움치고 뛸 수 있을까요? 당을 장악하고 대권후보로 나설 수가 있을까요? 조 순씨가 그에게 양보할까요? 아니면 이기택씨나 박찬종씨가 양보할까요? 김광일씨와 김윤환씨는 어떻게 나올까요? 정말 생각만 해도 끔찍하고 골치 아픈 상대들이 아닐 수 없습니다.

이리저리 생각해 보아도 이수성씨는 조만간에 또 다른 선택을 할 수밖에 없다는 생각이 듭니다. 그렇게 되면 그는 이미지에 상처를 입게 되는 것이지요. 결국 그는 머지 않은 장래에 막다른 골목에 이르게 될 것이고, 거기서 두 가지 가운데 하나를 선택해야 할 것입니다. 정치판에서 아예 떠나든가, 아니면 춘추전국시대의 군웅할거(群雄割據)처럼 TK에 기댄 채 예의 그 무게를 잡고 있던가.

제 생각에는 욕심꾸러기처럼 보이는 그가 정치판을 떠날 것 같지는 않습니다. 오히려 더 정치판에 집착해서 TK쪽 군웅으로 행세하려 들 것 같습니다. 그런 조짐은 여기저기에서 나타나고 있습니다. 지난 3월 21일 그가 민주국민당 후보로 출마한 경북 칠곡 지구당 대회에서 큰소리로 오고간 말들을 들어보면 충분히 짐작이 갈 것입니다.

먼저 김윤환 최고위원이 지역감정을 부추기면서 이렇게 그를 치켜세웠습니다.

「이번 총선에서는 분명한 TK 정서를 보여줘야 한다. ……금오산 줄기인 칠곡에서도 대통령을 한번 내보자.」

이에 이수성씨는 다음과 같이 화답했습니다.

「한나라당 총재가 대구 · 경북 출신이라면 정국이 지금과 같지 않을 것이다. ……총선 후 고향 칠곡의 힘으로 대구·경북을 껴안고, 대구·경북의 힘으로 영호남을 넘어 전국을 껴안는 새로운 정치세력을 형성하겠다. ……새로운 정치세력의 중심에 서서 오는 2002년 국민에게 희망과 평화를 주는 신뢰받는 정권을 창출하겠다.」

일찍이 없었던 대선 출마 의지를 강력히 피력한 발언이었습니다. 하지만 첫 단추를 잘못 끼워 국민들에게 실망을 안겨 준 그가 앞으로 과연 어느 정도 인기를 만회할 수 있을지, 그리고 그에게 과연 기대해 볼만한 것이 있는지 두고봐야 하겠지요. 하지만 이것만은 분명할 것 같습니다. 그 역시 사정이 여의치 않으면 영남정권 운운하면서 틀림없이 지역감정을 선동할 것이라는 것 말입니다. 현재 지역정서에 완전히 의지하고 있는 그의 언행을 보면 그와 같은 확신이 듭니다.

그러고 보면 총선이 끝나고 나면 대권에 나서겠다고 설치는 사람들이 꽤 많을 것 같습니다. 어림잡아 세어 봐도 20여 명이나 되는 것 같습니다. 이회창·이종찬·조 순·이수성·김덕룡·홍사덕·노무현·김근태·정몽준·김종필·박철언·이부영·박상천·정형근·이인제·정대철 등…….

이들이 모두 나서서 떠들어대면 나라가 얼마나 시끄러울까요? 이들 가운데 과연 누가 덕망과 실력을 갖추고 있을까요? 이들 가운데 과연 누가 리콴유처럼 목숨을 걸고 이 나라를 끝없는 정쟁의 수렁 속에서 끌어내 선진국 반열에 올려놓을 수가 있을까요? 멋지고, 당당하고, 국제감각이 뛰어난 국제신사. 강력한 리더십으로 난마같이 얽힌 실타래를 풀고 지역감정을 극복, 그 힘으로 통일 한국의 기틀을 다질 수 있는 인물은 없을까요? 있어야겠지요. 하지만 이들의 면면을 살펴보니 어쩐지 미덥지가 않군요.

YS를 찾아가 비굴한 모습을 보인 구닥다리 정치인에 대해 좀더 이야기하겠습니다.

박찬종(朴燦鐘) 전 의원 역시 YS의 속마음을 떠보려고 상도동을 찾아갔는데, 그 자리에서 그는 다음과 같이 말했습니다.

「지난 대선 때 결과적으로 DJ를 당선시키는 바람에 정치적 혼란을 가져와 많은 국민들이 실망하고 있는데 이것은 저의 최대 실수였습니다. 용서해 주십시오.」

이 얼마나 비굴한 말입니까? 그리고 얼마나 새빨간 거짓말입니까?

도대체 DJ가 당선되는 바람에 정치적 혼란이 야기되었다는 말이 말이 되는 겁니까? 적보다 더 해로운, 사리사욕에 눈이 먼 썩은 정치인들이 미친개들처럼 서로 뒤엉켜 물어뜯는 바람에 정치적 혼란이 야기되었던 것 아닙니까? 그리고 많은 국민들이 실망하고 있다고 했는데, 그런 거짓말이야말로 YS가 듣기에 가장 달콤한 말이겠지요. YS의 환심을 사려고 침소봉대해서 그런 거짓말을 했겠지만, 아무리 그렇더라도 그런 야비한 말로 그의 비위를 맞추려고 했다니 참으로 한심스럽기 짝이 없습니다.

분명히 말하지만 국민들은 DJ에게 결코 실망하고 있지 않습니다. 역대 대통령들 가운데 자유민주주의에 대한 신념이 가장 강하고, 해박한 지식을 갖추고 있을 뿐 아니라 투철한 역사인 식과 강력한 리더십으로 그는 YS로부터 물려받은 환란의 국가적 위기를 훌륭히 극복해 냈을 뿐 아니라 21세기에 대비한 국가비전을 구체화시킬 준비를 하나하나 다져나가고 있습니다. 국민들이 적극적으로 지원하고 정치인들이 도와준다면 그는 단시일 내에 한국을 선진국 반열에 올려놓을 수 있는 충분한 능력과 실력을 갖추고 있습니다. 그가 경륜을 마음껏 펼칠 수 있게 왜 도와주지 않는지, 도와주기는커녕 왜 그렇게 발목을 잡아당기는지 정말 안타깝기 그지없습니다. 그렇게 해서 우리가 얻을 수 있는 것이 무엇입니까?

야당 정치인들의 대통령에 대한 비방이 이렇게 노골적이고 원색적인 때가 지금까지 있었습니까? 한국 현대 정치사에서 야당 정치인들이 국가 원수에게 이렇게 모욕적이고 악랄한 비방을 거침없이 쏟아놓은 때는 일찍이 없었습니다. 과거에는 독재자들 앞에서 겁에 질려 아무 소리도 못했지요. 끽소리 못하고 있던 자들이 세상이 좋아지니까 너도나도 들고일어나 입에 거품을 물고 DJ를 비방하고 있는 겁니다. 그들에게 왜 그런 자신감이 붙었을까요? 이유는 간단합니다. 아무리 대통령을 욕해도 결코 옛날처럼 잡아가지 않는다는 것을 잘 알고 있기 때문입니다. 과거에는 대통령을 비방하면 비밀기관에서 쥐도 새도 모르게 잡아가거나 검찰과 경찰에서 다투어 끌고 갔지요. 하지만 지금은 전혀 그런 일이 없을 뿐 아니라 있을 수도 없는 일이지요. 그 약점을 알고 악질 정치인들이 설쳐대고 있는 것입니다. 그들이 용기가 있어서 그러는 것은 결코 아닙니다. 진정코 용기가 있다면 그런 식으로 비방하지는 않습니다. 그들의 비방은 하나같이 자신의 인기를 노리고 하는 짓입니다.

끝없이 이어지는 모멸적인 비방에 당신이 얼마나 마음이 상하고 울적해 하는지 충분히 짐작이 가고도 남습니다. 당신의 얼굴에 자주 나타나는 수심 어린 표정이 마음에 걸립니다. 악랄한 비방에 대해 일일이 대응하는 것도 격에 어울리지 않을 뿐 아니라 참 피곤한 일이겠지요. 하지만 국민들은 대통령의 얼굴에서 수심 어린 표정을 보고 싶어하지 않습니다. 항상 밝고 힘에 넘치는 모습을 보고 싶어하고, 거기에서 위안을 얻으려고 하는 것이 국민들의 솔직한 심정입니다.

대통령을 비방하는 말이 지나칠 정도로 악랄할 때는 저도 화가 납니다. 이를테면 재봉틀로 입을 꿰매야 한다느니, 지역감정의 괴수라느니, 미국에 있는 대통령 아들이 수백만 달러 짜리 호화주택에서 살고 있다느니 하는 말을 들었을 때는 정말 가만두지 말고 명예훼손으로 처벌해야 한다고 생각하곤 했습니다. 하지만 명예훼손으로 고소하면 대통령이 쩨쩨하게 그런 것까지 고소했다고 또 들고일어나니, 이를 어찌하면 좋겠습니까? 이러지도 저러지도 못하는 당신의 안타까운 심정을 충분히 이해합니다. 하지만 어쩌겠습니까? 대통령이 된 죄로 그런 것이려니 생각하시고 넓은 아량으로 그것들을 받아주십시오. 올바른 생각을 갖고 있는 국민들은 당신의 심정을 충분히 이해하고 있으며, 저들이 얼마나 악랄한 인간들인가도 잘 알고 있습니다. 그리고 훗날 당신이 얼마나 훌륭한 지도자였는가를 그들도 인정할 수밖에 없을 것이라는 것을 믿고 있습니다.

저는 당신에게 곁눈 파시지 말고, 또는 낙담하시지 말고 고속열차처럼 힘차게 국사를 처리해 나가라고 말씀드리고 싶습니다. 고속열차를 향해 돌팔매질을 하는 자들이 있다 해도 멈추지 말고 그대로 달려나가십시오. 돌멩이 몇 개 맞는 것은 각오하셔야 합니다.

9. YS — 그 미망(迷妄)의 허수아비

2000년 3월 - 4월

사람들은 나이가 들어 영감탱이라는 말을 들을 정도로 늙게
되면 두 가지 모습으로 변하게 되는가 봅니다.

한 가지는 자연에 순응하는 모습으로 변하는 것입니다. 그런
노인들은 넓고 온화한 모습으로 모든 것을 받아들이면서 주위
사람들을 애정 어린 눈으로 바라봅니다. 과거의 적도 사랑으로
감싸면서 얼마 남지 않은 여생이 한줌 흙으로 돌아갈 날을 담
담한 마음으로 기다립니다.

또 한 가지 모습은 전자와는 확연히 다릅니다. 노욕에 사로잡
힌 추한 모습이 바로 여기에 해당됩니다. 그는 한번 품은 앙심
을 절대 버리지 않고 무덤에까지 가지고 갑니다. 한번 미워하
기 시작하면 절대 용서하지 않고 죽을 때까지 상대방에게 저주

를 퍼붓습니다. 과거에 한번 높은 자리에 앉았던 적이라도 있으면 그때의 영광을 잊지 못한 채 자신을 지고지선(至高至善)으로 생각한 나머지 모든 사람들을 발 아래에 두고 안하무인격으로 행동합니다. 이런 노인들은 추하다 못해 측은하기까지 합니다.

왜 이런 말씀을 드리는가 하면 다름 아닌 YS에게서 후자의 모습, 즉 노욕에 사로잡힌 추한 모습을 거의 매일 보고 있기 때문입니다. 그에 대해서는 정말 할말이 많습니다.

총선을 앞두고 여야가 연일 치졸하고 치열한 공방전을 벌이고 있던 지난 3월 23일 YS는 DJ를 향해 다음과 같이 입에 담을 수 없는 폭언을 했습니다.

「재임 2년 동안 독재와 갖가지 거짓말로 국민을 속여 온 DJ가 온갖 수단을 동원해 부정선거를 획책하고 있다. ……DJ에겐 더 이상 나라를 맡길 수 없으니 DJ는 국민을 그만 괴롭히고 하야하라.」

이 말을 듣고 저는 이성을 잃은 사람은 DJ가 아니라 바로 YS 자신이라고 생각했습니다. 아무리 좋게 해석해도 DJ에 대한 그의 끊임없는 욕설은 정상적인 사고방식을 지닌 사람의 말이라고는 도저히 생각할 수가 없습니다. 제가 욕설이라고 말한 것은 그가 사용하는 언어의 수준이 비판이나 비난을 넘어 수준 이하의 저급하고 악의에 찬 말들이기 때문입니다.

아직 생존해 있는 역대 전직 대통령들은 모두 4명입니다. 그 가운데 유독 YS만이 DJ에게 계속 욕을 퍼붓고 있습니다. 그래도 일국의 국가원수인데 어떻게 전직 대통령이라는 사람이 그렇게 계속해서 저질스런 독설을 퍼부을 수가 있습니까? 그 독설이 박정희 시대에 터져나왔다면 얼마나 좋았겠습니까?

다른 전직 대통령들은 그래도 할말 안 할말을 가릴 줄 알고 있습니다. 자제할 줄도 알고 있습니다. 재임 중 군부독재라는 역사적 과오를 저지른 사람도 있지만, 지금은 모두 조용히 살아가고 있습니다. 전직 대통령이 앞에 나서서 설쳐서는 절대 안 된다는 것을 잘 알고 있기 때문입니다. 그들은 현직 대통령의 자문에 응하기도 하고 국가가 위기에 처했을 때는 함께 걱정하기도 하는 등 비교적 모범적인 모습을 보여주고 있습니다.

그런데 유독 YS만이 현직 대통령에게 욕설을 퍼붓고 있습니다. 욕설을 퍼붓는 정도가 아니라 당장 하야하라고 윽박지르기까지 하고 있습니다. 참으로 가소로운 일이 아닐 수가 없습니다. 아무리 좋게 봐주려고 해도 도무지 그의 언행을 이해할 수가 없습니다. 결국은 이렇게 해석하기로 했습니다. 그는 제정신이 아니다, 라고 말입니다. 온전한 정신을 가진 전직 대통령이라면 어떻게 그런 말들을 아무렇지도 않게 내뱉을 수가 있겠습니까?

그가 훌륭한 대통령이었다면 또 이해가 됩니다. 아니, 자기가 아무리 훌륭한 대통령이었다 해도 후임 대통령에게 그런 식으로 욕설을 퍼부을 수는 없을 것입니다. 우리가 역사상 가장 훌륭한 대통령으로 알고 있는 링컨 대통령이 후임 대통령에게 욕설을 퍼붓는다는 것을 상상이나 할 수 있습니까? 그런데도 가장 어리석고 무능한 대통령으로 기억되고 있는 사람이 낯뜨겁게도 자신의 치부는 상관하지 않고 오히려 후임 대통령을 탓하고 있으니 참으로 창피스러운 일이 아닐 수 없습니다. 국제적으로 이런 망신이 어디 있습니까? 국제적인 망신거리인데다 나라의 체면이 말이 아니라는 것을 당사자는 아는지 모르는지 답답하기만 합니다.

YS가 누구입니까? 의식이 깨어 있는 국민들은 그에 대해서 이렇게 생각하고 있습니다.

「YS는 역대 대통령 중 가장 무지하고 무능한 대통령이었다.」

그의 무지와 무능이 나라를 부도사태로 몰고 왔고, 결국 IMF 관리하에 놓이게 했다는 것은 삼척동자도 다 아는 사실입니다. 그는 그 사실에 대해 국민들에게 깊이 사죄해야 함에도 불구하고 지금 와서는 그것은 자기 책임이 아니라고 발뺌하고 있습니다. 지난해에는 일본에까지 가서 일본 기자들 앞에서 한국이 IMF 관리를 받게 된 것은 자기 책임이 아니라 DJ 때문이라고 그 책임을 떠넘기기까지 했습니다. 적반하장도 이 정도면 할말이 없습니다. 일본 기자들도 YS의 그 같은 파렴치한 언동에 어이없어 하면서 기사화할 가치도 없다고 판단, 신문에 내지도 않았습니다.

「YS가 나라 망친 대통령」이라는 사실은 더 이상 움직일 수 없는 사실로 국민들 사이에 각인되어 있습니다. 그것은 전국민적인 인식으로 고정화되어 있습니다. 그런데도 YS는 그것을 인정하지 않으려고 기를 쓰고 있습니다. 이런 것도 사실 따지고 보면 그의 무지에서 비롯된 것이라고 생각합니다. 무지하기 때문에 자신의 잘못과 책임을 인지하지 못하고 있는 것입니다.

국가 경제가 파탄에 이르고 나라 운명이 IMF의 손에 맡겨졌을 때 거리에는 얼마나 많은 실업자들이 넘쳐흘렀습니까? 얼마나 많은 회사들과 공장들이 문을 닫았습니까? 1만 달러를 넘어서던 1인당 국민소득이 하루아침에 갑자기 6천 달러 이하로 곤두박질쳤을 때의 국민들의 절망감을 YS는 과연 알고 있었을까요?

역 광장이나 지하도에는 직장을 잃은 사람들이 거렁뱅이처럼 나뒹굴고 있었고, 무료 급식소에는 밥 한 끼 얻어먹으려는 노숙자들이 장사진을 이루고 있었습니다. 밤이면 차가운 땅바닥에서 새우처럼 웅크린 채 잠을 자고 있는 사람들을 보면서 저는 이런 생각을 했습니다. YS가 정말 양식이 있고 정의감이 있는 사람이라면 이들 노숙자들을 찾아와 일일이 손을 잡아 주면서 빵 한 조각이라도 나누어 줘야 한다. 함께 눈물 흘리고 고통을 나눈다면 모두가 그를 용서할 것이다. 그러나 그는 그의 잘못 때문에 거리로 쫓겨난 노숙자들을 위해 눈물 한 방울 흘리지 않았고 빵 한 조각 나누어 주지 않았습니다. 호화주택의 따뜻한 방안에 앉아 과거의 영광을 되새기려는 듯 그의 밑에서 일하던 사람들을 차례로 불러들여 DJ를 욕하는 것으로 하루하루를 보내곤 했습니다. 그것을 볼 때마다 저는 국민의 한 사람으로서 슬픔을 느끼지 않을 수가 없었습니다. 그것은 지지리도 지도자 복이 없는 한국민의 불행 때문에 느낀 슬픔이었습니다.

YS는 걸핏하면 DJ를 독재자라고 비난합니다. 며칠 전에는 DJ를 네로 같은 폭군이라고 퍼부어 댔습니다. 참으로 어이가 없습니다.

국민들 가운데 DJ를 독재자라고 생각하는 사람은 아무도 없습니다. 우리 사회가 이렇게 자유롭고 민주적인 분위기에 휩싸인 적은 일찍이 없었습니다. DJ가 그렇게 갈망하던 자유민주주의는 그의 집권시대에 와서 비로소 꽃을 피우고 우리 사회에 깊이 뿌리를 내리게 되었습니다. 그러나 사람들은 그것을 피부로 느끼지 못하고 있습니다. 그것은 마치 공기처럼 실체가 없는 것이기 때문에 우리가 공기의 고마움을 모르는 것처럼 그 고마움을 모르고 있는 것입니다. 그리고 보다 중요한 것이 있는데, 그것은 우리가 자유민주주의를 향유할 수 있는 훈련이 아직 덜 되어 있다는 사실입니다. 때문에 우리 사회에는 절제의 미덕, 질서와 책임의 중요성보다는 무책임과 혼란, 그리고 파괴 쪽에 더 유혹을 느끼는 사람들이 많이 있습니다.

역설적이지만 민주화 투쟁의 기수로 알려져 있는 YS가 오늘날 아무도 간섭할 수 없는 자유로움을 만끽하면서 전직 대통령이라는 인격체가 갖추어야 할 절제와 조화의 미덕을 버린 채 DJ를 줄기차게 비난함으로써 혼란을 부채질하고 있는 것은 일종의 파괴심리에서 비롯된 것이 아닌가 생각됩니다. 그러니까 그는 민주투사였으면서도 민주주의의 진정한 가치를 모르고 있는 것이라고밖에 해석할 수가 없습니다. 그의 민주화 투쟁에 대해 누군가가 동물적 본능과 권력욕의 산물이라고 지적한 바 있는데, 그 말에 충분히 납득이 가고도 남습니다.

YS는 박정희나 전두환, 그리고 노태우에 대해서는 그들의 집권 시에 군부독재라고 비판하기는 했지만 그들을 직접 가리켜 독재자라고 잘라 말하지는 않았습니다. 하물며 네로 같은 폭군이라는 폭언은 생각할 수도 없었겠지요. 그는 민주화 투쟁을 하면서도 항상 적당한 선에서, 이를테면 체포되지 않는 선에서 적당히 말하고 행동했습니다. 그래서 그는 이른바 민주화 투쟁을 했다는 정치인으로써 단 한번도 체포된 적이 없었습니다. DJ가 수없이 체포되어 형사재판을 받고 사형집행 직전까지 갔었지만, YS는 항상 안전지대에서 민주화 운운하고 있었습니다. 그가 민주화 투쟁과정에서 가장 자랑스럽게 내세우고 있는 것은 단식투쟁입니다. 하지만 그 정도의 투쟁이야 약간의 의지만 있으면 가능한 것이고, 만델라나 DJ의 고난에 비하면 아무 것도 아닌 것이지요.

저는 지금까지 DJ가 흥분해서 함부로 말하는 것을 보지 못했습니다. 그 점에서 당신은 자제력이 대단하신 분이라는 생각이 듭니다. 그리고 당신은 양식 있고 고도의 지적 사고력을 지닌 사람답게 항상 예의바르게 말씀하십니다. 당신에게 고통을 준 사람들에 대해서도 당신은 욕설 한번 하지 않고, 용서와 화해로 그들을 받아들였습니다. 저는 그와 같은 당신의 모습에서 비폭력 저항정신의 위대함을 보는 것 같아 항상 많은 것을 배우고 있습니다.

그런데 같은 민주화 투쟁을 했다면서 YS의 말하는 수준은 어찌 그렇게 저급합니까? 국민들은 뒤늦게야 그의 진면목을 알고는 하나같이 실망하는 빛이 역연합니다. 그가 어떤 식으로 말하는지는 언론에 소개되어 잘 아시겠지만, 그 중에서 몇 개를 간추려 다시 말씀드려 보겠습니다.

지난 3월 1일, 장기표 민국당 최고위원이 찾아가 건강이 어떠나고 묻자 YS는 이렇게 말했습니다.

「박정희, 전두환 때와 마찬가지로 김대중이 때문에 좋다. 독
　재자 덕분이다.」

이름 밑에다 최소한 씨자라도 붙이는 것이 예의인데도 그는
그런 것도 생략한 채 이름을 함부로 불러댔습니다. 그전에는
그래도 씨자를 붙였는데, 시간이 흐를수록 더 독이 오르는지
이제는 최소한의 예의도 갖추지 않고 있습니다.

지난 2월 9일, 고향인 거제를 방문했을 때 YS가 쏟아 놓은
독설을 정리해 보겠습니다.

「김대중씨는 그 동안 엄청난 부정을 해 왔다. 재보궐선거에
　서 1백억 원이 넘는 돈을 썼고, 관권 폭력선거를 했다. ……
　이번 총선에서도 같은 일이 벌어질 것이다. ……그는 목숨
　을 걸고 부정을 준비해 왔고, 선거 이외에는 생각하는 게 없
　다. ……이번 선거에도 재보궐선거 부정 그 이상의 짓을 할
　것이다. 국민들이 정신 바짝 차리고 집권자가 입만 벌리면
　거짓말하는 것을 단호히 심판해야 한다. ……결과는 소위 민
　주당의 참패로 끝날 것이고 끝나게 만들어야 한다.」

작년 말 한광옥 청와대 비서실장이 상도동을 방문했을 때입
니다.

「김대중씨는 결국 불행한 사람이 되고, 나라도 불행하게 만
　들 것이다. 과거 독재자들이 어떤 종말을 고했는지 기억해야
　한다.」

YS는 DJ가 불행해지는 것을 진심으로 바라고 있는 것 같습
니다. 그렇게밖에 그의 말을 이해할 수가 없다니 참으로 슬픈

일입니다.

작년 10월 16일, 부산 민주공원 개원식장에서 YS가 DJ에게 퍼부은 독설은 DJ에게는 결코 지워지지 않는 상처로 남을 것입니다. 그때 YS는 상식 이하의 짓을 자행함으로써 국민들을 경악케 했습니다.

민주공원은 20년 전 박정희 유신독재정치에 항거하여 일어났던 부산·마산 지역 대학생들과 일반 시민들의 항쟁을 기리기 위하여 조성된 뜻깊은 공원입니다. 당연히 개원식에는 민주화 투쟁의 두 주역인 DJ와 YS가 참석을 했습니다. 두 사람은 15개월만에 만나는 자리였고, 국민들의 관심은 그들에게 쏠렸습니다. 그 동안 욕설을 퍼부어 대던 YS가 DJ 면전에서 과연 어떻게 나올까 하는 것이 국민들의 관심거리였습니다.

고난을 이겨낸 그들이 반갑게 웃으며 뜨거운 악수를 나누는 모습이야말로 국민들이 진정으로 바라던 것이었습니다. 그들이 따뜻한 우애와 이해로 서로를 격려하면서 협조해 나간다면 얼마나 보기가 좋습니까? 바로 그런 모습을 통해서 영호남의 지역감정도 눈 녹듯이 사라지리라고 봅니다. 국민들이 민주공원 개원식장에 나란히 앉아 있는 두 사람의 얼굴에서 두 인격체의 조화로운 미덕을 보고 싶어했던 것은 정말 갸륵한 바람이었던 것입니다. 그러나 국민들의 이 같은 소망은 YS의 독설로 해서 무참히 깨지고 말았습니다.

DJ와 YS의 언행은 참으로 대조적이었습니다. DJ에 앞서 단상에 오른 YS는 DJ가 보는 앞에서 기다렸다는 듯이 쏘아붙였습니다.

「……우리가 살고 있는 지금이 3공입니까, 5공입니까? 우리의 민주투사들이 이러한 가짜 사이비 민주주의를 위하여 그 많은 피와 눈물을 흘렸단 말입니까? 이 나라의 민주주의가 위기에 처해 있습니다. 이대로 가면 내년 총선은 사상 유례없는 부정 타락선거가 될 것이요, 독재의 망령이 되살아날 것입니다. 임기말에 내각제 개헌으로 장기집권이 계획될 것입니다. 역사의 올바른 흐름을 거역하는 세력이나 개인은 반드시 하늘과 국민들이 용서하지 않을 것입니다. 지금 이 지역의 경제가 어렵다는 것을 잘 알고 있습니다. 일부 정치인들의 정략적인 정책 결정이나 정책 실패로 지금 고난을 겪고 있습니다. 용기를 잃지 맙시다. 우리의 민주성지인 부산과 마산은 반드시 다시 일어날 것입니다.」

일국의 대통령 앞에서 어떻게 이와 같은 독설을 퍼부을 수가 있습니까? 그것은 제정신을 가지고 한 연설이 아닌 머리가 돌아 버린 정신이상자나 할 수 있는 욕설이었습니다. 그의 말대로라면 지금 한국에는 가짜 사이비 민주주의가 판치고 있고, 그 주인공은 바로 DJ라는 것입니다. 이런 억지가 어디 있습니까? YS는 지금도 자신이 민주투사라도 되는 양 착각하고 있는 것이 아닐까요? 그의 독설에 얼마나 곤혹스럽고 괴로웠습니까? 텔리비전 화면에 비친 당신의 고뇌 어린 표정을 보는 순간 저는 가슴이 미어져 왔습니다. 국민들이 보는 앞에서 당신은 마치 구정물을 뒤집어쓴 것 같은 표정이었습니다.

저렇게 모욕을 당했으니 이제 어떻게 나올까, 국민들은 모두 그것이 궁금해서 당신의 표정을 살피고 있었습니다. 그때 당신이 분을 참지 못해 YS에게 일갈(一喝)했더라도 사람들은 충분히 당신을 이해했을 것입니다. 아니, 오히려 속이 후련해졌을 것입니다.

그러나 당신의 표정에는 변함이 없었습니다. 여느 때처럼 무서운 자제력으로 자신의 감정을 억제하고 예의바른 태도로 조용히 단상에 오른 당신의 모습은 그 어느 때보다도 침착해 보였습니다. 그리고 당신은 말했습니다.

「오늘 부마 민주항쟁 20돌을 맞아 부산시민 여러분이 보여주었던 민주화에 대한 열정과 헌신을 기리는 부산 민주공원이 개원된데 대해 매우 뜻깊게 생각하며, 축하합니다. …… 특히 저는 이 자리를 빌어 지난 79년 당시 야당 총재로 온갖 박해를 받으면서도 과감하게 투쟁해 부산과 마산, 그리고 전 국민의 궐기에 크게 기여한 김영삼 전 대통령의 공로에 대해 여러분과 같이 높이 찬양하는 바입니다.」

한 사람은 면전에서 그를 욕하고, 그는 자기를 욕한 사람을 칭찬하고 나왔으니, 누가 진정한 인격자일까요?

당신은 그때 정말 훌륭한 모습을 보여주셨습니다. 저는 당신의 예의바르고 자신에 찬 모습에서 이 시대의 진정한 신사를 보는 듯했습니다. 그와 함께 기독교적인 관용의 지혜를 보는 것 같았습니다.

당신도 YS도 독실한 신자임을 알고 있습니다. 독실한 신자라면 관용과 화해, 그리고 사랑이 최고의 덕목임을 알고 있습니다. 그들은 매일 기도하면서 관용하고, 화해하고, 원수를 사랑하라는 가르침을 받습니다. 그런데 독실한 YS는 왜 그렇게 화해할 줄도 모른 채 갈수록 아집에 사로잡혀 DJ를 비난하고 있을까요? 그의 가슴에는 누구를 사랑하는 뜨거운 감정이 선천적으로 없는 것일까요?

점입가경인 그의 언행을 보고 조금 전에 머리가 돌아 버린 정신이상자나 할 수 있는 욕설이라고 했지만, YS는 오히려 자기쪽에서 DJ를 보고 「김대중은 정신나간 사람」이라고 했습니다. 이와 같은 원색적인 표현을 한번도 아니고 여러 차례에 걸쳐 했습니다. 확실히 그는 제정신이 아닌 것 같습니다.

그의 좌충우돌적이고 안하무인격인 저질스런 발언들을 일일이 열거하자면 끝이 없을 것 같습니다. 하지만 어린 학생들 앞에서 행한 다음과 같은 말은 짚고 넘어가야 한다고 생각합니다. 지난해 10월 15일, 그러니까 민주공원 개원 전날 YS는 자신의 모교인 경남고에 찾아가 재학생 1천5백 명이 모인 자리에서 이런 말을 했습니다.

「거짓말로 국민을 잠시 속일 수는 있지만 영원히 속일 수는 없다.」

DJ를 두고 한 말이라는 것은 누구나 알 수 있었습니다. 어린 학생들 앞에서까지 노욕의 추악한 모습을 보이다니! 어린 학생들 앞에서는 꿈과 야망, 앞날의 비전에 대해, 그리고 진정한 용기에 대해 말해 주는 것이 상식입니다. 어른들의 추한 감정과 싸움을 어린 학생들한테까지 보여줄 필요가 없지 않습니까? 그런 짓을 한다는 것은 정말 부끄러운 일입니다. 그런데도 YS 자신은 부끄러움도 못 느낀 채 아무 데서나 닥치는 대로 DJ를 욕하고 있으니 이를 어쩌면 좋겠습니까?

사람이 염치를 알고 체면을 중시해야 함은 상식에 속하는 일로서, 인간사회의 가장 기본적인 룰이라고 생각합니다. 사람이 염치도 없고 체면도 모르면, 그런 인간은 결국 사회에 해악을 끼치는 존재일 수밖에 없습니다. 그것도 보통인간이 아닌, 사회의 지도적인 위치에 있는 사람이 염치도 없고 체면도 모르고, 더욱이 부끄러움도 모른 채 국가원수를 향해 마구 욕설을 하고 다닌다면 국가 질서를 흔들어 혼란을 야기시킨다는 점에서 그 해악은 실로 크다고 할 것입니다. 그 죄를 어떻게 책임지려고 그런 짓을 한단 말입니까?

YS는 대통령 재임 중에 이미 크나큰 과오를 저질렀고, 그것은 국가와 국민에 대한 씻을 수 없는 죄로 국민들 사이에 각인되어 있습니다. 그가 아무리 변명을 하고 화살을 DJ쪽으로 돌리려 해도 그의 죄과는 결코 사라지지 않을 것입니다. 그가 악에 바쳐 저질스런 발언을 하면 할수록 그는 자신이 쳐 놓은 그물에 더욱 칭칭 감길 뿐입니다. 왜냐하면 아무도 그의 말을 믿지 않으니까요.

IMF사태를 초래하여 국가 경제를 망치고 국민들을 혼란과 고통 속에 몰아넣은 장본인이 시간이 흐르자 되레 큰소리를 치고 있으니, 적반하장도 유분수지 그 파렴치한 행동에 국민들은 그저 기가 막힐 따름입니다. 만일 그가 일본인으로 태어나 국가에 그렇게 치명적인 상처를 입혔다면 그는 벌써 할복자살했을 것입니다. 일본인들한테는 옛부터 자신의 과오에 대해 죽음으로써 용서를 구하는 전통이 있으니까요.

자살 이야기가 나왔으니 말입니다만, 저는 한국의 정치인이

124

나 경제인, 또는 사회의 지도적인 위치에 있는 엘리트들 가운데 국가에 해를 끼치거나 사회적 물의를 일으킨 데 대한 죄책감으로 자결한 사람을 지금까지 본 적이 없습니다.

한국은 이 지구상에서 가장 말썽이 많고 문제가 끊이지 않는 나라입니다. 그런데 국기를 뒤흔드는 굵직굵직한 사건들의 주인공들은 거의 상류층 인사들입니다. 얼마나 많은 상류층 인사들이 우리 사회를 멍들게 하고 우리 사회에 해악을 끼쳤습니까? 정치군인들은 총칼로 정권을 탈취하여 30년 넘게 군사독재를 자행했고, 재벌들은 갚을 능력도 없으면서 국내은행과 외국에서 무차별적으로 돈을 빌려 은행들은 망하게 하고 외국 자본을 떼어먹음으로써 국가 신인도를 추락시키고, 정치인들은 국리민복은 아랑곳하지 않은 채 사리사욕에만 눈이 어두워 허구헌날 미친개들처럼 서로 물어뜯고 헐뜯는 것으로 나라를 혼란에 빠뜨려 왔고, 공무원들은 세계가 알아주는 부패집단으로 국민들의 고혈을 빨아 왔습니다. 이렇게 많은 상류계급 사람들이 오랜 세월을 두고 국가 사회에 해악을 끼쳐 왔음에도 불구하고 그들 가운데 양심에 가책을 느끼고 자결한 사람은 아직까지 단 한 명도 없었습니다. 이것은 무엇을 의미하는 것일까요?

우리 나라에는 큰 문제가 발생할 때마다 책임지는 놈이 없다는 말이 있습니다. 이 말은 정말 맞는 말입니다. 엄청난 부정을 저질러 형사처벌을 받은 자라 해도 얼마 지나면 형집행 정지 등으로 나와 활보하다가 안면을 바꾸고 다시 지도자 행세를 합니다. 선진외국 같으면 도저히 용납될 수 없는 짓거리들이 대명천지에 버젓이 자행되고 있으니 이 얼마나 뻔뻔스러운 작자들입니까?

불과 2,3년 전 일본의 경제가 거품이 빠지면서 기업들이 쓰러지고 은행을 비롯한 금융사들이 무더기로 망했을 때입니다. 그때 여기저기서 자살하는 사람들이 속출했습니다. 그들 가운데는 최고 책임자도 있었지만, 대부분은 상사를 대신해서 책임을 뒤집어쓰고 죽음을 택한 사람들이었습니다. 책임감과 의리가 그만큼 강했기 때문에 죽음도 불사한 것이겠지요.

그러나 우리의 경우에는 그와 같은 죽음은 아무리 눈을 씻고 찾아봐도 볼 수가 없습니다.

한 예로 전직 대통령들의 경우를 살펴보겠습니다. 박정희 · 전두환 · 노태우 · 김영삼 등 전직 대통령들은 하나같이 축복을 받지 못한 대통령들이었습니다. 축복은커녕 한 사람은 암살을 당했고, 두 사람은 나란히 감옥살이를 했습니다. 그리고 또 한 사람은 나라 경제를 망친 죄로 국민들의 지탄의 대상이 되었습니다. 그런데 이들이 이렇게 곤경에 처했을 때 이들을 대신해서 책임을 지고 목숨을 끊은 충복은 단 한 명도 없었습니다. 박정희를 제외한 전직 대통령 세 사람은 퇴임 후에도 충복들을 거느리고 자기들끼리 모임을 갖기도 하는 등 세를 과시하고 있습니다. 그들을 따르는 충복들은 그대로 좌절할 수 없다고 생각했는지 하나같이 재기의 기회를 노리고 있는 듯이 보입니다. 그래서인지 자기들이 모신 전직 대통령들을 어르신 어르신하고 부르면서 충성심 경쟁을 벌이기도 합니다. 그 어르신이 죽으라고 하면 금방이라도 죽을 듯이 굽신거리지만, 아직까지 주군이 받은 고통을 대신해서 목숨을 버린 충복은 단 한 명도 없습니다. 죽음을 미덕으로 생각해서 한 말이 아닙니다. 한국의 충복들은 일본의 충복들과는 달리 가짜의 탈을 쓴 위선자들처럼 보이기 때문에 한 말입니다.

이 점에서는 DJ의 경우도 예외는 아니겠지요. DJ가 민주화 투쟁을 선도하고 있을 때 그의 주위에는 그를 따르던 충복들이 있었습니다. 그러나 죽음으로 그를 지켜 준 사람은 아무도 없었습니다. 그들중 일부는 재빨리 기회를 포착하여 정계로 진출, 지금은 국회의원이 되어 DJ를 공격하는데 앞장서고 있습니다. 배은망덕한 사람들이지요.

자결에 대해서는 이 정도로 말씀드리고 하던 이야기를 계속하겠습니다.

YS가 부끄러움을 모르는 뻔뻔스러운 위인임은 그의 아들 문제만 보아도 알 수 있는 일입니다.

YS가 대통령으로 재임하고 있을 때 그의 아들 현철은 마치 자신이 황태자라도 되는 양 착각하고 으스댔습니다. YS 자신이 현철을 예뻐하고 그의 말을 잘 들어주었으므로 현철이 자숙하지 않고 천방지축 날뛴 것은 어쩌면 당연한 일이었는지도 모릅니다.

자고로 대통령 친인척들이 설치고 다녀서 국민들로부터 좋은 평판을 들은 적은 단 한번도 없었습니다. 하나같이 국민들의 눈살을 찌푸리게 했고, 결국은 대통령의 명예를 실추시키고, 나라에 해를 끼치는 것으로 끝장나곤 했습니다.

전두환 대통령시절 그의 동생인 전경환이 법적으로 어떤 공적인 지위에 있지도 않으면서 형을 믿고 무소불위로 권력을 휘두른 것은 모두가 다 아는 사실입니다. 법적으로 불가능한 일도 전경환의 백이면 다 통한다는 말이 공공연히 나돌 정도였으니까요. 나중에 그와 같은 불법행위 때문에 그는 옥고까지 치르게 되었지만, 몇 년 후 그와 같은 부정행위가 YS의 아들을 통해 재현되었으니, 참으로 역사의 교훈을 망각한 그 어리석음에 그저 한숨이 나올 뿐입니다.

YS가 대통령이 되었을 때 김현철은 불과 나이 30대 초반의 새파란 청년이었습니다. YS가 대선에 출마하자 그는 조직을 만들어 적극적으로 선거운동에 나섰습니다. 아들이 아버지를 위해 선거운동에 나선 것은 충분히 이해할 수 있는 일입니다. 마침내 YS가 대통령에 당선됨으로써 현철은 소기의 목적을 이루게 되었고, 아들된 도리를 충분히 했다고 볼 수 있습니다. 그의 임무는 그것으로 끝났고, 그는 거기서 손을 떼야 했습니다. 그러나 그는 그렇지가 않았습니다. 과욕을 부렸던 것입니다.

이른바 정치자금을 조성하고, 이권에 개입하고, 정부 인사에까지 간섭하자 그의 주위로 사람들이 몰려들기 시작했습니다. 모두가 권력에 줄을 대서 한 밑천 잡으려는 사람들이었습니다. 그의 영향력은 점점 커져 갔고, 그래서 시중에는「막후 실세」니「젊은 부통령」이니 하는 말까지 나돌았습니다. 국회의원 공천은 물론 심지어는 장관과 군 인사에까지 막강한 영향력을 행사하고 있다든지, 그에게 줄을 대지 않으면 아무 것도 안 된다는 등 온갖 소문과 의혹이 꼬리를 물고 이어졌습니다. 실제로 제가 살고 있는 부산에서는 당시 정치 신인들이 두서너 명 여당 후보로 공천을 받고 국회의원에 출마하여 당선되었는데, 그 배후에는 젊은 부통령의 입김이 크게 작용했다는 소문이 공공연히 나돌았습니다.

이와 같이 갖가지 소문들은 소문에 그치지 않고 결국 정치 쟁점화했고, 국회에서는 청문회까지 열리게 되었습니다. 여론의 빗발치는 비난 속에서 열린 청문회 석상에서는 인간들의 추악상이 적나라하게 드러났는데, 한보 총회장 정태수씨의 몰골 못지 않게 젊은 부통령의 눈물 흘리는 모습도 인상적인 장면으로 기억에 남아 있습니다.

청문회 등을 통해, 김현철씨가 안기부 — 경제부처 — 청와대에 걸쳐 「김현철 인맥」을 형성하고, 그것을 통해서 인사와 각종 이권에 개입하고 정치자금을 조성한 것 등은 거의 사실로 드러났습니다.

이른바 「소산 게이트」 파문은 한국 정치의 후진성을 나타낸 치부로 전세계의 조롱거리가 되었는데, 아무튼 현직 대통령의 아들이 막후에서 국가정책과 인사에 깊숙이 개입하는 등 중앙 정치무대의 실질적인 주역으로 등장한 사실에 대해 국민들은 법적인 문제를 떠나 우선 정서적으로 그를 용납하려 들지 않았습니다. (註: 소산 게이트의 小山은 YS의 호 巨山에 빗대어 만든 말임.)

생각해 보십시오. 아무런 공직도 갖지 않은 30대 애송이가 단지 대통령의 아들이라는 이유로 국정을 마음대로 주물러댔으니 아무리 바보 같은 국민들이라 할지라도 그것을 용서하겠습니까? 당시 야당인 국민회의는 소산 게이트에 대해 다음과 같은 성명을 발표했습니다.

「현 집권층은 김씨의 국정 문란행위에 대한 공범자이며, 따라서 대국민 사죄와 함께 철저한 반성을 해야 한다.」

국민회의 정동영 대변인은 거기에 덧붙여 이렇게 말했습니다.

「김현철이라는 일개 사인에 의해 국가가 총체적 혼란에 빠져드는 감이 있다. 지난 4년간 김씨 문제는 국민적 의혹의 중심이었으나 청와대비서실, 안기부 간부, 여당 실세, 검찰 등 국가 공조직이 총동원돼 그를 은폐 옹호해 왔다.」

김현철씨가 개입한 각종 이권들 가운데 국민들의 관심을 가장 많이 끌고 분노를 사게 한 것은 한보 관계였습니다.

제일은행을 비롯한 국내 은행들이 한보에게 대출해 준 돈은 무려 6조 원에 달했습니다. 한보는 부실 덩어리로, 그렇게 엄청난 거액을 대출 받을 수 있는 기업이 아니었습니다. 또 대출해 줘서도 안 되는 기업이었습니다. 그런데도 불구하고 은행들은 한보가 부도로 쓰러질 때까지 계속해서 거액 대출을 해주었습니다. 자구노력도 하지 않고 담보능력도 떨어지는 기업한테 말입니다. 한보는 그 전에 수서사건을 일으켰던 문제의 기업이었습니다.

이와 같은 부실기업 한군데에 은행이 6조 원이라는 어마어마한 돈을 대출해 준 이유는 무엇일까요? 떼어먹힐 줄 뻔히 알면서도 왜 그런 바보 같은 짓을 했을까요? 그렇게 많은 돈을 빌려주었는데도 한보는 결국 부도를 내 망하고 말았습니다. 수개 은행을 거덜내고 말입니다. 그리고 그것은 IMF를 초래한 원인의 하나가 되기도 했습니다. YS가 한국을 IMF의 수렁 속으로 빠뜨려 놓은 채 퇴임하자 DJ는 그 뒷처리를 해야 했습니다. 부도직전의 은행들을 살리기 위해 깨진 독에 물 붓기 식으로 국가 예산을 쏟아부어야 했고, 한편으로는 외국에 은행을 팔아야 했습니다.

은행들이 한보 같은 부실기업에 6조 원이라는 어마어마한 돈을 빌려준 것은 결코 그들 스스로의 판단에 따른 것이 아니었습니다. 그것은 정치권력의 압력 때문이었습니다. 그 압력의 주역이 바로 김현철씨라는 것이 시중에 떠돌던 소문이었고, 야당은 그 진상을 밝히라고 요구했습니다.

김현철씨의 한보 대출 외압 의혹은 처음 한보측의 대선 자금 제공 의혹에서 비롯됐습니다. 국민회의 등 야권에서는 현철씨와 정보근 회장(정태수 총회장의 3남)의 관계가 92년 대통령 선거 때부터 비롯됐다고 주장했습니다.

야권 주장에 따르면 92년 대선 때 한보 그룹은 당시 김영삼 후보측에 엄청난 규모의 선거자금을 제공했다고 했습니다. 당시 노태우 대통령이 민자당을 탈당, 중립내각을 구성하자 김영삼 후보진영에 돈줄이 바싹 말랐는데, 한보측이 결정적으로 단비를 뿌렸다는 것이었습니다. 당시 한보측의 헌납액수는 수백억 원에서부터 1천억 원까지 다양한 설이 나돌았습니다.

아무튼 한보는 이때의 공으로 93년 YS정권이 들어선 이후 은행돈을 마치 자기 돈 쓰듯 물경 6조 원이나 끌어다 썼다는 것입니다.

문제는 김현철씨가 한보측에 6조 원에 달하는 천문학적 액수

를 대출해 주도록 은행에 압력을 가했다면, 그 대가로 그는 과
연 얼마를 챙겼을까 하는 점이었습니다. 그냥 맨입으로 그런
짓을 했을 리는 만무하니까요. 그 점에 대해서는 정확한 액수
가 밝혀지지는 않았지만, 한보측이 당진제철소 건립비용으로
끌어다 쓴 6조 원 가운데 2조 원 가량이 다른데 유용됐다는 것
이 야당측의 주장이고 보면 그중 상당한 액수가 대출 커미션으
로 막후 실세의 손에 들어갔을 것이라는 것은 충분히 짐작이
가고도 남는 일입니다.

　본인이 아무리 부인하고 변명을 해도 구체적인 사실들이 하
나둘씩 드러나고 비난여론이 들끓듯하자 대통령 YS는 더 이상
외면하고 있을 수 없었습니다. 마침내 97년 2월 25일, YS는
「대통령 취임 4주년 담화」라는 타이틀로 국민들에게 담화문을
발표했는데, 생중계로 이뤄진 그 발표는 사실상 아들의 잘못에
대한 아버지의 대국민 사과문이라고 할 수 있는 것이었습니다.
그것은 자연인인 아버지로서 참담한 처지와 괴로운 심경을 이
례적으로 담았다는 점에서 유례를 찾기 힘든 장면이었습니다.

　「……아들의 허물은 곧 아버지의 허물이라고 생각합니
　다.……이번 한보사건과 관련해 제 자식의 이름이 거명되고
　있고, 진실 여부에 앞서 그러한 소문이 돌고 있다는 사실 자
　체가 저에게는 크게 부끄러운 일이 아닐 수 없습니다. ……
　매사에 조심하고 바르게 처신하도록 가르치지 못한 것은 저
　의 불찰이었습니다. ……책임질 일이 있다면 당연히 응분의
　책임을 지도록 할 것입니다.」

　YS는 아들의 국정 농단 행위에 대해 부자의 공동책임임을

자인했습니다. 그리고 비교적 자신의 허물을 솔직히 인정하는 모습을 보여주었습니다. 마지막으로 그는 남은 임기 동안 「아들의 일체의 사회활동을 중단하는 등 근신토록 하고 제 가까이에 두지 않겠다.」고 못을 박았습니다.

마침내 97년 6월 5일, 현철씨는 현직 대통령의 아들로는 헌정사상 처음으로 구속 기소되었습니다.

현철씨는 대통령의 아들임을 빌미로 국정을 농락하고, 국가경제를 혼란에 빠뜨리고, 국가위신을 추락시키고, 국민의 자존심을 짓밟았다는 점에서 그의 죄과는 참으로 필설로 다할 수 없을 만큼 큰 것이었습니다. 그리고 여기서 분명히 말해 두어야 할 것은 현철씨보다 아들이 그런 짓을 하도록 내버려둔 YS의 죄가 더 크다는 사실입니다. 이것은 결코 간과할 수 없는, 간과해서도 안 되는 사실입니다. 선진국에서 만일 이런 일이 일어났다면 대통령은 탄핵의 대상이 되었을 것이고, 결국 하야하지 않을 수 없었을 것입니다.

사건의 중요성을 감안, 현철씨의 국정문란 행위에 대해 대검 중앙수사부가 직접 수사에 나섰는데, 현철씨를 구속 기소한 혐의는 그가 93년부터 96년 말까지 경복고 동문 등 기업인 6명으로부터 청탁 등 대가성이 있는 돈 32억7천여만 원을 포함, 모두 66억1천여만 원을 받았다는 것이었습니다. 그가 압력을 행사한 갖가지 인사 등 유형무형의 국정문란 행위는 법망을 벗어나 걸려들지 않았거나 아니면 축소은폐되었는지는 몰라도 어떻든 혐의내용은 국민들을 실망시킬 정도로 단순화되어 있었습니다.

같은 해 9월 22일, 대검 중수부는 현철씨에게 특정범죄가중처벌법상 알선수재와 조세 포탈죄를 적용, 징역 7년에 벌금 15억 원, 추징금 32억7천4백20만 원을 구형했습니다. 그리고 현철씨 측근으로 그를 위해 자신의 직위를 악용하여 부정행위를 저지른 김기섭 전 안기부 운영차장에게는 서초케이블TV 사업자 선정과정에서 청탁과 함께 1억5천만 원을 받은 혐의를 인정, 특가법상 알선수재죄를 적용, 징역 3년에 추징금 1억5천만 원을 구형했습니다.

검찰은 서울지법 형사30부 심리로 열린 결심공판에서 논고를 통해

「특별한 지위에 있는 피고인(김현철)이 기업인들로부터 장기간 거액의 금품을 수수한 행위는 어떠한 이유로도 정당화될 수 없다. ……김덕영 두양그룹 회장, 이성호 전 대호건설 사장 등에게서 받은 32억7천만 원은 수수경위와 피고인의 특수신분을 고려할 때 대가성이 명백하며, 나머지 33억4천만 원 부분도 10여개 차명계좌를 이용하거나 헌 수표로 받는 등 조세포탈 의도가 분명히 있었다.」

고 구형 이유를 밝혔습니다.

97년 10월 13일, 서울지법 형사합의 30부는 기업인 6명으로부터 66억여 원을 받고 세금을 포탈한 협의로 구속기소돼 징역 7년이 구형된 현철씨에게 특정범죄가중처벌법상 알선수재와 조세포탈죄를 적용, 징역 3년에 벌금 14억4천 만 원 및

추징금 5억2천4백20만 원을 선고했습니다. 재판부는 판결문
에서

「피고인은 현직 대통령의 아들로서 본분을 지키지 못하고 타
인으로부터 공무원의 직무에 속한 사항의 알선에 관해 금융
상의 편의를 제공받거나 거액의 금품을 수수함은 물론 금융
실명제 취지에 반하는 차명계좌를 운용하거나 자금 세탁된
헌 수표를 교부받는 등 부정한 방법으로 증여사실 또는 소득
을 은닉해 거액의 세금을 포탈한 점은 비난받아 마땅하다.」

하고 밝혔습니다. 그러나 이어서 형량을 낮춘 이유를 다음과
같이 구차하게 설명했습니다.

「평소 가까이 지내던 지인으로부터 금융상의 편의나 금품을
교부 받은 점, 처음부터 조세포탈을 의도한 것이 아니라 자
금출처를 은닉하는 과정에서 결과적으로 조세 포탈에 이르게
된 점 및 이 사건에 이르기까지 정치인들이 교부받는 정치자
금을 비롯해 이 사건과 유사한 증여금원에 대해 현실적으로
과세가 이루어지거나 조세포탈죄로 처벌되지 않은 점 등의
정상을 참작하여 작량감경한다.」

현철씨의 국정농락 행위에 대해서는 이 정도로 말씀드리겠습
니다. 이 시점에서 그 문제를 굳이 꺼낸 것은 YS에게 그 자신
의 입장을 다시 한번 살펴보십사 하고 권유하기 위해서입니다.

여기서 미국 대통령이었던 레이건의 아들 생각이 문득 떠오
르는군요. 레이건이 대통령이었을 때 그의 아들은 실업자였습
니다. 어느 날 그 아들은 정부에서 실업자들에게 주는 생활비
를 받기 위해 다른 실업자들과 함께 길가에 줄을 서서 기다리

고 있었습니다. 그때 마침 사진기자가 그를 발견하고 사진을
찍었고, 그 사진이 다음날 신문에 실려 화제가 된 적이 있습니
다. 이 얼마나 근사한 모습입니까? 세계 초강대국 대통령이 자
기 아들 취직 하나 못 시키겠습니까? 마음만 먹으면 얼마든지
좋은 직장에 취직시켜 줄 수 있을 것입니다. 그러나 레이건은
그런 짓을 하지 않았습니다. 자신이 대통령이기 때문에 그랬던
것입니다. 그의 아들 역시 아버지에게 일자리를 부탁하지 않았
습니다. 대통령은 아버지이고, 자신은 그것과는 아무 상관도
없다는 것을 그는 잘 알고 있었던 것입니다.

　어릴 때부터 부모한테 의지하지 않고 자립적인 생활태도를
익히는 것을 당연시하고 있는 선진국에서는 부모가 아무리 돈
이 많고 사회적인 지위가 높다 하더라도 결코 부모에게 손을
벌리는 법이 없습니다. 나이 들어서까지 부모의 도움을 바라는
자식은 병신 취급을 받는다고 합니다. 하물며 애비가 권력자라
고해서 그 자식이 우쭐대며 거들먹거린다는 것은 상상할 수도
없는 일입니다. 만일 자식이 애비의 권력을 등에 업고 국정을
농락하는 일이 조금이라도 있다면 그것은 반국가적인 중죄에
해당되어 부자가 모두 처벌 대상이 될 것입니다.

　이 글을 쓰고 있는 동안 마침 현철씨가 대한항공편으로 미국
에 갔다가 댈러스 공항 입국 심사대에서 입국을 거절당해 도로
한국으로 돌아왔다는 신문기사를 접했습니다. (2000년 4월
10일字 중앙일보) 무려 9시간 동안이나 공항에 붙잡혀 있다가
쫓겨온 그는 기분이 몹시 착잡했을 것입니다. 미국정부가 그의
입국을 거부한 이유는 그가 한국에서 중죄를 저질렀기 때문이

라고 합니다. 이 얼마나 엄정한 법 집행입니까? 아무리 중죄를 저질렀어도 자국에서는 출국이 자유로운데 반해 미국 쪽에서 오히려 그것을 문제삼아 입국을 거절했다니, 참으로 많은 것을 생각하게 하는 뉴스였습니다.

이제 YS는 더 이상 큰소리치지 말고 깊이 자숙해야 한다고 생각합니다. 제가 만일 YS라면 아들이 지은 죄를 생각해서 너무 부끄럽고 창피스러운 나머지 고개조차 들지 못한 채 살아갈 것입니다. 국민들이 돌팔매질하지 않은 것만도 다행으로 생각하고 말입니다.

사람이 큰소리치는 것은 스스로 생각해서 부끄러운 일이 없고 모든 이들의 공감을 획득할 수 있을 때 가능한 일입니다. 그렇지 않고 남부끄러운 짓을 해 놓고 되레 큰소리친다면, 그것은 한낱 웃음거리밖에 안 되는 것입니다. 큰소리치면 칠수록 체면도 염치도 모르는 어리석은 자의 치졸한 광대짓으로밖에 보이지 않을 것입니다.

거듭 말씀드리건대 YS는 반성하는 자세를 견지한 채 깊이 자숙해야 합니다. 군사독재를 비판하던 그는 결국 군사정권과 손잡고 3당 합당이라는 反민주적 야합을 통해 대통령이 되었음을 수치스럽게 생각해야 할 것입니다. 그가 민주화 운운하지 않아도 그런 말을 할 수 있는 사람은 얼마든지 있습니다. 그가 DJ를 향해 독재자 운운하지 않아도 그런 말을 할 수 있는 사람은 도처에 널려 있습니다. 하지만 아무도 DJ를 보고 독재자라고 하지 않습니다. DJ가 무섭기 때문에 그런 말을 못하는 것이 아닙니다. DJ가 독재자가 아니기 때문에 그런 당치도 않는 말을 하지 않는 것입니다. 이제는 더 이상 민주화니 독재자니 하는 말은 필요가 없습니다. 그런 말을 운위하던 시대는 이미 지나갔습니다.

한국에 민주화가 정착되었다는 것은 세계가 모두 인정하고 있습니다. 각 노동조합은 전국적인 조직을 이루어 강력한 힘을 발휘하고 있고, 정부에 대한 비판은 조금도 제약을 받지 않고 자유롭게 표출되고 있습니다. 국가의 어느 기관도 영장 없이 국민을 체포할 수가 없습니다. 국민들이 두려워하는 기관도 더 이상 존재하지 않습니다. 대통령은 단임제로, 한 사람이 장기집권을 꾀하는 일은 불가능해졌습니다. 전두환 — 노태우 — 김영삼 — 김대중으로 이어지는 단임정신이 이미 전통으로 자리잡혀져 있습니다. 언론은 그 어느 때보다도 자유를 만끽하고 있습니다. 언론왕국이라고까지 불릴 정도로 황금기를 구가하고 있습니다.

단지 문제가 되는 것은 민주주의에 대한 훈련이 덜 되어 있고, 그것을 받아들여 시민사회의 뿌리로 정착시킬 수 있는 양식이 부족하기 때문에 자꾸만 혼란이 야기되고 있다는 점입니다. 하지만 저는 그것을 민주주의의 과도기로, 시간이 흐르면 자연스럽게 치유되리라고 믿습니다.

10. 종교 — 그 거대한 카리스마

2000년 4월

솔직히 말씀드려 우리 나라에서 가장 골칫거리 집단을 고른다면 종교집단이라고 할 수 있습니다. 크게 나누어 불교·기독교·가톨릭으로 대별되는 세 개의 종교 집단은 너무 살이 찔대로 찐 나머지 거대한 비계 덩어리가 되어 사회를 짓누르고 있습니다.

세계에서 한국만큼 신도수가 많은 나라도 없을 것입니다. 그런데도 신도수는 계속 증가 추세에 있습니다. 우리보다 기독교의 역사가 깊고 기독교 문화가 뿌리를 내리고 있는 유럽에서는 신도수가 급격히 줄어드는 바람에 교회 운영이 어렵고, 그래서 문닫는 교회가 늘어나고 있다고 합니다.

외국인들은 한국의 교인들처럼 매주 일요일이면 꼬박꼬박 교회에 가지도 않는다고 합니다. 그들은 가고 싶을 때 아무 때나 간다고 합니다. 그러니까 한 달에 한 번 정도, 또는 두 달에 한 번 정도로 아주 뜸하게 가는 거죠. 그들이 신앙심이 없어서 그렇게 부지런히 교회에 안 가는 것일까요? 그렇지는 않다고 생각합니다. 우리나라 사람들은 매주 뻔질나게 교회에 가지만 그렇다고 신앙심이 외국인들보다 더 깊다고 보지는 않습니다. 오히려 신앙에서 가르치는 자비나 박애 정신, 불우한 이웃들을 도와주는 봉사 정신은 훨씬 뒤떨어지고, 오로지 자기 개인의 이익과 영달만을 꾀하려는 풍조가 만연되어 있습니다. 이것은 곧 한국의 교회와 신앙에 문제가 있다는 것을 의미하는 것이겠지요.

한국에서는 종교인들의 집단화가 너무 비대해지다 보니까 그 세력이 어마어마하게 커져 버렸고, 그래서 이제는 아무도 건드릴 수 없는 세력으로 군림하게 되었습니다. 국가에서조차 손을 댈 수 없을 정도로 커져 버렸으니 문제가 이만저만 큰 것이 아닙니다. 그렇다고 국가에서 종교계를 손좀 봐야 한다고 말하는 것은 아닙니다. 국가 권력이 종교에 간섭하는 것은 결코 바람직한 일이 아닙니다. 그래서는 안 된다는 것이 저의 생각입니다. 하지만 종교단체의 세력이 너무 비대해진 나머지 신앙의 본질을 외면한 채 사회에 역기능으로 작용할 때 그것은 분명히 비판을 받아 마땅하다고 생각합니다. 그리고 거기에 대해서는 어떤 방법으로든지 제재가 가해져야 한다는 것이 저의 생각입니다.

종교의 세력화가 사회에 역기능을 초래할 때 그 폐해가 막심

했음은 역사가 말해 주고 있습니다.

지난 3월 12일 오전, 바티칸 성베드로 대성당에서는 매우 의미 깊은 미사가 진행됐습니다. 교황 요한 바오로 2세가 미사를 통해 가톨릭이 지난 2000년 동안 저질렀던 과오에 대해 용서를 구한 것입니다. 교황은「우리 가톨릭은 기독교도들 사이의 분파와 진리를 구한다는 이름으로 치러진 폭력, 다른 종교를 따르는 사람들에게 보였던 불신과 적의에 대해 용서를 구한다.」고 말했습니다. 그는 또「교회의 체면을 손상시켜 온 이런 행동과 악이 저질러지는 데에 우리 각자가 맡았던 역할에 대해 솔직하게 용서를 구한다.」고 강조했습니다.

가톨릭은 지난날 하늘을 찌를 듯한 교세에 힘입어 십자군 전쟁을 비롯한 종교전쟁과 피정복 원주민들에 대한 강압적인 개종 요구, 마녀사냥을 포함한 종교재판 등을 통해 수많은 양민들을 살해하고 박해했습니다. 이교도, 특히 유태인에 대한 박해는 20세기까지 계속되어, 2차 대전 때 나치의 유태인 대학살에 침묵함으로써 그것을 방조하는 죄악을 저질렀습니다.

한국에서는 종교집단의 세력이 워낙 크다 보니 역대 어느 정권도 그것을 감히 건드린 적이 없습니다. 사사건건 물고 넘어지는 정치권에서도 종교집단에 대해서는 아예 언급하려 들지 않습니다. 언론계도 꿀 먹은 벙어리이기는 마찬가지입니다. 그 이유는 잘못 건드렸다가는 떼거지로 몰려들기 때문에 그것이 무서워서 아예 모른 체하고 있는 것입니다. 정치권에서는 그 떼거지들이 가지고 있는 몰표가 무서운 것입니다. 잘못 건드렸다가는 수백만 표를 잃을 수가 있기 때문입니다. 그러다 보니 오히려 수단방법을 다해 종교계와 가까워지려고 기를 쓰는 한심한 현상까지 벌어지고 있는 것입니다. 언론계의 경우에는 잘못 건드렸다가는 떼거지로 몰려와 사무실을 점거하고 기물을 때려부수는 일이 비일비재하기 때문에 그것이 무서워 아무 소리도 못하고 있습니다. 지난해에는 보도에 불만을 품은 신도들이 어느 방송국에 난입해 기자재를 때려부수고 직원들을 폭행하는 바람에 방송이 한때 중단된 일도 있었습니다.

사정이 이렇다 보니 아무 것도 거칠 것 없는 무풍지대에서 종교계는 무한대로 그 세력을 키워 나갈 수가 있었던 것입니다.

각 종교가 그 본래의 정신과 가르침에 따라 성장하고, 스스로 자제하고, 모든 이들에게 헌신적으로 사랑을 베풀어왔다면 얼마나 좋았을까요? 하지만 그렇지 않았기 때문에 문제가 커진 것입니다. 오늘날 한국의 종교계는 겉만 번지르르하게 살이 쪄서 비대해졌을 뿐이지, 저 같은 무뢰한이 보기에도 이권에만 눈이 멀고 자기 세력 키우기에만 혈안이 되어 있는 등 곪을 대로 곪아 암세포가 전신에 펴져 있어서 당장 수술하지 않으면 안 될 지경에 이르렀습니다.

한국의 신도수는 3대 집단 모두를 합치면 2천만 명이 넘습니다. 그들의 주장대로라면 3천만 명도 더 될 것입니다. 만일 국민의 반수 이상이 신도라면 이 나라 국민은 당연히 신앙이 넘치는 생활을 해야 할 것이고, 이 나라는 이상적인 나라로 바뀌어야 합니다. 하지만 그와는 반대로 이 나라 국민은 신도이건 비신도이건 구분 없이 서로간에 적대적이고 항상 살기등등하기만 합니다. 서로에게 피해를 입히는 것을 당연시하고, 사회 질서를 어지럽히는 것은 다반사입니다. 온유하고 상식적이고 봉사적이지 못하고 언제나 거칠기만 합니다. 그만큼 신도수가 팽창했는데도 신앙심은 다 어디로 가고 이렇게 살벌하기만 합니까? 여기서 의문이 생깁니다. 종교가 과연 이 나라를 구할 수 있을까 하고 말입니다.

지난날을 한번 돌이켜보기로 하겠습니다. 나라가 위기에 처했을 때 우리 나라 종교인들은 무슨 일을 했습니까? 악몽 같았던 군부독재 시절 우리 나라 성직자들은 왜 그렇게 입을 다물고 있었습니까? 왜 그렇게 독재 권력에 아부하는 성직자들이 많았습니까?

유태인 6백만이 나치에 끌려가 모두 학살당하고 있을 때 가톨릭은 침묵하고 있었습니다. 그것은 크나 큰 죄악이었습니다. 그 역사적 죄악에 대해 교황은 지금에 와서야 용서를 빌었습니다. 마찬가지로 한국의 종교계도 과거에 그들이 저지른 죄악에 대해 참회하고 용서를 빌어야 한다고 생각합니다. 저 암흑시대에 우리의 성직자들은 기도하는 것 외에 아무런 일도 하지 않았습니다. 인권이 유린당하고, 군부독재가 30년 넘게 기승을 부리고, 광주에서 시민들이 무참히 죽어가고 있을 때에도 막강한 세력을 가지고 있는 종교계는 꿀 먹은 벙어리처럼 침묵만 하고 있었습니다. 종교는 현실 정치에 관여해서는 안 된다는 논리로 자신을 포장하면서 말입니다. 참으로 그럴듯한 논리였습니다.

국민들이 고통을 받을 때에는 이렇게 그럴듯한 논리로 모른

체하고 있다가도 자기 집단의 이익이 조금이라도 피해를 입으면 거세게 들고일어나 폭도로 돌변하는 것이 종교계의 속성입니다. 새로운 총무원장을 뽑을 때마다 폭력 사태를 일으켜 세계적인 뉴스거리가 되곤 하는 조계종 사태가 단적으로 그것을 증명해 주고 있습니다. 세속적인 것으로부터 초연해야 할 승려들이 서로 밥그릇을 더 차지하려고 아귀다툼을 벌이는 모습이란 흡사 지옥을 방불케 했습니다. 화염이 치솟고, 승려들이 피투성이가 되어 나뒹굴고, 종로 일대의 교통이 마비되는 등 그 추악상은 고스란히 외신을 타고 전세계에 퍼져갔습니다.

한국의 이미지를 이렇게 추락시켜 놓고도 그들은 국민들에게 단 한마디의 사과도 하지 않았습니다. 이래 가지고 어떻게 중생을 구제하겠다는 것인지 저는 도무지 이해할 수가 없습니다. 밥그릇 싸움이나 하는 주제에 백일기도 같은 것이 무슨 필요가 있으며 불사 같은 것이 무슨 필요가 있습니까?

종교인들이 진정으로 피를 흘리며 싸워야 할 대상은 밥그릇이 아니라 불의입니다. 국민의 주권이 유린당하고 불의가 판을 치고 있을 때 그들이 밥그릇 싸움을 할 때처럼 용감히 투쟁했다면 그들은 지금쯤 국민들의 존경을 받고 있을 것입니다.

수년 전 어느 영화사에서 「비구니」라는 영화를 만들려고 했는데 여승들의 항의로 제작이 중단된 적이 있습니다. 여승들에 대해 좀 좋지 않게 그렸기 때문에 집단으로 몰려와 항의를 했겠지요. 그녀들을 거룩하게 그렸다면 그렇게 항의를 했을까요? 항의가 어떻게나 극렬했던지 전국 사찰에서 여승들이 대거 종로로 몰려와 휘발유통을 하나씩 껴안고 길바닥에 주저앉아 만일 비구니 영화를 만들기만 하면 분신자살하겠다고 위협했습니다. 참으로 비장한 모습이었습니다. 저는 그것을 보면서 이런 생각을 했습니다. 비구니라는 영화가 여승들이 분신자살할 만큼 과연 투쟁의 대상이라고 할 수 있는가? 하찮은 영화 한 편에 목숨을 불사르겠다고 나서는 여승들…… 그녀들의 수준이 그것밖에 안 된다는 말인가? 그런 수준으로 어떻게 생로병사로부터 해탈하여 열반에 이를 수 있을까?

나라가 위기에 처했을 때 나라를 구하기 위하여 휘발유통을 옆에 끼고 앉아 분신자살하겠다고 연좌 데모하는 승려들의 모습을 상상해 봅니다. 얼마나 거룩하고 성스러운 모습입니까? 그러나 그런 모습을 저는 지금까지 본 적이 없습니다.

제가 머리 속에 그리고 있는 성직자 상은 광야에 거적때기를 깔아놓고 그 위에 엎드려 기도하고 있는 그리스도 혹은 부처의 모습입니다. 지나친 망상일지 모르지만, 그와 같은 모습이야말로 저에게는 가장 친근하고 언제나 의지하고 싶은 모습입니다. 그리고 그와 같은 모습은 한번도 변한 적이 없습니다.

수백억 원을 들여 지은 어마어마하게 큰 교회 건물들이 우후죽순처럼 생겨나고 있습니다. 수십억 수백억짜리 불사가 끊임없이 이어지고 있습니다. IMF 사태를 맞아 국가 경제가 수렁 속으로 빠져들었을 때에도 종교계는 끄떡없었고, 여전히 확장일로에 있었습니다. 잘되는 교회와 절은 들어오는 돈을 미처 주체하지 못한다고 합니다.

일요일 아침 궁전 같이 큰 교회 앞에 한번 가보십시오. 구름처럼 몰려드는 신도들을 보고 입이 다물어지지 않을 겁니다.

쉴새없이 신도들을 실어 나르는 대형 버스들은 숫제 차도를 점
령한 채 자기네 주차장처럼 사용하고 있습니다. 신도들이 타고
온 자가용 승용차들은 끝간 데를 모르게 늘어서 있습니다. 이
것이 오늘의 교회 모습이라면 그리스도께서 뭐라고 말씀하실
까요?

신도들이 낸 돈은 고스란히 교회 수중으로 들어갑니다. 교회
는 세금 한 푼 내지 않고 그 돈을 챙깁니다. 어떤 목사들은 그
돈으로 신문사도 만들고 그 밖에 여러 가지 사업들을 잔뜩 벌
여 지금은 재벌 소리까지 듣고 있습니다. 본말이 전도된 것이
지요. 사업 확장에 목을 매달고 있고 잔뜩 돈독이 오를 대로 오
른 목사의 설교와 기도는 과연 어느 정도 진실된 것일까요?

그리스도는 과연 재벌 목사들을 어떻게 보실까요? 만일 그들
을 재판하신다면 그분은 그들의 윗도리를 벗긴 다음 가죽 채찍
으로 살찐 등짝을 후려치면서 이렇게 소리치실 것입니다.

「네 가난한 이웃들에게 곡간에서 썩고 있는 재물을 나누어
주라.」

도대체 궁전 같은 교회가 무슨 필요가 있습니까? 그리스도가
살아 계신다면 그 궁전 같은 교회에 들어가실까요? 절대 들어
가시지 않을 것입니다. 들어가는 대신 교회 건물을 손가락으로
가리키면서 「이 건물을 가난하고 헐벗은 사람들의 안식처로 내
주어라.」 하고 말씀하실 것입니다. 그리고 다른 교회에 가서는
「어린 고아들이 추위와 배고픔에 떨고 있다. 그들에게 이 건물
을 내주어라.」 하고 지시하실 것입니다.

어마어마한 규모의 교회나 성당 또는 절을 지을 돈이 있으면

그 돈으로 차라리 불우한 이웃들을 돕는 것이 종교의 도리라고 생각합니다. 그 정도의 재력을 가지고 있다면 대규모로 고아원을 지어 불쌍한 고아들을 충분히 보살필 수가 있을 것입니다. 그것이 교회나 절이 해야 할 일이 아닐까요? 고아들이 훌륭한 시설을 가진 고아원에서 보호받을 수만 있다면 굳이 외국으로 그들을 수출하지 않아도 될 것입니다.

엄청난 규모의 교회 빌딩과 막대한 액수의 헌금 수입, 그리고 날로 증가하는 신도수를 보고 희희낙락하는 성직자는 종교인이 아닌 천박한 물신(物神)숭배자에 지나지 않습니다. 독재자를 위해 조찬 기도회나 열어 주는 성직자는 권력을 쫓는 정상배나 다름이 없습니다. 하나의 기독교에 웬 분파가 그렇게 많으며, 다른 종교에 대해서는 왜 그렇게 배타적입니까? 우상숭배라고 단군상과 장승의 목을 뎅강뎅강 잘라 버리는 기독교도들의 반지성적이고 광신적인 태도는 오늘의 한국 기독교의 수준을 단적으로 말해 주고 있는 것입니다. 자기 복만을 탐욕스럽게 갈구하는 기복주의(祈福主義)는 오늘의 한국 사회를 한없이 혼탁하게 만들어 주고 있을 뿐입니다. 이럴 바에야 십일조 헌금이 무슨 필요가 있습니까?

비행 목사나 승려들에 대한 이야기를 들을 때마다 사람들은 으레 그러려니 하고 비웃을 뿐입니다. 그들의 비행이 이제는 일상사처럼 일어나고 있기 때문에 별로 대수롭지 않게 생각하고 있는 것인지도 모릅니다. 그렇다면 그것은 정말 부끄러운 일이 아닐 수 없습니다. 그리고 종교계를 위해서도 불행한 일입니다.

도시의 밤하늘을 수놓고 있는 저 무수한 십자가 불빛들 ─ 그것들을 보고 있노라면 이 나라가 낙원이 아닌가 하는 착각 속으로 빠져들 때가 있습니다. 저렇게 교회가 많으니 온 나라가 기독교화되어 복음이 충만하고, 결국 하늘의 축복을 받아 이 세계에서 가장 행복한 나라가 된 것이다. 아, 저 십자가 불빛들을 보라. 축복 받은 땅 위를 밝혀주는 하늘의 영광 아닌가. 오, 주여! 아멘!

그러나 어둠과 함께 그 무수한 십자가 불빛들이 사라지면 간밤에 있었던 추악한 모습들이 어김없이 고개를 쳐듭니다.

이 나라는 결코 축복 받은 땅이 아니었습니다. 저주받은 땅이라고 불릴 정도로 온갖 악과 부패가 뒤엉켜 악취를 내뿜고 있는 소돔과 고모라 ─ 그 도시 속에 제가 살고 있음을 발견하곤 합니다.

한국 사회를 지배하는 3대 종교 집단은 그렇다 치고 사이비 종교 집단 때문에 또 큰일입니다.

사교(邪敎)가 사회적으로 문제가 된 것은 비단 오늘에 국한된 것이 아닙니다. 아주 오래 전부터 그것은 이 땅에 뿌리를 내리고 가지를 뻗으면서 무지몽매한 백성들의 고혈을 빨아왔던 것입니다.

사이비 종교는 국가적 혼란기에 더욱 기승을 부리는 속성이 있습니다. 병들고, 가난하고, 의지가 약한 아녀자들, 교육을 제대로 받지 못해 지식 수준이 낮고, 그래서 비판 능력이 떨어지는 무력한 사람들은 사이비 종교의 갖은 감언이설에 아주 쉽게 넘어갑니다. 지푸라기라도 붙잡고 싶은 심정이기 때문에 교주에게 금방 모든 것을 의지하면서 몸과 마음을 송두리째 바칩니다. 악덕 교주들은 무차별적으로 무지몽매한 사람들을 끌어모으면서 세력을 키우고 온갖 비행을 저지릅니다. 부녀자 농락, 노동력 착취, 재산 갈취, 잔인한 폭력행위 등 그 비행은 상상을 초월할 정도입니다. 탈출하려는 신도를 살해하는 만행도 서슴지 않을 뿐 아니라 심지어는 집단 살인까지도 저질러 세상을 경악케 한 적이 한두 번이 아닙니다. 수년 전에는 사이비 종교 비행을 고발하는데 일생을 바친 탁명환(卓明煥)씨가 사이비 종교의 맹신도에게 살해당하는 사건까지 발생했었습니다. 종교의 자유라는 보호막 아래서 자행되는 이와 같은 인권유린 행위는 어떤 상태로든 제재를 받아야 된다고 생각합니다.

그 누구도 더 이상 손댈 수 없을 정도로 어마어마하게 커져버린 3대 종교 집단에 대해서는 자체적인 정화 운동을 통해서 종교 본래의 자세로 돌아갈 것을 권할 수밖에 없을 것입니다. 물리적인 힘이나 법률적 잣대로 해결할 수 있는 문제가 아니니까 말입니다. 이 사회의 상층부를 이루고 있는 종교 귀족에 대해 국민들의 시선이 따갑다는 것을 종교인들은 알아야 할 것입니다.

11. 4·13 총선 ― 그 허수아비들의 축제

2000년 4월

이 글을 쓰고 있는 동안 마침 제 16대 국회의원 선거가 치러 졌습니다.

전국을 소용돌이 속으로 휘몰아 넣었던 선거 열풍을 보면서 이렇게 하면서까지 과연 직접 선거를 실시해야 하는가 하는 의 문이 강하게 일었습니다. 왜냐하면 우리 국민들은 너무 바보스 러운 나머지 21세기에 접어들어서까지 민주정치의 기본인 참 정권 하나 제대로 행사하지 못하는 어리석음을 보여주었기 때 문입니다. 그래서 저는 감히 4·13 총선을 「허수아비들의 축 제」라고 부르게 된 것입니다.

언론은 투표 결과를 놓고 국민들의 엄정한 심판이니, 절묘한 안배니 하면서 각 정당은 국민의 뜻을 겸허하게 받아들여 상생

(相生)의 정치를 하라고 권고했지만, 할 수 없이 듣기 좋으라고 한 말이라고 생각합니다.

공익을 표방하는 언론의 입장에서 신주처럼 모셔야 하는 국민들을 나무랄 수는 없을 테니까요. 하지만 저는 개인이기 때문에 국민들을 얼마든지 비판할 수 있다고 생각합니다.

이번 총선 결과를 놓고 볼 때 국민들의 엄정한 심판이란 말은 새빨간 거짓말입니다. 그것은 엄정한 심판도 절묘한 안배도 아닌, 치기 어린 허수아비들의 감정 싸움에 지나지 않은 선거였습니다.

한번 보십시오. 부산과 대구, 경상남북도, 그리고 울산의 전 의석수는 65석입니다. 이중 울산 단 한군데만 무소속 당선자가 나오고 나머지 64석을 모두 한나라당 후보가 싹쓸이했습니다. 바보가 아닌 다음에야 대명천지 민주국가에서 어떻게 이런 식의 투표를 할 수가 있습니까?

광주와 전라남북도를 모두 합친 의석수는 영남 쪽의 반도 안 되는 29석입니다. 그러나 무소속 당선자 4명을 제외한 25명 전원이 민주당 공천을 받은 사람들입니다. 21세기 들어서도 조금도 달라지지 않은, 아니 오히려 더 골이 깊어진 지역 감정을 보면서 저는 정서적으로 불안한 영호남 사람들의 정신적 피폐와 공황 상태를 국가가 직접 나서서 치료하지 않으면 안 된다고 생각했습니다.

가장 빨리 치유할 수 있는 방법은 두 지역 사람들에게 정신과 치료를 받게 하는 것입니다. 치료를 받아야 할 사람들의 숫자가 수백만 명에 달하는 만큼 국가가 나서서 치료비를 대지 않으면 안 될 것입니다. 모두 제정신을 가지고 투표권을 행사하지 않았을 뿐만 아니라 지난 수십 년 동안 이와 같은 정신이상 상태가 지속되어 왔기 때문에 더 이상 늦추지 말고 정신과 치료를 받아야 한다고 생각합니다.

너도나도 입을 열면 이구동성으로 지역감정이 나쁘다고 말합니다. 그러나 아무리 나쁘다고 설명을 해도 투표 결과는 너무도 뚜렷이 동서로 갈립니다. 영호남이 서로 추구하는 가치관이 다르기 때문일까요? 그렇다면 이해가 갑니다. 하지만 가치관이 다른 것도 아닙니다. 도대체 어떻게 표가 동서로 뚜렷이 나뉠 수 있을까요? 그 선명함에 저는 소름이 끼쳤습니다. 영남과 호남 사람들의 피 속에 흐르는 그 정서라는 것이 도대체 무엇입니까? 오늘도 남해고속도로를 통해, 또는 올림픽고속도로를 타고 두 지역 사람들은 아무런 거리낌없이 오가고 있습니다. 거침없이 왕래하고 있다는 표현이 옳을 것입니다. 평소에는 이렇게 아무런 문제도 없이 화기애애하게 지내다가도 선거 때만 되면 거짓말처럼 표가 양쪽으로 쫙 갈라지니 정말 알다가도 모를 일이 영호남 사람들의 속마음입니다.

이 문제에 대해서는 결국 이렇게 결론을 내릴 수밖에 없을 것 같습니다.

① 영호남 사람들은 정치인들의 집요하고 추악한 지역감정 선동에 판단력을 상실했다.

② 판단력 상실은 집단 폐쇄주의를 불렀고, 그것은 집단 히스테리로 발전했다.

③ 집단 히스테리적 몰표 행위를 자기 지역에 대한 사랑으로

착각하고 있다.

④ 집단 히스테리는 무조건 희생시켜야 할 대상이 필요한데, 영남의 경우 그 대상이 DJ로 분명히 정해져 있다.

⑤ 결국 이들이 바라는 것은 영남인들은 영남 정권을, 호남인들은 호남 정권을 갖겠다는 것으로, 망국적 발상의 극치라고 할 수 있다.

⑥ 이와 같은 발상이 존재하는 한 지역감정은 영원히 사라지지 않는다.

⑦ 영남 정권과 호남 정권이라는 상충되는 정권의 존재는 한국이 동서로 분할되지 않고는 현실적으로 불가능한 것이다.

⑧ 동서의 분할은 한국의 붕괴를 의미한다.

⑨ 따라서 집단 히스테리적 몰표 행위는 한국을 파멸시키려는 자살 행위로, 정신이상자들의 소행이거나 판단 능력이 없는 바보들의 짓으로밖에 볼 수 없다.

영남 정권이 추구하는 것은 무엇이며 호남 정권이 추구하는 것은 또 무엇입니까? 간단히 말해 밥그릇 싸움이라고 합시다. 양대 지역이 밥그릇을 놓고 앞으로도 계속 싸운다면 남는 것은 과연 무엇일까요? 말할 것도 없이 국가 발전은 불가능해질 것이고, 한국은 세계사의 흐름에서 철저히 소외되고 말 것입니다. 그리고 결국 밥그릇은 아무도 차지하지 못한 채 깨져 버리고 말 것입니다. 불쌍한 한국, 더욱 왜소해진 한국, 전쟁, 기아, 살육, 패배감, 절망감…… 이런 단어들이 주마등처럼 제 머리 속을 스쳐 지나가고 있습니다.

호남에서 민주당이 4석을 제외한 25석을 차지한 것은 그렇다고 치고 한나라당이 영남에서 그 배가 넘는 64석을 석권하고, 그 가운데서 부산의 17석이 단 하나도 다른 데로 가지 않고 모조리 한나라당 차지가 된 것을 보고 부산 출신의 한 언론계 인사는 이런 말을 했습니다.

「창피해서 고개를 들 수 없다. 당선자들이 모여서 희희낙락하는 모습을 보고 구역질이 나서 혼났다. 그자들은 자기들이 훌륭해서 뽑힌 줄 알고 있지만 천만의 말씀. 제발 착각하지 말았으면 좋겠다. 자기 권리 하나 제대로 행사할 줄 모르는 허수아비 같은 유권자들이 지역 감정에 휘말려 앞뒤 가리지 않고 몰표를 던졌기 때문에 모두가 당선된 것뿐이다. 민주화의 성지였던 부산은 이제 도덕적 가치를 상실한 채 퇴락의 늪 속으로 깊이 빠져들 것이다.」

그 언론계 인사의 얼굴에서는 유권자들에 대한 배신감과 실망감이 오래도록 가시지 않고 있었습니다.

언론에서는 유독 영남에서만 한나라당이 64석이라는 전무후무한 의석을 독차지한데 대해 북풍과 反DJ 정서, 그리고 이인제에 대한 반감 등 여러 가지 그럴듯한 이유들을 들고 있습니다만, 여기서 주목해야 할 것은 反DJ 정서라는 것입니다.

도대체 反DJ 정서라는 것이 무엇입니까? DJ가 영남에 무슨 해를 끼쳤습니까? 그가 대통령이 된 이후 영남에 해를 끼친 것이 무엇입니까? 저는 아무리 생각해 보아도 생각나지 않습니다. 그가 집권한 것은 2년밖에 되지 않았습니다. 그 이전에는 고난의 세월을 보냈으니 해를 끼칠래야 끼칠 수도 없었습니다. 대통령이 된 뒤에는 한국이라는 한 국가를 어떻게든 IMF 수렁 속에서 건져내려고 온갖 음해와 반대를 무릅쓰고 노구를 이끌며 동분서주했습니다. 국가를 재건하기 위해 밤잠을 설치며 몸부림쳤다는 표현이 옳을 것입니다. 그런 그가 왜 영남에 해를 끼치겠습니까? 인기가 떨어질 것을 뻔히 알면서 한 지역만 집중적으로 해를 끼치는 그런 바보 같은 대통령이 어디 있습니까? 상식적으로 생각해도 도저히 납득이 안 가는 말입니다.

선거기간 내내 부산에서는 反DJ 바람이 기승을 부렸습니다. 한나라당 후보이건 민국당 후보이건 간에 입만 열면 하나같이 「DJ가 부산 경제를 망쳤다!」「DJ가 부산을 죽이고 있다!」고 거침없이 악을 써댔습니다. 그런 그들은 애국자라도 되는 것 같았습니다. 하지만 제 눈에는 그런 그들이 더없이 악랄하고 추악하게만 보였습니다. 그와 함께 죄 없이 매만 맞고 있는 DJ가 한없이 가엾기만 했습니다. 그들이 그렇게 DJ에게 모든 죄를 뒤집어씌워 그를 희생양으로 삼은 이유는 오직 하나 — 反DJ 감정을 조장해서 반사 이익을 얻기 위함이었습니다. 결국 그들은 그들이 의도한 대로 DJ를 짓밟고 올라가 그토록 갈망하던 국회의원이 되었습니다. 그것도 17명 전원이! 그러나 여기서 부산 시민들은 다음과 같은 사실을 알아야 합니다. 당선된 그들은 거짓말로 부산 시민들을 속여 결국 허수아비로 만들었다는 사실을 —.

이 거대한 사기극을 부산 시민들은 결코 묵과해서는 안 됩니다. 부산 밖에서 국민들이 부산 시민들을 비난하면서 손가락질

하고 있다는 것을 부산 시민들은 알아야 합니다.

부산 시민들을 볼모로 잡아 그들을 끊임없이 속이고, 그들을 허수아비로 만들어 국회의원에 당선된 자들은 역사의 죄인으로서 부산 시민들 앞에 거적을 깔고 엎드려 사죄하고 용서를 빌어야 합니다. 당선에 취해서 영웅이라도 된 듯 우쭐해 하고 있을 때가 아닙니다.

「DJ가 부산 경제를 망쳤다.」는 말은 터무니없는 거짓입니다.

부산 경제가 결정적으로 내리막길을 달리기 시작한 것은 YS 정권 때였습니다. 70, 80년대에는 부산에 국내에서 손꼽히는 기업이 없지 않았습니다. 그러나 80년대 후반을 고비로 하나둘씩 무너지거나 해체되기 시작했습니다.

96년부터 99년 사이에 부산에서 다른 지역으로 빠져나간 기업은 모두 6백28곳이고, 이들 회사를 따라간 종업원은 1만2천8백70명에 이릅니다. 반면 부산에 온 업체는 76곳에 불과했습니다. 96년 이후 동국제강 · 동산유지 · 태창기업 등 굵직한 업체가 부산에서 떠나갔습니다. 산업용지가 부족하고 용지가 비쌌기 때문입니다. 업체만 빠져나간 것이 아니라 자금도 물 흐르듯 빠져나가고 있습니다. 한국은행 부산지점에 따르면 95년 14조5천억 원이던 역외유출 자금 규모는 98년 30조 원, 99년 28조 원에 이르고 있습니다.

유통업은 더 심합니다. 지난해 부산지역 백화점과 대형 할인점의 매출 1조5천7백억 원 중 1조4천억 원이 역외로 빠져나갔 습니다. 고작 매출의 8%인 1천2백56억 원만 관리비·인건비 명목으로 부산에 떨어졌을 뿐입니다. 롯데·현대·리베라·전자랜드·E마트·콘티낭·한국 까르푸 등 손꼽히는 백화점과 대형 할인점 본사가 모두 서울에 있기 때문입니다. 그러니까 부산에서 저인망 식으로 돈을 훑어서 모두 서울로 가져간 것입니다.

1998년 말 현재 매출 기준으로 1천 개 기업에 포함된 부산 업체는 고작 54개에 불과합니다. 2백대 기업 안에 드는 제조업체는 한진중공업 한군데뿐입니다. 국내 1백대 기업 가운데 부산에 본사를 둔 기업은 한 곳도 없습니다.

지난해 말 현재 부산지역 종업원 5백 명 이상 기업체 39곳(제조업 22·유통업 17곳)중 부산에 본사가 있는 기업체는 15곳(38%)뿐입니다.

이와 같이 부산 경제는 DJ가 집권하면서부터 나빠진 것이 아니라 이미 오래 전부터 붕괴 조짐을 보이면서 악화되어 왔던 것입니다.

업체들이 도미노 현상을 일으키면서 부산에서 빠져나가고 있을 때 YS정권은 무엇을 하고 있었는지 궁금합니다. DJ가 집권했을 때 부산에는 변변한 기업 하나 없었습니다. 그나마 기업들이 부산에서 번 돈은 거의가 부산 밖으로 흘러나가고 있었습니다. 사정이 이렇게 최악의 상황에 처해 있을 때 엎친 데 덮친 격으로 IMF의 광풍이 부산 경제를 덮쳤던 것입니다. 사태 전말이 이렇게 분명한데도 DJ가 부산 경제를 망쳤다고, 그에게 그 책임을 덮어씌우고 있으니, 적반하장도 유분수지 이런 기가 찰 일이 어디 있습니까? 이것은 분명히 부산 시민을 속이고 농락한 것입니다. 그리고 그 말에 넘어간 부산 시민들은 멋모르고 反DJ 대열에 가담해서 17명 전원에게 몰표를 주었던 것입니다.

이젠 더 이상 거짓말은 하지 맙시다. 정정당당하게 싸워서 이기면 그것만큼 우러러 보이는 일이 어디 있습니까? 페어플레이 정신처럼 값진 일이 없는데도 한국의 정치인들은 인격이라고는 눈을 씻고 봐도 찾아볼 수 없는, 야비하고 야만적인 짓을 통해 목적을 달성하려고 혈안이 되어 있으니, 정말 생각하면 생각할수록 국가의 앞날이 암담하게만 느껴집니다.

DJ의 이른바「부산 죽이기」의 대표적인 사례로, 그를 잡아먹지 못해 안달하고 있는 늑대들은 삼성차 빅딜을 도마 위에 올려놓고 있습니다. 하지만 그것 역시 새빨간 거짓말입니다.

삼성차가 잘 굴러가 부산 경제가 회생된다면 그보다 더 다행스러운 일이 어디 있겠습니까? 누구보다도 대통령이 제일 그것을 간절히 소망했을 것입니다. 상식적으로 한번 생각해 보십시오. 일국의 대통령이 왜 부산을 죽이기 위해 삼성차 문을 닫게 하겠습니까? 도대체 그렇게 해서 대통령이 얻는 것이 무엇이겠습니까? 그런 말도 안 되는 거짓말로 국민들을 현혹시키는 정치인들이 또 다시 의사당으로 몰려들어갔으니 앞으로 제16대 국회는 또 얼마나 난장판이 되겠습니까?

늑대들의 주장인즉 삼성차를 그대로 가만히 놔뒀으면 잘 굴러갔을 텐데 괜히 빅딜이다 뭐다 해서 뒤집어 놓는 바람에 공장이 문을 닫게 되고, 그 바람에 부산 경제가 더 악화되었다는 것입니다. 그 말이 맞는지 한번 따져보기로 하겠습니다.

말도 많은 삼성차 ― 그것은 처음 시작부터 단추를 잘못 끼웠던 것입니다.

「삼성」하면 「불패의 신화」만 통하는 기업으로 지금까지 알려져 왔습니다. 그런 삼성이 왜 삼성자동차 같은 실패한 기업을 만들어 결정적인 실수를 저질렀을까요? 만일 故 이병철 회장이 생존해 있었다면 어떤 일이 벌어졌을까요? 틀림없이 現 이건희 회장의 목을 가차없이 잘랐을 것입니다. 삼성의 존립과 명예뿐만 아니라 국가 경제에도 심대한 손실을 끼쳤으니까요. 삼성차 처리가 표류하면서 그 동안 국가 경제가 얼마나 멍들었습니까?

자동차 사업에 뛰어들면서 이건희 회장은 모 신문사와의 인터뷰에서 이렇게 말했습니다.

「제가 자동차를 잘 안다고 자동차 사업을 시작한 것은 아닙니다. 자동차는 10년 후 20년 후에도 삼성이 먹고 살 사업이라는 판단이 섰기 때문입니다. 앞으로 5, 6년 동안 10조 원을 자동차에 투자해도 이익은 거의 안 날 것입니다. 하지만 한국 자동차 산업 발전을 위해 10조 원을 기부한다는 자세로 사업을 시작합니다.」

10조 원을 투자해도 적자가 날 것이 뻔한데도 그는 왜 군이 자동차 사업을 시작했을까요? 그의 말대로 한국 자동차 산업 발전을 위해 10조 원을 기부한다는 기분으로 테이프를 끊은 것일까요? 이 말을 액면 그대로 믿을 사람은 아무도 없습니다.

분명한 이유는 알 수 없지만, 사업규모의 방대함과 사운이 걸려 있는 점을 감안할 때 그 나름대로의 손익계산과 야심이 있었던 것만은 틀림없는 것 같습니다. 항간의 소문에 의하면 이회장 자신이 자동차광이기 때문에 그것이 자동차 사업에 대한 욕심을 촉발시켜 결국 그 혼자만의 결정으로 사업에 뛰어들게 되었다는 말도 있습니다. 그 말을 뒷받침하듯 삼성차 문제의 시작은 아무래도 이건희 회장이라는 게 재계의 정설로 되어 있습니다.

소문이야 어떻든 자동차 사업에 대한 이회장의 열정은 대단했다고 합니다. 반면 전문 경영인들은 이회장이 없는 자리에서는 자기네들끼리 자동차 사업은 안 된다고 잘라 말했습니다. 가능성이 없는 사업이라는 게 그들의 지배적인 견해였습니다. 그러나 이회장이 있는 자리에서는 아무도 반대의견을 내놓지 못했습니다. 황제의 열정을 감히 거스를 수가 없었기 때문이었습니다.

자동차 프로젝트의 핵심 부서에서 일했던 한 사람은 이렇게 회고했습니다.

「모두들 속으로 자동차 사업을 반대했지만, 회의에서 회장의 뜻을 거스르는 사람은 한 명도 없었으며, 오히려 회의적인 의견을 피력했던 경영인들까지 하나둘씩 대부분 자동차 사업에 동원됐다.」

삼성이 처음부터 단추를 잘못 끼운 것은 자동차 사업의 미래를 너무 낙관적으로 보았다는 데서부터 발견할 수가 있습니다.

삼성은 2000년 이전에 국내 자동차 수요가 200만대를 돌파

할 것으로 내다보는 등 전망이 너무 안이했습니다. 그러나 당시 세계 자동차 업계의 사정은 비관적이었습니다. 자동차 왕국인 일본만 해도 자동차 업계를 구조조정하기 위해 몸부림치고 있었고, 전세계 자동차 업계도 10개로 재편될 것이라는 전망이 나오고 있을 때였습니다. 사정이 이러한데도 불구하고 삼성은 그대로 밀고 나갔던 것입니다.

삼성이 실패한 또 한 가지 중요한 이유는 삼성의 시스템에 있었습니다. 오너 최고경영인의 잘못된 판단을 견제하지 못한 관료주의적 시스템이 그것이었습니다. 만일 그때 전문 경영인들이 나서서 구구절절이 그 잘못된 판단을 지적해 주었다면 그와 같은 엄청난 실수는 저지르지 않았을 것입니다.

1994년 4월, 당시 김철수 상공부장관은 기자들에게 「장관직을 내놓고 삼성의 자동차 진입을 막겠다.」고 확언했습니다. 김장관이 이렇게 장관직까지 내놓고 단호하게 반대의사를 밝힌 이유는 「삼성의 자동차 사업 진입이 국내업체간의 과다한 출혈 경쟁과 공급과잉 · 중복투자 유발 같은 부정적인 요소가 너무 많다.」고 결론을 내렸기 때문이었습니다. 김장관은 자신의 결정을 김영삼 대통령에게 보고, 대통령의 재가를 거쳐 장관 자신이 직접 이건희 회장에게 통보했습니다.

그러나 삼성은 정부의 결정에 굴복하지 않고 이때부터 교묘하게 부산 정서를 이용하는 전략을 구사했습니다. 그 전략에 걸려들어 앞장선 것이 부산의 시민단체들이었습니다. 부산 경제를 살릴 수 있다는 아주 단순하고 순진한 생각에서 적극적으로 유치운동에 발벗고 나섰던 것입니다.

그들은 연일 대규모 집회를 열고「삼성의 자동차 사업 진출을 허용하라!」고 정부를 다그쳤습니다. 이처럼 시민단체를 통해 부산 정서에 불을 붙인 삼성은 뒷짐을 진 채 여유 있게 구경만 하고 있었습니다. 싸움을 붙여 놓고 자신은 나중에 결과물을 독식하겠다는 그런 계산이 깔려 있었던 것입니다. 삼성이 앞장서서 대정부 투쟁을 하지 않아도 시민단체들이 알아서 싸워 주니 그보다 더 좋은 일이 어디 있겠습니까?

싸움은 처음부터 보나마나한 것이었습니다. 시민단체들의 투쟁은 일종의 제스처에 지나지 않았습니다. 그것은 사실 싸움이라고도 할 수 없는 것이었습니다. 왜냐하면 칼자루를 쥐고 있는 사람이 다름 아닌, 부산을 정치적 거점으로 삼고 있는 김영삼 대통령이었으니 말입니다.

YS는 그렇지 않아도 임기 중에 부산에 굵직한 선물을 하나 해주고 싶던 참이었습니다. 그리고 삼성자동차 정도라면 대단한 선물이 될 것이라고 생각했을 것입니다. 그의 이 같은 속셈과 부산 정서를 앞세운 시민단체들의 대규모 유치운동이 결국 서로 맞아떨어졌던 셈입니다.

사실 따지고 보면 부산의 시민단체들은 고릴라를 상대로 싸운 것이 아니었습니다. 그것은 상대가 없는 싸움이었습니다. 삼성이라는 거대기업과 일국의 대통령을 등에 업고 싸운, 결말이 뻔한 싸움이었습니다. 그러니 시민단체들은 신이 날 수밖에 없었습니다.

마침내 YS는 자신이 재가했던 삼성자동차 부산 유치 불가방침을 철회하고, 정확한 사업성 분석도 포기한 채 불과 8개월만에 삼성차를 허가하고 말았습니다.

이렇게 해서 YS는 거대 재벌의 끈질긴 로비와 부산지역의 정치 정서(情緖)에 굴복, 결국 엄청난 국가적 손실을 자초하게 되었던 것입니다.

그러면 삼성자동차가 실패하게 된 원인을 대강 한번 살펴보도록 하겠습니다.

첫째, 잘못된 입지선정과 과도한 투자입니다.

삼성자동차 55만 평 공장부지를 조성하는데 뿌려진 돈은 6000억 원. 현대자동차 아산공장이나 기아차 화성공장의 총 부지 비용이 1000억~1500억 원인 것을 고려하면 4배나 비싼 비용을 지불했습니다. 신호공단 땅을 평당 60만 원대의 거금을 주고 산데다, 지반 침하를 막기 위해 1만7000개의 파일을 박는 등 부지 조성에만 평당 50만 원이 따로 들었기 때문입니다.

거기다 개펄 위에 지은 공장은 주변 땅이 계속 가라앉는 바람에 「플로팅(떠 있는) 공장」이라는 별명도 붙었습니다. 생산시설과 부대시설도 최고급 자재를 사들이며, 공장 설비 완공에 1조8000억~2조 원을 쏟아 부었습니다. 정치적으로 부산지역을 공장부지로 고집한 대가치고는 너무 엄청난 돈을 낭비했던 것입니다.

둘째, 닛산 자동차만 배불렸던 SM5 도입 계약입니다.

삼성이 닛산 자동차와 맺은 계약은 삼성에 불리하고 닛산에 유리한 계약으로 유명합니다. 삼성은 닛산에 1차 기술 도입료로 19억 엔(당시 143억 원)을 일시불로 지불했습니다. 여기에다 삼성차 한 대가 굴러 나올 때마다 출고가의 1.6~1.9%를 로열티로 따로 지불했습니다. 98년 삼성차가 닛산에 지급한 로열티 총액은 115억 원. SM5 한 대를 팔면 로열티로만 약 28만 원이 날아갔습니다.

셋째, 부실로 점철된 엉터리 경영입니다. 삼성자동차는 매출 규모보다 오히려 적자가 많은 철저한 부실 경영회사였습니다. 「삼성자동차 재무제표 및 98년 손익계산서」에 따르면, 98년 삼성자동차의 적자액은 6천771억 원으로 매출액보다 많았습니다. 또 95년 법인 설립이후 누적 적자액만 6천988억 원으로, 설립 3년만에 자본금(8천54억 원)을 거의 잠식했습니다.

98년 제품매출액 5천884억 원에, 매출원가(재료비·노무비·경비 등)는 6천523억 원으로, 배보다 배꼽이 더 큰 적자 경영을 했습니다. 삼성 SM5 승용차 1대를 판매할 때마다 이익은 커녕 약 153만 원의 손해를 보았습니다. 연구 개발비(3억4000만 원)보다는 접대비(12억6000만 원)와 광고 선전비(201억 원)가 더 많았습니다.

여기에다 SM5 판매를 하면서, 계열사 직원을 동원하는 기존 판매 방법을 답습했다는 비판을 받았습니다. 삼성직원은 1대, 과장은 3대, 부장은 5대, 협력업체, 납품업체는 몇 대하는 식으로 할당 판매를 강요하다가 적발되기도 했습니다.

삼성자동차는 기를 써 보았지만 시간이 흐를수록 적자의 늪 속으로 빠져들어만 갔습니다. 거기에 설상가상으로 IMF 태풍이 불어닥쳤습니다. 5조 원의 자금을 투입한 삼성은 더 이상 여력이 없었습니다. 자동차도 팔리지 않았고, 자금조달도 어려

위졌습니다. 그대로 방치하다가는 부도가 나는 것은 시간문제였습니다.

삼성차는 마침내 더 이상 사업을 못하겠다고 포기의사를 밝혔고, 98년 12월 7일, 청와대 정·재계 간담회에서 대우전자와 빅딜을 하기로 합의했습니다. 삼성차가 승용차 SM5 발표회를 가진 것이 98년 2월이었으니까 불과 10개월만에 실패를 자인하고 두 손을 들었던 것입니다. 야심차게 출발했던 거대기업이 1년 앞을 못 내다보고 흔들거리다가 이처럼 무참하게 침몰했으니, 누가 거기에 대해 책임을 져야 할까요?

전후사정이 이러한데 DJ의 책임론이 불거진 이유를 저는 도저히 이해할 수가 없습니다. 삼성차의 침몰과 DJ가 도대체 무슨 관계가 있다는 말입니까? 은행돈을 수조 원씩이나 끌어다 쏟아 부었는데도 적자투성이었는데, 또 자금지원을 해달라는 겁니까? 정부가 압력을 가했다면 은행에서는 울며 겨자먹기로 하는 수 없이 자금을 더 지원해 줄 수도 있었을 겁니다. 하지만 IMF로 전 금융계가 구조조정을 단행하고 살아남기 위해 몸부림치고 있는 위기상황에서 사실 부실대출인 줄 알면서 돈을 빌려 줄 은행은 하나도 없었을 것입니다.

삼성차 침몰에 가장 먼저 책임을 져야 할 쪽은 첫째 삼성 자신입니다. 출발부터 단추를 잘못 끼운 채 무리하게 사업을 확장하다가 결국 엄청난 빚더미에 올라앉게 되었으니, 누구를 탓할 것도 못 됩니다.

두번째 책임져야 할 쪽은 YS입니다.

삼성자동차 허가에 대한 YS의 책임은 도저히 회피할 수 없

을 정도로 결정적이었습니다. 그는 장기간에 걸친 정확한 사업
성 분석도 포기한 채 대통령의 권한으로 불과 8개월만에 삼성
차를 허가해 주었던 것입니다. 그것은 부산 시민의 정치정서를
거스르지 않으려는, 더 나아가 부산에 굵직한 선물을 하나 하
사함으로써 자신의 정치적 영향력을 고착화시키려는 정치적
계산에서 비롯되었던 것입니다. 그러니까 삼성차 허가는 경제
적 분석과 판단에 따라 결정된 것이 아니라 YS 개인의 정치적
결정에 의해 이루어진 어처구니없는 실책이었던 것입니다.

바로 이 점에서 저는 국민의 이름을 빌어 YS를 직무유기로
고소하는 바입니다. 그는 대통령의 권한을 잘못 사용함으로써
국가적으로 큰 손실을 입혔기 때문입니다. 그와 함께 삼성차의
실패를 DJ의 책임으로 떠넘김으로써 국민들을 기만한 정치인
들도 국민의 이름으로 고소하는 바입니다.

세번째의 책임은 부산의 시민단체들에게 있습니다.

민주화가 되면서 시민단체들의 세력과 입김은 그 어느 때보
다도 드높습니다. 이제는 아무도 그들을 건드릴 수 없을 정도
로 그들의 위상은 커졌습니다. 선거기간 중에 벌어졌던 총선연
대의 낙선운동만 봐도 오늘날의 시민단체들의 위상이 어느 정
도인지 충분히 알 수 있습니다.

바로 이 시점에서 중요한 것이 도덕성입니다. 시민단체는 세
력이 커지면 커질수록 높은 도덕성이 요구됩니다. 국민들이 시
민단체를 지지하는 것도 그들의 활동이 도덕성 위에 기초를 두
고 있기 때문입니다.

그러나 시민단체들의 활동이 다양해지면서 지역에 따라서는

도덕적 기반을 벗어난 지역 이기주의에 영향력을 행사하는 경우도 종종 나타나고 있습니다. 이런 경우에는 도덕적 가치가 희석되고 애향심이 최고의 가치로 부각되기 때문에 애향심을 거스르는 자에 대해서는 시민운동은 공격적이고 적대적으로 변하게 됩니다.

사실 애향심이나 애국심으로 무장한 운동치고 방해를 받은 예를 저는 거의 보지 못했습니다. 명분이 워낙 좋으니까요. 또 거기에는 강제성이 내포되어 있으니까요. 예를 들면 한국인은 국산차를 애용해야 한다고 주장한다면 아무도 거기에 대해 반대의사를 표시할 수가 없습니다. 반대의사를 표시했다가는 몰매를 맞기 십상이니까요. 따라서 애향심이니 애국심이니 하는 것은 절대적인 가치로 포장되어 비판세력을 잠재우기 때문에 자칫 잘못하다가는 자유로운 토론 문화를 위축시키고 편집적으로 변질될 우려가 있습니다.

한 가지 예를 들어보겠습니다.

부산에 있었던 미국문화원은 反美의 이름으로 불에 타기도 하는 등 시련이 많았습니다. 걸핏하면 학생 시위대의 공격목표가 되곤 했기 때문에 그 앞을 지날 때마다 별로 마음이 편치 않았습니다. 왜 하필이면 미국문화원일까? 학생들은 미제국주의 타도를 외치면서 미국문화원을 공격하곤 했습니다. 그것은 거의 맹목적인 행동이었습니다. 미문화원이 미국 문화를 전파하기 위해 세워진 기관이기 때문에 상징성이 강하고, 또 접근이 용이하기 때문에 학생들의 공격목표가 되었다면 크게 잘못된 생각입니다.

　오늘날 선진국들은 자기네 문화를 전파하기 위해 많은 예산을 들여가며 각국에 문화원을 세워 운영하고 있습니다. 미국은 초강대국이기 때문에 문화의 위력 또한 대단합니다. 부산에는 미국을 비롯해서 프랑스·독일·영국 등이 문화원을 운영하고 있습니다. 그중 시민들이 가장 많이 이용하고 인기가 있는 곳이 미국문화원입니다. 미국 문화의 위력은 피할래야 피할 수 없는 현실로 우리에게 영향을 끼치고 있습니다. 그것을 부인하기 위한 제스처로 문화원 건물에 화염병을 던진다고 해서 미국 문화의 영향력이 감소되는 것일까요? 그렇게 생각했다면 어리석기 짝이 없는 생각입니다. 우리가 미국이나 일본의 문화를 받아들이되 거기에 흡수되지 않고 그것을 극복하기 위해서는 그들 문화에 대해 더 많이 알아야 하고 더 많은 연구가 뒤따라야 함은 아주 당연한 일입니다. 그렇다면 우리는 미국 문화에 대해, 또는 일본 문화에 대해 얼마나 알고 있을까요? 실제로 뚜껑을 열어보면 너무나 빈약하다는 것을 알게될 것입니다. 많이 알고 있는 것 같으면서도 실제로 부딪쳐보면 아는 것이 하나도 없는 것이 우리의 현실입니다.

　사정이 이렇다면, 미국문화원은 우리가 미국 문화를 공부하는데 있어서 더할 나위 없이 좋은 공간이었던 셈입니다. 우리가 그곳을 역으로 잘 이용한다면 많은 것을 얻을 수 있는 그런 공간이었습니다.

　하지만 아쉽게도 미국문화원은 문을 닫고 말았습니다. 다른 나라 문화원들은 그대로 존속하고 있는데, 한국과 가장 긴밀한 관계를 유지하고 있는 미국의 문화원만이 문을 닫은 것입니다.

미국 측에서는 예산 부족을 그 이유로 내세웠지만, 그 동안 한국 대학생들의 공격목표가 되는 등 신경을 써야 할 일이 너무 많았기 때문에 하는 수없이 문을 닫지 않았나 생각됩니다. 문을 닫는 것과 동시에 미문화원 건물은 부산시 소유로 넘어갔습니다.

그것을 보고 시민단체들은 마치 식민제국의 문화 침탈을 몰아내고 건물을 되찾은 것처럼, 그러니까 애국운동의 승리나 되는 것처럼 떠들어댔습니다. 저는 그것을 보고 어이가 없었습니다. 하나만 알고 둘은 모른다는 말이 바로 이런 경우에 해당되는 말이라는 생각이 들었습니다.

미국문화원이 물러가자 그 건물의 용도를 둘러싸고 갑론을박이 벌어졌고, 시민단체들은 서로 그곳을 차지하려고 아귀다툼을 벌였습니다. 결국 시에서는 그곳을 역사자료관 같은 곳으로 만들기로 잠정적으로 결정한 것 같은데, 그 소식을 접한 주민들이 또 들고일어났습니다. 그곳 주민들은 그곳을 복합상가로 만들어야 한다고 강력하게 주장하고 있다는 것입니다. 참으로 어처구니없는 일들이 일어나고 있다는 생각이 듭니다.

미국문화원은 문을 닫는 것과 동시에 미국문화 자료원으로 거듭나야 했습니다. 그 안에 있는 아까운 자료들이 없어지기 전에 시에서 재빨리 손을 썼어야 했습니다.

미국인들이 문화원을 운영하는 것이 그렇게도 싫었다면 시민들이 그것을 인수하여 그 명칭이야 어떻든 그 안에 보관되어 있는 귀중한 자료들을 시민들이 자유롭게 이용케함으로써 그곳을 문화 활동의 장으로써 탈바꿈시키는 것이 올바른 처방이었다고 생각합니다. 하지만 시민단체들은 물론 시당국도 그런 것은 전혀 고려하지도 않은 채 서둘러 문화원의 문을 닫게 하고 건물을 되찾은 것만을 부각시켜 그것이 마치 애국인 양 자화자찬하는 것으로 만족하고 말았습니다. 그 결과 그 귀중한 자료들은 흩어져 버리고, 건물은 어떤 용도로 써야 할지를 몰라 아직까지 표류하고 있습니다. 이제 뉴욕타임즈나 워싱턴포스트지를 보려면 시민들은 어디로 가야 할까요? 미국문화원을 없앰으로써 우리가 얻은 것은 무엇입니까? 자존심입니까?

삼성차 몰락의 책임이 부산의 시민단체들한테도 일부 있다고 한 것은 그들이 부산의 정서를 내세워 삼성차를 유치하는데 큰 힘을 발휘했기 때문입니다. 그들이 앞장서서 유치운동을 벌인 것은 부산 경제를 살려야 한다는 순수한 애향심에서 비롯된 것이라는 것은 누구나 다 알고 있는 사실입니다. 마침 부산을 정치적 고향으로 생각하고 있는 YS가 대통령의 권한을 이용해서 결단을 내려줄 것이라는 예단이 가능했기에 시민단체들의 유치운동은 가속도가 붙을 수 있었던 것입니다. 하지만 애향심과 경제현실은 별개의 것입니다. 삼성차가 그렇게 힘없이 허물어질 것이라고는 시민단체들도 미처 몰랐을 것입니다. 바로 그것이 시민단체의 한계입니다. 그 한계를 모르고 행동할 때 시민단체들은 결코 장미빛 환상에서 헤어나오지 못하게 될 것입니다. 그와 함께 오만과 독선에 빠지게 될 것입니다.

한계를 알게 되면 행동을 자제하고 겸손해지기 마련입니다. 그러나 한계를 모르고 덤비게 되면 조급해진 나머지 금방 눈에 보이는 성과만을 기대하게 됩니다. 시민단체들이 삼성차 유치를 독촉한 나머지 YS가 서둘러 결정을 내렸을 가능성은 아주 큽니다. 따라서 시민단체들은 YS가 이성을 가지고 삼성차 문제를 꼼꼼하게 따져볼 수 있는 시간적 여유를 봉쇄했습니다. 거기에 대한 책임을 시민단체들은 결코 간과해서는 안 될 것입니다.

이것은 시민단체의 자세와 도덕적 수준과도 관계가 있는 민감한 문제이기 때문에 이해를 돕기 위해 예를 하나 들어보겠습니다.

어느 날 광주의 시민단체들이 광주 경제를 살리기 위해 금호자동차(가칭)를 유치해야 한다고 하면서 대규모 시위를 벌리기 시작합니다. 광주가 정치적 고향인 DJ는 대통령 입장에서 이러지도 저러지도 못하고 고민하기 시작합니다. 이성적으로 판단하면 광주에 새로 자동차공장을 세워야 할 이유가 없습니다. 국내 자동차 생산은 이미 포화상태에 이르렀고, 거기에 또 새로 자동차회사가 생긴다면 결국 제 살 깎아먹기밖에 안 되기 때문입니다. 하지만 시민단체들의 성화는 갈수록 거세지기만 합니다. 그들은 경제현실 따위는 따져보려고도 하지 않고 장미빛 환상에 젖어 DJ한테 대통령 자리에 있을 때 크게 한번 애향심을 발휘해 금호자동차를 빨리 허가하라고 독촉합니다. 그들의 등쌀에 견디다못한 DJ는 마침내 각료들의 만류를 무릅쓰고 금호자동차를 광주에 세워도 좋다고 허가해 줍니다. 직무유기를 한 셈입니다.

소식을 접한 광주는 축제에 휩싸입니다. 그 위세에 눌려 아무

도 금호자동차가 몰고올 비경제적인 파장에 대해서는 언급을
하지 않습니다. 그 파장이 얼마나 크고 국가 경제에 얼마나 큰
손실을 입히게 될지 아무도 말하는 사람이 없습니다. 광주 시
민들의 분노를 살까봐 겁이 났던 것입니다. 그러나 금호자동차
는 광주 시민들의 기대와는 달리 단기간에 부실 덩어리가 되어
5조억 원이라는 어마어마한 돈만 집어삼킨 채 힘없이 무너져
버립니다. 그것을 보고 영남권을 비롯한 다른 지역에서는 DJ
를 향해 비난을 퍼붓기 시작합니다. DJ는 몸둘 바를 모릅니
다. 입이 열 개라도 할 말이 없으니까요.

여기서 과연 광주 시민단체들의 책임이 없다고 할 수 있을까
요? 타지역 사람들의 비난에서 비껴서 있다고 해서 책임을 면
할 수 있을까요? 시민단체들한테는 항상 책임이 없고, 문제 제
기만 있는 것일까요?

요즘의 시민단체들, 특히 부산의 시민단체들의 움직임을 보
노라면 너무 경직되고 삭막하다는 느낌을 지울 수가 없습니다.
지적이기보다 투쟁적인 이미지가 강하고, 언제나 쟁점의 중간
에 뛰어들어 해결사 노릇을 자청하는 것을 볼 수가 있습니다.
그러다 보니 자신들이야말로 뭐든지 해결할 수 있다는 오만까
지 엿보입니다. 너무 큰 것에만 매달리는, 그래서 목소리가 너
무 크고 요란스러운 나머지 귀를 막고 싶을 때가 한두 번이 아
닙니다. 플래카드를 들고 거리를 행진하고, 군중들을 모아놓고
그 앞에서 주먹을 흔들며 소리를 질러대는 그와 같은 시민운동
은 자제해야 한다고 생각합니다. DJ가 부산 경제를 망쳤다고

하면서, 부산교통공단의 빚을 정부가 부산시에 떠넘기려 한다고 하면서, DJ정권 퇴진 운동을 외쳐대는 시민운동가의 모습에서 저는 한계와 저질스러움을 느끼지 않을 수 없었습니다. 그와 함께 철학적 빈곤을 극복하기 위한 노력이 필요함을 절감했습니다. 빈곤을 극복하기 위해서는 무엇보다도 지식인들의 참여를 유도해야 할 것입니다. 현재 시민단체들을 이끌어가고 있는 면면들을 보면 10년 전이나 지금이나 똑같다는 생각이 들고, 그러다 보니 인재의 부족 때문에 생겨나는 똑같은 스타일의 운동방법과 근시안적 방향 설정, 철학의 빈곤 같은 것이 눈에 띄게 보이고 있습니다. 거의 매일같이 텔리비전에 비춰지고 있는 똑같은 얼굴의 시민운동가들의 모습에 식상하다 못해 실망감을 느낄 때가 한두 번이 아닙니다.

만일 시민단체가 막연히 DJ가 부산 경제를 망쳤다고 주장한다면 그것은 정치인들의 선동행위에 한낱 놀아난 것밖에 되지 않습니다. 그 전에 DJ가 어떻게 부산 경제를 망쳤는지, DJ가 부산을 죽이고 있다면 어떻게 죽이고 있는지 그 근거를 소상히 밝히는 것이 도리라고 생각합니다.

부산교통공단 문제만 해도 그렇습니다. 그것은 정부를 탓하기 전에 부산교통공단의 방만한 운영에 대해서 먼저 질책하고 문제점을 짚고 넘어가야 했습니다. 교통공단을 빚더미 위에 올려놓은 책임이 어디에 있는지, 거기에 대해 검토도 없이 무조건 교통공단 빚을 시에 떠넘기려 한다고 정권 퇴진운동을 벌인다는 것은 본말이 전도된 추태가 아닐 수 없습니다.

우리가 진정으로 바라는 것은 조용한 시민혁명입니다. 시끌

벅적 떠들어대는 것이 아닌, 있는 듯 없는 듯 조용한 시민운동
이 필요할 때입니다. 과거 독재정권 하에서는 저돌적이고 투쟁
적인 운동이 필요했고, 또 그런 식의 운동이 국민들의 지지를
받았던 것이 사실입니다. 하지만 지금은 방법을 달리해야 하
고, 그 수준도 높여야 할 때라고 생각합니다. 국민들의 의식수
준이 과거와는 비교할 수 없을 정도로 높아지고 다양해졌기 때
문입니다.

조용한 시민혁명이 필요한 것은 부산이 한국에서 가장 많은
문제점을 안고 있는 도시이기 때문입니다.

어느 통계에 의하면 부산을 찾은 내국인들 가운데 60% 이상
이 부산을 두번 다시 찾고 싶지 않은 혐오스러운 도시라고 지
적했습니다. 인구 4백만이 살고 있는 제2의 항구도시가 어쩌
다가 이 지경이 됐는지 참으로 개탄스러운 일이 아닐 수 없습
니다.

저는 부산을 한마디로 요약하라고 한다면 서슴없이 가장 야
만적이고 비인간적인 도시라고 단언할 수 있습니다. 아름다운
바다를 끼고 있는 부산을 이런 추악한 도시로 만든 데 대해 역
대 부산시장들은 죄책감을 느껴야 할 것입니다. 그들은 부산
역사의 죄인들로 기록되어 마땅하다고 생각합니다.

시민단체가 앞으로 관심을 가지고 추진해 나가야 할 과제는
다른 어떤 것도 아닌, 부산을 인간적인 도시로 가꾸는 일입니
다. 이보다 더 시급한 일은 없습니다. 지금까지 부산은 인간적
인 삶을 파괴하는 쪽으로만 개발되어 왔습니다. 이런 절박한
문제점을 간과한 채 시민단체들이 정치적 압력단체로 세를 과

시하면서 부산 경제를 살려야 한다고 좌충우돌하는 것을 보면 그들이 운동방향을 얼마나 잘못 짚고 있는지 분명해집니다.

　지금까지 부산은 경제문제에만 매달려 왔기 때문에 비인간적인 도시가 되었던 것입니다. 경제개발이라는 미명하에 이 도시는 얼마나 많이 찢기고 파괴되어 왔습니까? 삶의 가치는 오로지 먹고 살아야 한다는 동물적 욕구 그 이하도 그 이상도 아닌 선에서 정체된 채 카오스의 미로에서 방황하고 있을 뿐입니다.

　경제에 최고의 가치를 부여하다 보니 이 도시는 인간을 망각한 채 오로지 기능 위주로만 개발이 되어왔습니다. 그리고 기능 위주로 개발하다 보니 천문학적인 비용이 소요되는 대형 건설공사에만 목을 매달아왔습니다. 도로를 넓히고, 도시고속도로를 건설하고, 바다를 가로지르는 다리를 놓고……. 이렇게 차들이 빨리빨리 달릴 수 있는 방법만을 찾다보니 인간이 여유 있게 걸을 수 있는 동선은 끊어지고 말았습니다. 시민들은 쏜살같이 달리는 차를 피해 다녀야만 하는 이상하고 처량한 처지로 전락하고 말았습니다. 시에서 팔아먹은 그 많은 시유지들은 온통 괴상한 건물들과 아파트들로 발디딜 틈 없이 빼꼭히 채워지고 말았습니다. 그러다 보니 이 거대한 도시는 광장 하나 공원 하나 없는 야만적인 도시가 되고 말았습니다.

　저는 아름드리 가로수가 늘어서 있는 길을 걷고 싶습니다.
　저는 드넓은 잔디밭에 드러누워 책을 읽고 싶습니다.
　저는 광안리에서 해운대를 거쳐 송정까지 이어지는 해안도로를 푸른 바다를 바라보면서 하염없이 걷고 싶습니다.

저는 녹음이 우거진 숲속 길을 그대와 함께 걷고 싶습니다.

저는 적막이 감도는 호수 위를 헤엄쳐 다니는 백조를 보면서 사색에 잠겨보고 싶습니다.

아, 저는 차 없는 거리를 걸어보고 싶습니다.

그러나 저는 단 한가지도 할 수가 없습니다. 이 도시가 나에게 해준 것이 과연 무엇인지 곰곰이 생각해 봅니다. 정치인들의 그 화려한 공약이 한낱 허구였음을 새삼 깨닫습니다. 그 숱한 거짓말 가운데서 그래도 인간적인 도시를 만들겠다는 말 한마디를 들어보려고 귀를 기울여 보았지만 그 누구도 그런 말을 하는 사람이 없었습니다. 「DJ가 부산을 죽이고 있다!」「DJ가 부산 경제를 망쳤다!」는 말만 끊임없이 되풀이할 뿐.

정치인 가운데서 인격을 갖춘 사람을 보기가 왜 그렇게 어려울까요? 왜 그렇게 모두가 비열하고 사악하고 사기꾼처럼 보이는 걸까요? 멋지고 사내답고 기품 있는 그런 정치인을 만나보고 싶습니다.

경제는 인간적인 도시보다 훨씬 떨어지는 하위 개념입니다. 도시가 돈이 많아 흥청거린다고 해서 결코 인간 본위의 도시가 되는 것은 아니지 않습니까?

거리를 뒤덮고 있는 저 흉칙한 간판들을 한번 보십시오. 아시안게임이다, 월드컵이다 해서 외국인 맞을 준비를 해야 한다고 법석을 떨면서 가장 많이 눈에 띄는 저 흉한 간판들을 그대로 방치해 둘 겁니까?

역대 시장 그 누구도 간판 문제 하나 해결하지 못했습니다. 어느 시민단체도 흉한 간판을 떼어내고 예쁜 간판을 달자고 말한 적이 없습니다. 흉한 간판들 때문에 부산의 거리는 더욱 살벌하고 혼란스러워 보이기만 합니다. 간판을 그대로 방치해 둔 채 아름답고 인간적인 거리를 만든다는 것은 거의 불가능한 일입니다.

부산의 시민단체들은 경제의 중요성을 그렇게 강조하면서도 문화에 대해서는 일언반구 말이 없습니다. 부산에 제2의 국립도서관을 지어야 한다고 왜 주장하지 않는지 저는 이해할 수가 없습니다. 8천억 원짜리 광안대교를 짓느니 그 돈으로 차라리 도서관이나 퐁피두센터 같은 문화센터를 지으면 얼마나 좋을까요? 2천7백억 원을 들여 거대한 시청건물을 지으면서 단 한 번쯤이라도 빈한한 부산 문화를, 부산의 문화인들을 생각해 보았을까요?

시민이 낸 혈세는 엉뚱한 데로 흘러나가고 있습니다. 기능 위주의 비인간적 도시를 만들기 위해, 다시 말해 인간적인 삶을 파괴하기 위해 대형 건설공사에 천문학적인 돈을 쏟아붓고 있습니다. 시민단체들이 왜 이런 문제를 간과하고 있는지 안타깝기만 합니다.

현대문학관 하나, 자연사 박물관 하나 없는 야만의 도시 — 그러나 수백 년 된 유서 깊은 도시라고 자랑합니다. 수백 년 된 도시의 저 빈약한 가로수들을 보십시오. 저는 한아름 되는 가로수를 한번만이라도 안아보고 싶습니다. 하지만 그런 나무는 눈을 씻고 찾아봐도 없습니다.

우리는 거시적인 관점에서 문제를 살펴보아야 합니다. 그리고 근본적인 문제가 무엇인지, 그것부터 알아야 합니다. 그것을 알면 해결의 실마리가 보이기 마련입니다.

그렇지 않고 하위개념에만 집착하다 보면 도시는 기형적으로 개발되고, 그것은 결국 비인간적인 도시로 변해 버리기 마련입니다.

우리에게는 2차선 도로를 4차선으로 확장하는 것보다 길옆에 피어 있는 노란 개나리와 야생화를 보호하는 것이 더 중요합니다. 왜냐하면 꽃들이 더 사랑스럽고 소중하니까요.

사악한 개발론자들은 이 땅을 저주받은 도시로 만들기 위해 혈안이 되어 있습니다. 우리는 목숨을 걸고 그것을 막아야 합니다.

인간적인 도시를 건설하기 위한 싸움은 삼성차 문제를 해결한 것처럼 그렇게 금방 가시적인 효과가 드러나는 것은 아닙니다. 그것은 길고 지루한 싸움일 수도 있습니다. 그러나 그것은 우리가 반드시 해야만 할 일입니다. 인간적인 도시는 세상 사람들이 알아주든 못 알아주든 간에 우리가 운명처럼 받아들이고 건설해야 할 미래의 우리 도시입니다. 따라서 모든 문제는 인간적인 도시를 건설하는 데서부터 시작되어야 합니다.

이 글을 쓰고 있는 동안 또 하나의 문제가 한 고비를 넘기고 우리에게 큰 과제로 남게 되었습니다. 그것은 지금까지 뜨거운 감자로 남아 있던 삼성차가 외국 굴지의 자동차 메이커에게 팔림으로써 일단 다시 가동을 시작하게 되었다는 사실입니다. 그런데 삼성차가 르노에게 팔리게 된 전후사정을 살펴보면, 문제가 적지 않음을 알게 됩니다.

잘 아시겠지만, 삼성차는 4조 원이라는 천문학적인 자금이 투입된 거대 기업입니다. 삼성차 관계자는 5조 원 가까운 자금이 들어갔다고 주장하기도 합니다만, 아무튼 우리 같은 소시민 입장에서는 상상할 수도 없는 어마어마한 돈이 들어간 공룡 같은 기업인 것만은 틀림없습니다. 이와 같은 기업은 국민 전체의 자산이라고 할 수 있습니다. 삼성차가 부실로 인해 은행 채권단의 손에 넘어간 현실을 감안할 때 이 말은 더욱 현실적으로 다가옵니다. 따라서 삼성차는 이제 국가의 재산이고, 국부(國富)의 한 부분으로 관리하지 않으면 안 될 입장이었습니다. 그런데 너무 초조한 나머지 너무 빠르게, 그리고 너무 헐값에 그것을 매각해 버리는 어리석음을 범하고 말았습니다.

삼성차를 르노에게 매각하는데 있어서 가장 중요한 점은 어떻게든 그것을 헐값에 매각하지 않고 르노로부터 한푼이라도 더 받아내는 일이었습니다. 그래서 국내 채권단을 비롯한 협상팀은 파리까지 오가며 줄다리기를 했지만 이미 한국측의 약점을 알고 있는 르노는 여유있게 협상을 요리해 나갔습니다. 시간을 끌면 끌수록 한국측에 불리하다는 것을 알고 있었기 때문에 그들은 맨 처음 제시한 액수에서 조금도 물러서려고 하지 않았습니다.

한국측 협상팀은 처음부터 운신의 폭이 좁을 수밖에 없었습니다. 그 이유는 주위에서 그들의 손발을 묶어놓았기 때문이었습니다.

여기서 부산의 시민단체들은 삼성차 유치 때 발휘했던 솜씨를 다시 한번 과시했습니다. 그들은 손해를 보더라도 하루빨리 르노한테 삼성차를 넘기라고 한국측 협상팀을 압박했습니다. 여기에다 정부와 협력업체들까지 일정시한 내에 협상을 끌어내도록 압력을 넣었기 때문에 우리 협상팀은 르노측에 당당하게 내놓을 카드가 없었습니다. 그러니까 손발을 묶어 놓은 상태에서 협상을 조기에 타결해야 했던 것입니다. 시간을 끌면 끌수록 협력업체들의 연쇄도산이 우려되는 등 여러 가지 걱정스러운 점들이 있었지만 아무튼 주인공인 채권단은 자기 주장도 변변히 펴보지 못한 채 주위의 강권에 못 이겨 헐값에 삼성차를 외국 회사에 팔아넘기고 말았습니다.

제 생각에는 협상팀이 르노와 상담을 벌이고 있을 때 주위에서는 훈수는 못 둘 망정 입을 다문 채 가만히 지켜보고 있었어야 했다고 생각합니다. 어떻게 협상할 것인가는 전적으로 채권단의 권리이니까 말입니다. 그리고 가만히 지켜봐 주는 것이 최소한의 예의였다고 생각합니다. 그런데도 불구하고 시민단체가 앞장서서, 손해를 보더라도 빨리 팔아넘기라고 성화같이 독촉을 해댔으니 도대체 그런 망발이 어디 있습니까? 협상의 ABC도 모르는 이 같은 상식 이하의 행동은 결코 시민단체가 취할 행동은 아니었습니다. 다시 말씀드리면 이번 삼성자동차 협상에서 부산의 시민단체들이 보여준 행동은 그들이 취해야 할 행동의 한계를 뛰어넘은 짓이었습니다.

시민단체가 해야 할 일이 있고 해서는 안 될 일이 있습니다. 그 한계를 망각하면 이미 시민단체의 순수성을 잃었다고 볼 수 있습니다. 삼성차 같은 거대 기업을 해외에 매각하는 일은 참으로 미묘하고 전문성을 요구하는 일입니다. 말 한마디에 따라 1백억, 2백억 원이 왔다갔다 하는 판입니다. 따라서 그런 일은 전문가들의 손에 맡기는 것이 도리입니다. 그런데 왜 시민단체가 거기에 끼여들어 협상 테이블을 뒤집어 놓는 겁니까? 부산 경제를 일으켜 세워야 한다는 막중한 사명감 때문에 그랬다는 겁니까? 그것이야말로 애향심의 발로였다는 것입니까? 천만의 말씀입니다. 그것은 하나만 알고 둘은 모르는 어리석은 짓입니다.

부산 경제를 살리기 위해서라도 우리는 이번 협상에서 좀더 신중을 기했어야 했습니다. 신중에 신중을 기해도 모자랄 판인데 빨리 끝내라고 여기저기서 압력을 가했으니 한국 협상팀이 과연 온전한 정신으로 프랑스인들을 상대할 수 있었겠습니까? 그렇지 않아도 동양인들에 대한 우월감에 젖어 오만할 대로 오만한 그들이 속으로 얼마나 한국인들을 깔보면서 협상에 응했겠습니까?

4조 원이나 투입하고 세운 지 얼마 안 된 거대기업을 외국에 헐값에 팔아 넘기는 일은 정말이지 자존심 상하고 수치스러운 일이었습니다. 어쩔 수 없으니까 외국에 팔아 넘기는 것이지 자랑스럽고 기쁜 마음으로 처분하는 것은 아니지 않습니까? 당사자인 삼성은 겉으로 표현은 안하고 있지만 가슴이 찢어지는 고통을 느끼고 있을 것입니다.

그도 그럴 것이 자본금이 4조 원이나 투입되었는데도 절반은 고사하고 그 4분의 1도 못 받았으니 그런 억울한 일이 어디 있겠습니까?

애초에 채권단이 르노측에 요구한 액수는 1조 원이었습니다. 그러나 약점을 알고 있는 르노는 그 절반 수준인 5천9백40억 원밖에 못 내겠다고 버텼습니다. 그러다가 파리까지 오가는 수차례 협상 끝에 결국 2백60억 원을 더 얹어주는 생색을 내기에 이르렀습니다. 이렇게 해서 삼성차는 마침내 6천2백억 원 (약 5억5천8백만 달러)에 르노에게 팔리고 말았습니다. 그러나 6천2백억 원이라는 액수도 그 내용을 들여다보면 단지 숫자놀이에 불과하다는 것을 알 수 있습니다. 6천2백억 원 가운데 르노가 현금으로 당장 지불하는 액수는 기껏해서 1천1백억 원밖에 되지 않습니다. 나머지 5천1백억 원은 10년간 나눠서 영업 이익이 나는 대로 갚아나가기로 했습니다. 이런 식의 계산이라면 6천2백억 원의 현재 가치는 3000억 원 정도밖에 되지 않습니다. 다시 말해 일시불로 대금을 모두 받는다면 10년간의 이자를 모두 제해야 하니까 결국 3000억 원밖에 받을 수 없다는 계산이 나옵니다. 그러니까 삼성차는 현재 가치로 겨우 3000억 원에 르노에게 넘어간 것입니다. 물경 4조 원 이상이 투입되었는데 3천억 원에 팔아 넘기다니!

이런 식의 결제라면 저라도 삼성차를 인수할 수 있겠다는 생각이 들 정도입니다.

아무튼 르노는 건물 한 채 값인 1천1백억 원으로 삼성차를 인수함으로써 엄청난 이득을 챙기게 되었습니다. 물론 앞으로 삼성차 가동을 위해 많은 돈을 투자하겠다고 줄줄이 계획안을 내놓고 있지만 그것은 앞으로 두고볼 일입니다.

삼성차가 르노에 매각된 데 대해 부산은 온통 환영 일색입니다. 시민단체는 물론이려니와 신문·방송들까지 나서서 장밋빛 꿈을 그려내는데 여념이 없습니다. 시당국과 시민단체들은 대대적인 시민환영대회까지 열기로 했습니다. 모두가 꿈에 부풀어 잔뜩 들떠 있는 것 같습니다. 신문과 방송은 전문가들을 동원해 앞으로 삼성차가 몰고 올 경제적 파급효과를 극대화시키는데 열을 올리고 있습니다. 분위기가 이렇게 축제 일색이다 보니 삼성차를 헐값에 매각한데 대한 질책이나 앞으로의 문제점들에 대한 진단 같은 것은 끼여들 엄두조차 나지 않습니다. 당연히 짚고 넘어가야 할 문제들을 모른 체 지나치고 있는 것입니다. 전문가들도 그 점에 대해서는 일언반구 말이 없습니다. 축제판에 찬물을 끼얹는 말을 했다가는 돌팔매질을 맞기 십상이니까 그런 것일까요? 아무리 그렇더라도 이것은 분명히 자기 기만입니다.

4백만의 인구가 들끓고 있는 대도시에서 어떤 사안에 대해 100% 찬성이라는 것은 결코 있을 수 없는 일입니다. 단 한 명도 반대의견을 개진할 수 없다면 그것은 전체주의 국가에서나 가능한 일입니다. 하지만 부산에서는 현재 그런 일들이 심심찮게 벌어지고 있습니다.

예를 들어 아시안게임에 대해 말씀드려 보겠습니다. 수년 전 부산시가 아시안게임을 유치하게 되었을 때 시민들은 환영일색이었습니다. 지식인들도 환영하는 말만 했지 게임 유치에 대해 비판하는 사람은 아무도 없었습니다. 시에서는 한술 더 떠 올림픽까지 유치하기로 하고 유력인사들을 모아놓고 올림픽

유치단까지 만들었습니다. 얼마 못 가 올림픽 유치 문제는 슬그머니 꼬리를 감추었지만, 그것은 자기 분수를 모르고 날뛴 꼴이었습니다.

아시안게임을 유치하기로 결정했을 때만해도 시당국과 전문가들은 그 파급효과에 대해 입에 침이 마르도록 장황하게 늘어놓곤 했습니다. 그러나 2년 앞으로 다가온 아시안게임은 지금은 시민들의 관심 밖으로 밀려났고, 준비 소홀과 공사 차질로 인해 과연 제대로 경기를 치를 수 있을지 아무도 장담 못하게 되었습니다. 아시안게임을 도로 반납해야 한다는 말이 나돌 정도로 말입니다. 한마디로 아시안게임 하나 제대로 소화해 내기 어려울 정도로 부산은 역량이 부족했던 것입니다.

차라리 아시안게임 준비에 쏟아붓고 있는 그 천문학적인 돈을 문화 쪽으로 돌려 부산을 문화도시로 탈바꿈시키는데 사용한다면 부산은 보다 인간적인 도시로 변모하게 될 것입니다. 그러나 이런 것을 지적하는 사람은 아무도 없었습니다.

삼성차가 부산 경제에 미칠 영향에 대해서는 그것이 처음 부산에 유치되었을 때부터 이미 그려져 있었습니다. 그 당시에도 삼성차가 유치됨으로써 부산에 금방이라도 돈벼락이 떨어질 것처럼 많은 사람들에 의해 장밋빛 그림들이 그려지곤 했습니다. 전문가들은 그렇게 많은데도 그 누구도 IMF사태를 예견하지 못했던 것처럼 삼성차의 전망에 대해 위험경고를 보낸 사람은 아무도 없었습니다. 그리고 그것은 르노가 삼성차를 인수한 지금도 마찬가지입니다. 아니, 오히려 한 수 더 떠서 환영대회다 뭐다 요란스럽기까지 할 정도입니다.

삼성차를 다시 생산하게 됨으로써 기대되는 유발 효과는 수치만으로 따져 볼 때 정말 호화스럽기 짝이 없습니다.

삼성측은 르노의 인수제안서를 분석한 보고서에서 삼성차 매각으로 2005년까지 부품업체를 합쳐 12만 명의 고용이 창출되고 15조 원의 매출을 올릴 것으로 예상했습니다.

다른 기관의 분석에 따르면 보다 더 낙관적인 수치가 나오고 있습니다. 2005년까지 연간 40만대 생산체제를 구축하면 총 19조1천억 원의 생산 유발효과가 발생하며, 1백38만 명의 일자리가 생길 것으로 보고 있습니다. 정말 기대한 대로 효과가 나타나 준다면 얼마나 좋을까요?

하지만 걱정스러운 면을 외면할 수는 없습니다. 이미 최악의 시나리오를 경험했기 때문에 더욱 그렇습니다.

제일 우려되는 것은 르노가 선진기술 이전을 봉쇄하고 삼성차 부산공장을 단순한 하청기지로 만들 경우입니다. 이렇게 될 경우 현대·기아·대우 등 기존업체의 생존을 위협하여 국내 생산기반을 무너뜨리게 되고, 그 결과 부산지역 경제는 물론 한국 경제 전반에 악영향을 초래할 가능성이 있습니다. 한 걸음 더 나아가 글로벌 네트워킹의 차원에서 언젠가는 국내 공장이 폐쇄될 수도 있습니다. 서양인들은 잔혹하리만치 셈에 밝고 냉정하지 않습니까.

이렇게 최악의 시나리오를 가정할 때 우리는 보다 침착하고 냉정하게 삼성차 문제에 접근해야 한다고 생각합니다.

헐값에 삼성차를 매각한 마당에 뭐가 잘났다고 대대적으로 시민환영대회까지 개최하는 겁니까? 우리가 못나서 삼성차를 우리 손으로 만들지 못하고 결국 똥값으로 외국에 팔아 넘겼다면 자존심 상하고 부끄러워 얼굴도 못 들 것 같은데, 왜 이렇게 들떠서 야단들입니까? 삼성차 매각을 성사시켰다고 해서 영웅이라도 된 양 행동한다면 그것은 큰 착각입니다.

어떤 사람이 빚에 쪼들려 1억 원짜리 자기 집을 팔지 않을 수 없는 어려운 처지에 놓여 있었습니다. 그러나 사려는 사람이 2천만 원밖에 주지 않으려고 해서 이러지도 저러지도 못하고 있었습니다.

그나마 일시불로 모두 주겠다는 것이 아니고 먼저 5백만 원만 주고 집을 인수한 다음 나머지는 10년 동안 갚아나간다는 것이었습니다. 너무 기가 막혀 주인은 일언지하에 거절했습니다. 그것은 말도 안 되는 흥정이었기 때문입니다. 그런데 그것을 보고 동네 사람들이 들고 일어났습니다. 손해를 보더라도 동네를 위해서 집을 빨리 팔아 넘기라는 것이었습니다. 그 집을 헐값에 사겠다는 사람은 그 집을 헐고 그 자리에 공장을 짓겠다는 거였습니다. 공장을 짓게되면 동네 사람들을 모두 고용할 것이고, 그렇게 되면 그 마을은 머지 않아 부촌이 될 거라는 것이 그 사람의 말이었습니다. 그러니 동네 사람들이 잔뜩 기대를 걸만도 했지요. 집주인은 집을 팔지 않으면 동네에서 왕따를 당할지도 모른다는 불안감과 주위의 성화에 못 이겨 마침내 눈물을 머금고 집을 헐값에 넘기고 말았습니다. 그 집은 그가 평생 고생해서 마련한 집이었습니다.

얼마 후 그 집은 공장을 짓기 위해 헐렸고, 마을 사람들은 그 터 위에서 흥겨운 잔치마당을 벌였습니다. 멀리서 그 광경을 지켜보던 전 주인은 끝내 피눈물을 흘리며 울음을 삼키고 말았습니다.

르노의 삼성차 인수는 삼성의 희생 위에서 가능했던 것입니다. 결코 시민단체의 공이 아닙니다. 부산 시민들이 르노의 삼성차 인수를 놓고 축제의 한마당을 벌이고 있을 때 삼성은 한켠에서 피눈물을 흘리고 있다는 것을 알아야 합니다. 그리고 만일 앞으로 부산 시민들에게 심어준 삼성차에 대한 부푼 꿈이 현실로 나타나지 않고 한낱 물거품으로 끝날 경우 르노의 삼성차 인수는 역사상 가장 수치스러운 협상 기록으로 남을 것이라는 것도 알아야 할 것입니다.

지금은 결코 샴페인을 터뜨릴 때가 아닙니다. 눈을 부릅뜨고 사태의 추이를 지켜보아야 할 때입니다.

「DJ가 삼성자동차를 죽였다.」는 말이 터무니없는 거짓말임을 설명하다보니 이야기가 길어졌습니다.

르노의 삼성차 인수가 결정되자 협상을 촉구했던 시민단체에서는 일간지 전면에 화려하게 환영광고를 실었습니다. 그 광고 내용 가운데 협상타결에 도움을 준 김대중 대통령에게 깊이 감사한다는 글귀가 제 시선을 끌었습니다. 언제는 DJ가 삼성차를 죽였다고 대놓고 비난하더니 이젠 그에게 감사하고 있으니, 저는 좀 어리둥절한 느낌입니다.

아무튼 말썽 많았던 삼성차가 기대했던 대로 잘 굴러가 부산 경제가 침체를 벗어나 활성화되기를 진심으로 빌어마지 않습니다.

끝으로 한 가지 귀담아 들어야 할 말이 있어서 소개해 드리려고 합니다.

지난 5월 4일, 부산 시청에서는 「외국인이 본 부산 사람과 부산 사회」라는 제목으로 외국인들로부터 직접 부산의 문제점들을 들어보는 기회가 있었습니다. 그때 연사로 나온 한 외국인은 이런 말을 했습니다.

「부산 경제가 하향세인 것은 부산의 인재들이 국제수준에서 생각하고 행동하지 못했기 때문이다.」

너무도 가슴을 찌르는 지당한 말이었습니다. 이 말은 부산에만 국한되는 말이 아닌, 한국 전체에 해당되는 말이라고 생각합니다. 그리고 이 날 연사로 나온 수명의 외국인들이 공통적으로 제시한 다음과 같은 의견 역시 우리가 가장 절박하게 받아들여야 할 과제라고 생각합니다.

「부산을 세계적인 수준의 삶의 터전으로 만들기 위해서는 교육 등을 통한 시민들의 사고전환이 필요하다.」

12. 文化 — 그 영원한 테마

2000년 5월

문화란 사실 해도 해도 끝이 없는 영원한 테마입니다. 그런데도 성급한 사람들은 얼마간의 돈을 문화에 투자한 것으로 만족해 하는가 하면, 문화에 대한 소임을 다 한 것으로 착각하고 있습니다. 이를테면 금년도 문화예산을 전체 국가 예산 가운데서 1% 넘게 책정했기 때문에 우리도 선진국 수준의 문화정책을 펴게 됐다고 자랑하는 것이 그것입니다.

중요한 것은 문화예산의 많고 적음이 아니라 그 적은 예산을 어떻게 유용하게 사용하느냐 하는 데 있습니다.

지난해 부산시의 문화예산은 약 280억 원 정도였습니다. 이 가운데 90%인 약 250억 원 정도가 관리비와 인건비로 지출되었습니다. 나머지 30억 원 정도로 1년 동안의 문화사업을 집행했는데, 한마디로 그것은 생색만 낸 것일 뿐 문화 발전에 거의 도움이 되지 않았습니다. 수십 개에 달하는 각종 문화단체에 지원금이라고 해서 2,3백만 원씩 보조하고, 여기저기서 벌이는 소모적이고 일회적인 떠들썩한 축제에 몇 억 원씩을 써버리고 나면 남는 것은 아무 것도 없습니다.

사정이 이러할진대 예술 창작에 어떻게 지원을 할 수 있겠습니까?

문화의 기반이라고 할 수 있는 출판산업은 고사상태에 빠져 있고 작가들은 극빈계층으로 전락한 지 이미 오래 전의 일입니다. 그렇지 않아도 적은 예산을 인건비와 관리비에 모두 빼앗기고 가까스로 남은 눈꼽만한 예산을 그나마 축제니 영화니 하는 눈에 띄는 것에만 대부분 써버리니 문화의 기본이 바로 설래야 설 수가 없게 되어 있는 것입니다.

이것은 전적으로 문화예산을 주무르고 있는 행정관청에 일차적으로 그 책임이 있습니다. 더 위로 올라가면 행정을 총괄하고 있는 자치단체장한테 있습니다.

적어도 시장이라면 문화가 무엇인지, 문화의 기본이 무엇인지, 선진국의 문화는 어떻게 이루어져 있는지, 그들은 어떻게 문화예산을 사용하고 있는지 아주 심도있게 알고 있어야 합니다. 그와 함께 문화가 관광객을 끌어들이는 단순한 상품이 아닌, 인간적인 삶을 누리게 하는 가장 기본적인 바탕이며, 나아가 시간이 흐를수록 인간 생활을 풍요롭게 해주는 장기적인 삶의 자원이라는 것을 인식해야 합니다.

문화의 진정한 가치에 대한 인식의 결여로 인해 문화예산이 잘못 집행되고, 그로 인해 막대한 예산이 엉뚱한 곳으로 흘러나가고 있고, 결과적으로 문화 발전 정책이 해마다 겉돌고 있음은 문화관광부도 예외는 아닙니다. 아니. 오히려 우리 나라 문화정책의 주무기관인 문화관광부에서부터 상식 이하의 예산 집행을 하고 있는 실정입니다.

우리의 문화는 누가 보더라도 그 기반이 취약하고, 그래서 기본이 안 되어 있음을 알 수가 있습니다. 따라서 문화가 자랄 수 있는 토양을 가꿔야 함은 상식에 속하는 일입니다. 그것은 즉 문화적 기반을 다지는 일입니다. 그러나 우리의 문화정책을 보면 기초도 다지지 않은 집터 위에 대강 기둥을 세우고 그 위에 엉성하게 함석지붕을 얹은 뒤 지붕을 알록달록한 페인트로 칠하고 있는 것이 고작입니다. 그렇게 하면 멀리서도 눈에 잘 띄고 아주 그럴듯해 보이니까요.

2000년도 문화관광부 예산편성을 보면 제 말을 실감하실 수 있을 것입니다.

2000년도 문화관광부 예산은 약 9천2백억 원입니다. 이것은 국가 전체의 1%를 처음으로 넘는 것으로 과거에 비해 예산이 많이 늘어난 것은 사실입니다. 하지만 많아진 예산이 가장 긴요한 곳에 쓰이지 않고 함석지붕을 덧칠하는데만 쓰이고 있으니, 결과적으로 늘어나나마나 한 예산이 되고 만 셈입니다.

부산이 그런 것처럼 문화관광부 역시 문화의 저변 확대를 위한 기반공사에는 거의 관심을 두지 않고 이벤트성 행사에 거액을 날리고 있음을 알 수가 있습니다. 구체적으로 살펴보면 다음과 같습니다.

남해안 관광벨트사업 5백억 원, 새천년 기념사업 1백억 원, 경주 세계문화엑스포 1백억 원 등 각종 문화축제에만 1천2백여억 원의 예산이 책정되어 있는 반면 공립도서관은 1백억 원, 공립박물관은 1백68억 원, 지방 문예회관 1백50억 원, 공립미술관 50억 원, 문화의 집 37억 원 등 문화의 기반시설에는 예산이 턱없이 부족한 실정입니다.

전국에는 현재 6백여 개의 공립 문화기반 시설이 있습니다. 이 시설들을 통해 시민들은 문화에 대한 갈증을 해소하고 있지만, 사실 문화를 향유하고 싶어하는 시민들의 욕구가 갈수록 커져가고 있음을 볼 때 기반시설이 형편없이 취약하다는 것은 누구나 다 알고 있는 사실입니다.

좀더 구체적으로 들어가 보겠습니다. 현재 전국에는 4백30여 곳의 공립도서관이 있습니다. 여기에 지원되는 도서 구입비는 모두해서 46억 원. 한 곳당 1천1백60만 원에 불과합니다. 이 돈으로 1년 동안 도서를 구입해야 하는데, 구입할 수 있는 양이라야 겨우 1천 권 정도밖에 안 됩니다. 국내에서 매년 출간되는 신간도서만 해도 약 1만 종 이상이나 됩니다. 이 가운데 10분의 1 정도밖에 구입할 수 없으니 얼마나 공공도서관의 기반이 취약한지 알 수 있을 것입니다.

좀 쑥스럽지만 제가 운영하고 있는 「추리문학관」의 경우를 말씀드려 보겠습니다.

추리문학은 문학의 한 장르로서 서구에서는 그 역사가 1백60년이나 됩니다. 추리문학사에서 최초의 추리소설은 에드거 앨런 포우의 「모르그가의 살인사건」인데, 그것이 발표된 해가

1841년이었습니다. 그 이후 에밀 가보리오, 모리스 르블랑, 코넌 도일, 애거서 크리스티, 이언 프레밍 같은 걸출한 작가들이 뒤를 이으면서 추리문학은 눈부신 발전을 거듭했습니다. 오늘날 영어로 출판된 책들 가운데 30%이상이 추리소설이라고 하니, 그 인기가 어느 정도인지 알 수 있을 것입니다. 이웃 일본만 해도 추리작가가 5백 명 이상이나 되고, 연전에 작고한 마쓰모도 세이쪼(松本淸張) 같은 추리작가는 국민작가로 추앙을 받고 있을 정도입니다.

추리문학의 종주국이라고 할 수 있는 영국에서는 일찍이 코넌 도일과 애거서 크리스티에게 작위를 주기까지 했습니다. 코넌 도일이 창조한 셜록 홈즈라는 탐정은 하도 유명한 나머지 수년 전 그가 작품에 등장한 지 1백주년이 되던 해에는 영국 국회의사당에서 엘리자베스 여왕 참석하에 홈즈 탄생 1백주년 기념 만찬회가 열리기까지 했었습니다. 우리 나라 국회의사당에서 과연 아무개 작품의 주인공 탄생을 기념하는 만찬회 같은 것이 열릴 수 있을까요? 이런 것을 생각하면, 영국인들의 그 여유와 품위가 한없이 부럽게만 여겨집니다. 영국 북부의 아름다운 도시 에딘버러에 가면 번화가 한 켠에 셜록 홈즈 동상이 세워져 있습니다. 수년 전 영국 남부의 휴양도시 토퀘이를 찾아간 적이 있었습니다. 그곳에는 150년이나 된 고색 창연한 자연사 박물관이 있었는데, 그 건물 3층 전체는 애거서 크리스티 기념관으로 꾸며져 있었습니다. 정말 부러움을 금할 수가 없었습니다.

서구에서는 추리문학이 이렇게 대중과 호흡을 같이 하면서 눈부시게 발전해 왔음에도 불구하고 한국에서는 별로 환영을 받지 못했습니다. 추리문학 뿐만아니라 공상과학소설이나 모험소설 같은 분야도 사정은 마찬가지입니다. 문자로 표현될 수 있는 모든 장르의 문학이 자유롭게 공존해야 한다는 것이 저의 생각입니다만, 한국에서는 웬일인지 지금까지 오로지 본격 내지는 순수라는 이름의 소설들만이 문학의 전부인 양 행세해 왔습니다.

그 이유는 다른 장르에 대한 극단적인 배타성, 그리고 문학을 도덕적 엄숙주의로만 이해하려는 편집적인 문학관이 한국 문학과 문인들을 지배해 왔기 때문입니다.

이와 같은 전통은 역사적으로 볼 때 무수한 외침과 빈곤, 전쟁, 이념적인 갈등으로 점철된 한국의 역사에서 강한 민족주의적 색채로 도색되었고, 그것은 어쩔 수 없는 한민족의 정서로 이해되어 왔습니다. 하지만 한국 문학은 그 단계에서 더 이상의 성장을 멈춘 채 자기 도취와 만족에 안주하고 말았습니다. 더 높은 이상을 향한 극복의 노력을 포기했거나, 아니면 극복할 수 있는 역량이 부족했는지도 모릅니다. 제가 보기에는 후자 쪽에 더 비중을 두고 싶습니다. 왜냐하면 지금까지 자기 도취에 빠져 있는 한국 문학의 수준을 극복할 수 있는 역량을 지니고 있는 작가가 단 한 명도 존재하지 않았기 때문입니다.

그 결과 한국 문학은 극단적인 폐쇄주의에 사로잡힌 채 오랫동안 고립되어 왔고, 현재는 아주 왜소한 모습으로 남아 있게 되었습니다. 따라서 한 작가가 이와 같은 왜소함에서 벗어나기 위해 새로운 문학세계로 발을 들여놓는다는 것은 한국에서는 매우 어려운 일입니다. 잘못하다가는 이방인 취급을 당하기 십상이고, 끝내는 고립무원의 처지에 빠지게 되니까요. 그래서 결국 상당수의 지각있는 작가들이 적당한 선에서 기득권 문학과 타협하면서 명맥을 유지하고 있는 실정입니다. 저는 그것을 보면서 굴종과 모멸감을 느낀 적이 한두 번이 아닙니다. 한국 문학은 앞으로 과연 지금과 같은 폐쇄적이고 왜소한 상태대로 명맥을 유지하면서 안주할 것인가, 아니면 한국 문학의 반성이라는 주제를 놓고 치열한 싸움을 전개할 것인가 — 이 문제는 앞으로 한국 문학이 떠안아야 할 최대의 과제라고 생각합니다.

한국 문학이 이처럼 자기 도취에 빠져 안주하고 있는 상황에서 추리문학이 이방인 취급을 당하는 것은 당연한 일이었습니다. 그리고 그와 같은 부당한 취급에 정면으로 맞서는 것은 결코 쉬운 일이 아니었습니다. 거기에는 기나긴 침묵과 인내, 그리고 용기가 필요했습니다. 그러니까 제게 있어서 추리문학이라는 존재는 기나긴 침묵의 결정(結晶) 같은 것이었습니다. 저는 왜소한 편집병 환자들에게 세상에는 이런 것도 있을 수 있다는 것을 무언으로 보여주고 싶었던 것입니다.

180평의 대지 위에 연건평 4백80여평의 지하 1층 지상 5층짜리 건물이 추리문학관 간판을 달고 세상에 그 모습을 드러낸 것은 9년 전인 1992년 3월의 일이었습니다. 당시 문화공보부로부터 전문도서관 제1호로 정식으로 허가까지 받았습니다. 건물을 짓고 실내를 꾸미고 도서를 구입하는 등 하나의 소규모 도서관으로 만들기까지에는 약 20억 원 정도의 비용이 들었습니다. 저로서는 사재를 모두 털어넣은 셈이었습니다.

애거서 크리스티의 사진이 걸려있는 추리문학관 내부.

국가에서 운영하는 공립도서관이 아니기 때문에 처음부터 운영상의 어려움은 예견된 일이었고, 그래서 그에 대한 각오는 하고 있었습니다. 하지만 사업을 하는 처지도 아닌, 글만 써서 먹고사는 입장에서 도서관을 운영한다는 것은 매우 어려운 일이었습니다. 문화사업에 남다른 애착을 가진 대기업가가 술값 정도 없애는 셈치고 도서관을 운영한다면 그 어느 일보다도 보람있는 일이 되겠지만, 저 같은 가난뱅이가 그런 일을 한다는 것은 정말이지 너무 벅찬 일이었습니다. 그래서 후회도 하고, 집사람한테 면박을 당하는 것이 일상사처럼 되어 버렸습니다. 하지만 그것은 제가 애착을 가지고 있는 분야인데다 제가 선택한 일이었고, 그 희귀한 존재가치로 인해 추리독자들의 유일한 안식처가 되어 주고 있다는 사실로 인해 결코 포기할 수가 없었습니다.

현재 추리문학관에는 추리소설을 포함한 일반 도서류가 약 3만여 권 소장되어 있습니다. 지난 9년 동안 정성들여 사모은 것들입니다. 하지만 수십 종의 신문 잡지 등 정기 간행물과 매일 쏟아져 나오는 단행본들을 구입하는 것은 결코 쉬운 일이 아닙니다. 구입하고 싶은 책들을 형편상 사들이지 못할 때는 참담한 기분이 들기까지 합니다.

지금까지 추리문학관은 도서관을 관장하고 있는 국가기관으로부터 단 한 권의 책도 지원받은 적이 없습니다. 공립도서관과는 달리 단지 사립도서관이라는 이유로 9년 동안 책 한 권 지원받지 못한다면 과연 어느 누가 사재를 털어 도서관을 짓겠습니까? 도대체 도서관 정책을 담당하고 있는 기관에서는 무슨 일을 하고 있는지, 노여움을 느낄 때가 한두 번이 아닙니다. 공립도서관보다는 개인이 사재를 털어 사립도서관을 세우는 일이 훨씬 어렵긴 하지만 바람직하고 가치 있는 일이라고 생각합니다. 사립도서관은 많을수록 좋은 것 아닙니까? 저는 건축도서관, 미술도서관, 음악도서관, 사진도서관 등 각분야에 걸친 전문도서관들이 많이 생겨나기를 고대하고 있습니다. 바로 이런 것들이 문화의 기반이 되고, 지적 재산으로 활용되는 것 아니겠습니까? 하지만 지금은 누가 사립도서관을 짓겠다고 하면 달려가서 막고 싶은 심정입니다.

도서관은 공사를 막론하고 시민들에게 모두 개방되어 있다는 점에서 공공의 선에 봉사하는 시설입니다. 따라서 국가가 도서관을 지원하는데 있어서 공사를 따로 구분해서는 안 된다고 생각합니다.

　국가의 문화예산이 문화의 기초를 다지는데 집중적으로 투입
된다면 문화의 저변확대는 자연스럽게 이루어질 수 있습니다.
하지만 그 귀중한 예산이 이벤트성 행사에만 치중된다면 문화
의 선진화는 한낱 공염불로 그치고 말 것입니다.

　문화에 대한 투자에 있어서 중복투자도 큰 문제점이 아닐 수
없습니다. 중복투자는 투자대상에 대한 정밀한 검토가 없었거
나, 아니면 한 분야에 대한 과잉투자가 말썽의 소지가 될까봐
제목만 그럴듯하게 여러 개 붙여 투자하기 때문에 생긴 것이라
고 생각합니다.

　중복투자의 대표적인 사례를 한 가지 들어보겠습니다.

　문화산업 지원센터를 조성한다는 명목으로 책정된 예산은 3
백79억 원입니다. 이 가운데 애니메이션센터 건립 지원비로 1
백24억 원, 애니메이션 기술지원센터 조성비로 27억5천만
원, 만화이미지 정보센터 건립비로 10억 원이 책정되었습니
다. 위에 열거한 세 가지는 동일분야인데도 명칭만 그럴듯하게
바꾸어 중복투자한 대표적인 사례하고 할 수 있습니다. 이에
비해 문화산업의 실질적 진흥을 위한 연구개발비는 문화산업
분야 관련예산 1천7백82억 원 중 2억9천9백41만 원으로
0.16%에 불과합니다. 그나마 이중 문화산업정책 관련연구 용
역비 1억1천9백만 원, 문화상품권 관련 용역비 1억2천7백만
원을 제외하면 5천3백만 원밖에 남지 않습니다.

　여기서 우리가 경계해야 할 것은 「문화＝돈」이라는 생각입니
다. 문화를 육성하는데 있어서 거기에다 경제논리를 적용시키

려 들 경우 문화는 변질되고, 천박한 것들만이 문화라는 이름
으로 포장된 채 세상을 어지럽히게 됩니다.

문화를 경제논리로 이해하다 보니 다음과 같은 말들이 먹혀
들고 있습니다.

「외국 관광객들을 많이 유치하려면 볼거리가 있어야 한다.
문화야말로 외국인들에게 보여줄 수 있는 가장 좋은 볼거리
이다. 따라서 하루빨리 볼거리 차원에서 문화를 만들어야한
다.」

이 얼마나 유치하고 위험한 발상입니까? 문화란 외국 관광객
들을 위해 필요한 것이 아닙니다. 그보다 먼저 우리 자신을 위
해 문화가 필요한 것입니다. 그리고 하나의 문화, 이를테면 일
본 문화, 프랑스 문화, 영국 문화, 미국 문화가 그 나름대로 틀
을 갖추고 그 모습을 드러내려면 많은 세월이 걸리고, 이루 헤
아릴 수 없는 투자가 필요한 것입니다.

프랑스가 전 세계인들에게 예술의 나라로 인식되기까지에는
얼마나 오랜 세월이 걸렸으며 얼마나 많은 돈이 들어갔겠습니
까? 예술의 나라를 건설하는데 들어간 예술가들의 예술혼과
피땀어린 노력, 문화예술에 투자하는 것을 아까워하지 않는 시
민의식과 정책담당자들의 높은 안목……. 이런 것들을 어떻게
돈으로 환산할 수 있겠습니까?

가치를 따질 수 없는 예술품들로 뒤덮여 있는 로마가 생각납
니다. 아름다운 물의 도시 베니스를 잊을 수가 없습니다. 지중
해의 남빛 바다와 노란 오렌지 나무로 채색되어 있는 소렌토는
지금도 눈부신 태양 아래서 시간의 흐름도 잊은 채 졸고 있겠

지요.

로마인들이 로마를 건설할 때 외국 관광객들을 많이 유치하기 위해 그런 식으로 건설한 것일까요? 로마를 단장하는데 있어서 외화벌이라는 시장논리를 과연 염두에 두기나 했을까요? 미켈란젤로나 레오나르도 다빈치가 단지 돈벌이를 위해 그 위대한 작품들을 만든 것일까요? 베니스인들이 그처럼 환상적인 도시를 만들 때 그들은 과연 무엇을 생각하고 있었을까요?

로마인들도 베니스인들도 자기들의 도시를 건설하는데 있어서 품었던 생각은 오직 한 가지밖에 없었습니다. 지상에서 가장 아름다운 도시를 건설하겠다는 생각 — 오로지 이 한 가지 생각밖에 없었던 것입니다.

아름다운 도시를 건설하기 위해 그들은 길바닥에 하나하나 네모진 돌들을 깔고, 건축물의 높이를 규제하고, 건물의 색깔을 물의 흐름처럼 통일시키고, 간판 하나 가로등 하나를 설치하는데도 마치 미술품을 제작하는 것처럼 온갖 정성을 다 들이고, 세계 문화유산으로 남을 최고의 걸작품들을 시민들이 볼 수 있게 도시 곳곳에 세웠던 것입니다. 그리고 거기에 세월의 때와 이끼가 끼면서 예술혼이 살아 숨쉬는 생명력 있는 도시로 성장하게 되었고, 마침내 그 아름다움을 보기 위해 세계인들이 다투어 몰려들게 되었던 것입니다. 이처럼 로마가 하루아침에 이루어진 것이 아니라는 것은 모두가 다 아는 사실입니다.

그런데도 불구하고 우리는 단지 외국 관광객들을 많이 끌어들이기 위해 문화를 급조하려는 성급함을 보여주고 있습니다. 문화예술이 도대체 10년, 20년 기한을 정해 놓고 급히 만들어질 수 있는 것입니까? 어림없는 일이고, 바보가 아닌 이상 그와 같은 계획은 세울 수 없는 것입니다. 문화에 대한 투자는 교육에 대한 투자처럼 국가 백년대계의 차원에서 검토되고 지원되어야 할 중대 사안입니다. 그 효과는 금방 나타나지도 않는 것이고, 거기에는 한없는 인내와 시간, 그리고 시장 논리에 따른 대가를 기대하지 않는 무한대의 투자가 필요합니다.

만일 문화가 단기간에 급조될 경우 그것은 볼썽 사나운 치기 어린 문화, 문화라고 부를 수도 없는 사이비 문화가 되고 맙니다. 그와 같은 문화는 시간이 흐르면서 가면을 벗게 되고, 결국은 도시의 흉물로 남게 됩니다. 안목이 높은 외국인들이 급조된 사이비 문화를 모를 리 없습니다. 그들은 그와 같은 문화는 거들떠보지도 않을 것이고, 실망과 냉소를 안고 한국을 떠날 것입니다.

문화가 돈이 된다고 하니까 돈이 될 성 싶은 쪽에 너도나도 돈을 투자하고 있습니다. 그리고 문화를 위해 거액을 투자한 양 자랑하고 있습니다. 그야말로 이만저만한 착각이 아닙니다. 이와 같은 발상은 단지 단기적 이익에 급급한 천박한 경제주의와 시장 논리에서 비롯된 것입니다. 결과를 놓고 볼 때 그것은 결국 문화의 상품적 가능성마저도 압살하는 재앙을 초래할 뿐입니다. 문화는 경제주의에서 벗어날 때에야 비로소 그 경제적 가치가 생성되는 것입니다. 이 역설이야말로 새로운 세기가 진정 문화의 시대가 되기 위해 반드시 필요한 전제인 것입니다.

앞서 애니메이션 분야에 대한 정부의 중복투자를 지적했는데, 이것 역시 애니메이션이 돈이 된다고 하니까 단순경제논리에 따라 많은 예산을 그렇게 중복해서 투자하게 되었던 것입니다. 이와 같은 현상은 도처에 나타나고 있습니다.

부산의 경우 국제영화제가 해마다 열리고 있는데, 시민들의 호응도가 높아 이제는 자리를 잡은 느낌이 들고, 주최측에서는 아시아에서 알아주는 권위 있는 영화제가 되었다고 자랑이 대단합니다. 하지만 아직 10년도 안 된 짧은 연륜을 가지고 그렇게 자평한다는 것은 너무 성급한 판단이겠지요.

영화제 기간 동안에는 사람들이 구름같이 몰리고, 젊은 사람들은 유명배우들의 얼굴을 보려고 야단법석입니다. 시당국에서는 시장이 조직위원장직을 맡을 정도로 관심과 지원이 대단합니다. (부산 시장은 무슨무슨 위원장직을 참 많이 맡고 있습니다. 거대도시의 시장이면 시장직 하나만도 벅찰 것이고, 시장직 하나만 맡는 것이 도리라고 생각합니다. 그래야만 시정에 전념할 수 있을 테니까 말입니다. 부산 시장이 시장직 외에 무슨무슨 위원장직을 여러 개 맡고 있는 것은 본인 자신이 그런 자리를 좋아하기 때문에 그렇게 된 것인지, 아니면 시장을 위원장직에 앉혀야 예산 따내기가 수월하기 때문에 그 자리에 추대된 것인지는 잘 모르겠지만, 아무튼 정색을 하고 따져 볼 때 그것은 별로 바람직한 짓은 아니라고 생각됩니다. 왜냐하면 예산집행에 있어서 아무래도 자신이 위원장직을 맡고 있는 쪽에 과다하게 집행이 될 테니까 말입니다.)

영화제로 부산이 떠들썩해지니까 홍보면에서도 그보다 더 좋은 기회는 없겠지요. 우선 많은 사람들이 구름처럼 몰리니 눈에 띄는 효과로서는 만점일 테고, 부산이 금방이라도 영화의 메카가 될 것 같은 환상에 젖을 법도 합니다. 그러다 보니 문화예산 가운데 영화제 쪽에 많은 예산이 배정되고, 한수 더 떠서 시외곽(기장쪽)에 수백억을 들여 영화촌을 건설하겠다는 시나리오까지 발표하기에 이르렀습니다. 시장으로서는 영화제 조직위원장 노릇을 톡톡히 하고 있는 셈입니다.

하지만 이런 일련의 움직임들을 보면서 제가 느낀 것은 이것 역시 천박한 시장 논리에 따라 아주 성급하게 결정된 것이라는 것입니다.

잘 아시겠지만 부산의 문화기반은 전국 최악입니다. 그런데도 문화의 저변확대를 위한 기반 조성에는 예산이 거의 단절된 상태입니다. 상황이 이런데도 문화예산은 시장논리에 따라 흘러나가고 있습니다. 참으로 안타까운 일이 아닐 수 없습니다. 이래 가지고서야 로마의 발뒤꿈치라도 따라갈 수 있겠습니까? 베니스의 환상과 낭만을 부산 어디에서 찾을 수 있겠습니까? 천박한 경제주의와 시장 논리에 매달려 단기적인 이익과 이벤트 같은 전시적인 효과에 급급하다 보니까 문화예산은 한쪽으로만 과도하게 지출되고, 그 때문에 다른 부분은 고사상태에 빠져 있는 실정입니다.

예를 들면 문화의 가장 기본이라고 할 수 있는 출판분야는 부산에서는 있으나마나한 천덕꾸러기로 버림받은 지 이미 오래입니다. 작가들은 사회의 극빈계층으로 추락했고, 그들의 창작 여건이 좋아질 것이라는 희망을 품고 있는 사람은 단 한 사람도 없습니다.

부산 경제가 나쁘다는 데에는 모두가 입에 거품을 물고 열변을 토하고 있지만 정작 고사상태에 있는 문화 기반에 대해서는 아무도 말하는 사람이 없습니다. 그런 말을 하면 배부른 소리라고 비아냥대겠지요. 배가 터지게 먹고 마시고 노래나 부르는 것이 가장 행복한 생활이라고 생각한다면 할말이 없습니다만, 과연 그런 생활이 무슨 가치가 있겠습니까? 도시 전체가 그와 같은 환락의 늪에 빠져 허우적거린다면 부산은 야만적인 도시에서 영원히 탈출할 수 없을 것입니다.

문학 같은 분야는 예산을 지원해도 영화나 축제처럼 표시가 나지 않으니까 예산을 집행하는 입장에서는 별로 매력을 못 느끼겠지요. 하지만 그것은 정신문화의 위대함을 모르기 때문에 생긴 잘못된 생각입니다. 셰익스피어와 인도 대륙을 맞바꾸자고 해도 셰익스피어만은 절대 내줄 수 없다는 말이 있지 않습니까? 영국인들은 그만큼 셰익스피어라는 작가를 영국의 자존심이자 상징적 존재로 생각하고 있는 것입니다. 한 위대한 작가가 문화에 끼치는 영향은 실로 지대한 것임을 우리는 알아야 합니다. 아무리 좋은 영화라 해도, 수백 편의 좋은 영화가 있다 해도 한 위대한 작가의 영향력에 비하면 실로 보잘 것 없는 것입니다. 아무리 거액을 들여 만든 크고 화려한 축제라 해도 한 가난한 작가가 쓴 글 한 줄만도 못할 수가 있습니다.

왜 작가들이 가난에 찌들어야 합니까? 워낙 책을 읽지 않는 국민들이기 때문에 그들이 책을 사줄 것으로 기대하다가는 작가들은 모두 굶어 죽고 말 것입니다. 선진국들은 지금 출판의 황금기를 구가하고 있는데 한국은 갈수록 술 판매량만 늘고 있고, 사치품 수입에 여념이 없습니다. 이럴 때야말로 정부와 지방자치단체에서 나서야 합니다. 작가들이 쓴 책들을 문화예산으로 구입하여 각급 학교와 도서관에 배포해 준다면 출판사도 살고 작가들도 배고픔을 면할 수 있을 것입니다. 이것은 아주 적은 예산으로도 충분히 가능한 일입니다. 그런데 왜 엉뚱한 곳에다 그렇게 귀중한 예산을 낭비하고 있는 것입니까?

조그만 사업을 하나 벌이면서도 시에서는 설계용역비만도 수천만 원, 수억 원씩 사용하고 있습니다. 하지만 부산에 거주하고 있는 작가·시인들의 생활수준이 어느 정도인지, 그들이 작품을 쓰면 과연 제대로 발표할 수 있는지, 그들의 작품이 몇 권 정도 팔리고 있는지, 글을 써서 제대로 생활할 수 있는지 …… 이런 것들을 조사한 통계자료를 저는 지금까지 본 적이 없습니다. 문화활동의 기초를 이루는 인재들에 대한 기초 조사자료 하나 없이 무슨 문화정책을 펴겠다는 것인지 그저 한숨만 나올 뿐입니다.

오늘날 세계를 지배하고 있는 것이 딱 하나 있습니다. 바로 영어입니다. 그 영어를 오늘날의 영어로 아름답게 갈고 닦은 사람들이 누구입니까? 다름 아닌 작가들입니다. 마찬가지로 우리 한글을 현대적인 감각으로 개발한 것도 한국의 작가들입니다. 이 중요한 사실을 국민들은 절대로 잊어서는 안 됩니다. 작가가 얼마나 귀중한 존재인가를 더 이상 설명할 필요가 있을까요?

서글프게도 부산에는 작가 기념관 하나 없습니다. 조그만 군에서도 그곳 출신 작가를 기리는 기념관들을 만들고 있는데 4백만 명이 살고 있는 부산에서는 아무런 기미도 없습니다. 정치판에서 큰소리치는 국회의원들은 부산에 다 모여 있는데 작가 기념관이나 창작촌을 건립하자고 말하는 국회의원은 단 한명도 없습니다. 머리가 모자라거나 잿밥에만 관심이 있기 때문이겠지요. 아니, 문화가 뭔지도 모를 정도로 너무 무식하기 때문이겠지요. 그런 사람들을 계속해서 당선시켜 주고 있는 부산 사람들도 문제가 없는 것은 아닙니다만…….

영국은 문학의 나라입니다. 제가 둘러본 작가 기념관들을 생각나는 대로 한번 열거해 보겠습니다. 셰익스피어, 애거서 크리스티, 윌리엄 위즈워스, 제인 오스틴, 그레이엄 그린, 찰스 디킨스, T. S.엘리어트, 버지니아울프, 죠지 오웰, 브론테 자매, 바이런, 쵸서, D. H.로렌스, 다윈, 토마스 하디, 죤 키츠, 키플링, 죤 밀튼, 버나드 쇼……. 모두 해서 80군데가 넘는다고 하니 언젠가는 전부 돌아볼 생각입니다.

아일랜드의 더블린에 갔을 때는 오코넬 번화가 한복판에서 저를 반갑게 맞아주는 노인이 한 분 있었습니다. 중절모 밑으로 이윽히 바라보는 돋보기 안경의 그 노인은 놀랍게도 저 유명한 「율리시스」를 쓴 제임스 죠이스였습니다. 그의 동상은 그가 즐겨 드나들었던 1백 년도 더 된 카페 「Kylemore」앞에 서 있었습니다. 지금까지 영어로 발표된 그 무수한 작품들 가운데서 20세기 최고의 작품으로 평가받고 있는 「율리시스」의 작가와 교감하면서 저는 처음으로 황송스러움을 느꼈습니다. 그의 얼굴은 10파운드 지폐에도 새겨져 있었고, 기념관에서는 매일 같이 강연이 열리고 있었습니다. 제임스 죠이스뿐만 아니라 노벨 문학상 수상작가인 샤무엘 베케트와 오스카 와일드도 더블린 거리를 활보하고 있었습니다.

　흔히들 21세기는 문화의 세기라고 말하고 있습니다. 21세기에는 문화가 가치의 척도가 될 것이라는데 대해 이견을 말하는 사람은 없을 것 같습니다. 그만큼 문화의 중요성은 거의 절대적이라고 할만큼 전 세계인들의 공통 관심사로 부각되어 있습니다. 하지만 문화의 중요성이 지금에 와서 유독 강조되고 있는 것은 아닙니다. 과거에도 선각자들은 그 중요성에 대해 누누이 이야기하곤 했었습니다. 그 대표적인 사람이 김 구(金九) 선생입니다. 그는 이렇게 말했습니다.

「가장 부강한 국가가 아닌 가장 아름다운 나라를 가지고 싶다. ……오직 한없이 가지고 싶은 것은 높은 문화의 힘이다. 문화의 힘은 우리 자신을 행복하게 하고 나아가 남에게 행복을 주기 때문이다.」

그의 문화입국론은 지금 들어도 탁월한 것으로, 선각자로서의 그의 위상을 다시 한번 확인시켜 주고 있습니다.

프랑스의 행동주의 작가 앙드레 말로는 문화에 대해 다음과 같이 간결하게 언급했습니다.

「문화는 민족의 내일을 밝혀 주는 빛이며 양식이다.」

문화의 중요성에 대해서는 더 이상 재론할 필요가 없을 것 같습니다. 다만 여기서 필요한 것은 왜 한국에서는 문화가 꽃피지 못하고 항상 정치나 경제의 들러리나 서는 하위개념으로 인식되어 왔는가 하는 것을 짚어보는 일이라고 생각합니다.

간단히 한마디로 말씀드린다면 한국의 문화는 그 동안 정치

와 경제논리에 지배당한 나머지 거의 질식상태에 있었다고 해
도 과언이 아닙니다.

정치와 경제가 상위개념으로 지배하고 있는 사회에서는 오직
경쟁을 통한 이익 추구와 남보다 빠른 속도감만이 최고의 덕목
으로 평가받기 마련입니다. 그리고 문화는 그 들러리나 서는
시녀 정도로 취급받습니다. 그러다 보니 지금까지의 한국의 문
화는 정치와 경제가 먹다남은 음식찌꺼기로 겨우 연명해 왔다
고 해고 틀린 말은 아닙니다. 정치와 경제에 몸담고 있는 사람
들은 영양상태가 좋다보니 항상 목에 힘을 주고 큰소리치고 다
니고 있지만, 문화인들은 영양실조에 걸린 아웃사이더로서 언
제나 맥없이 비실거리고 있습니다.

이처럼 문화가 정립되지 못한 채 버림받다보니 국가의 이미
지도 형편없이 추락하고 말았습니다. 한 나라의 이미지가 문화
로 결정되는 것이라는 것은 상식에 속하는 일입니다. 국제화
시대의 세계에서 제대로 대접을 받을 수 있는 나라가 되려면
무엇보다 먼저 한국의 문화적인 이미지를 세계에 심어 주어야
합니다. 왜냐하면 만일 국가 이미지가 나쁘면 모든 면에서 불
이익을 받게 되고, 결국 일류 국가가 되는 것은 불가능하기 때
문입니다.

국가 이미지 창출에 성공한 나라들은 하나같이 선진국들입니
다. 미국을 보면 알 수가 있습니다. 미국은 민주주의와 자본주
의로 상징되는 국가입니다. 영국은 신사의 나라로 알려져 있
고, 프랑스는 예술의 나라로 이미지가 굳어져 있습니다. 독일
은 장인정신이 투철한 나라로, 일본은 근면하고 성실한 나라로

세계에 각인되어 있습니다. 이와 같은 이미지는 오랜 세월을 두고 성실하게 쌓아올린 것이기 때문에 세월이 흘러도 변하지 않습니다. 그렇다면 한국의 국가 이미지는 어떤 것일까요?

흔히들 우리는 외국인들이 한국을 생각하기를 조용한 아침의 나라로 생각하고 있는 줄 알고 있습니다. 과거 한국이 세계 무대에 알려져 있지 않던 시대에는 변방의 한 조그만 나라로서 그렇게 알려질 수밖에 없었을 것입니다. 세계는 한국에 대해서 아는 것이 하나도 없었고, 우리 역시 세계에 내놓을 것이 하나도 없었으니 꿀 먹은 벙어리처럼 가만히 입을 다물고 있을 수밖에 없었고, 그러다 보니 외국인들의 눈에는 속내를 알 수 없는 조용한 아침의 나라로 비칠 수밖에 없었을 것입니다. 조용하다는 데에는 변화를 두려워하는 또는 그것을 거부하는 의미도 함축되어 있을 것입니다. 그것을 듣기 좋게 그렇게 표현한 것이겠지요.

그러면 지금도 세계는 한국을 조용한 아침의 나라로 생각하고 있을까요? 천만의 말씀입니다. 불행히도 한국은 더 이상 조용한 아침의 나라가 아닙니다. 세계에 남아 있는 유일한 분단 국가이자 문제가 가장 많은 시끄러운 나라가 바로 한국인 것입니다.

국가 이미지가 이렇다 보니 한국인들은 국제무대에서 활동하는데 많은 제약을 받습니다. 외국인들은 한국인들을 바라볼 때 우선 의혹의 눈초리를 보내고, 한국산 물건을 살 때도 엉터리가 아닌지 의심부터 하고 봅니다. 하지만 일본인들에 대해서는 영 딴판입니다.

  일본인은 성실하고 근면하다는 이미지가 이미 머리 속에 박혀 있기 때문에 그들을 바라보는 시선은 신뢰감으로 따뜻하고, 일본 물건이라고 하면 무조건 믿고 삽니다. 서양인들은 일본 제품을 사려고 안달이고, 일본어를 배우려는 열풍이 불고 있습니다. 돈을 모아서 일본에 한번 여행가는 것이 소원이라는 사람들이 부지기수입니다.

  우리 입장에서 볼 때에도 일본 제품이나 독일 제품에 대해서는 신뢰감이 가고, 그래서 고가인데도 한국인들은 그것들을 서슴없이 구입하고 있습니다.

  국가 이미지란 이렇게 중요한 것이고, 그래서 국제화시대에는 눈에 보이지 않는 가장 강력한 무기로서 그 힘을 휘두르고 있는 것입니다. 그리고 그 힘은 막을래야 막을 도리가 없는 것입니다. 따라서 우리는 미국이나 일본, 프랑스나 독일이 세계인들에게 어떻게 문화적인 이미지를 심어 주었는가를 심각하게 배워야 하는 것입니다.

  일본의 경우 그들이 자기 나라의 문화 이미지를 높이기 위해 얼마나 애쓰고 있는가는 최근의 몇 가지 움직임들만 살펴보아도 충분히 알 수가 있습니다.

  지난 98년 4월 28일부터 1년간 일본 각지에서는 4백 여개 이상의 프랑스 관련 행사가 열렸습니다. 이름하여 「프랑스의 해」. 거기에 대한 답례로 자크 시라크 대통령이 일본을 방문했고, 센강에 있던 자유의 여신상이 일본으로 옮겨져 도쿄부 도심인 다이쬬 해변 공원에 세워지기도 했습니다. 그전 해에는 프랑스에서 「일본의 해」가 열리기도 했습니다.

일본은 또 같은 해 1월부터 「영국 축제」를 전국 각지에서 열었습니다. 개막식 참석차 토니 블레어 총리가 도쿄로 날아오기까지 했었습니다. 영국은 이에 대한 화답으로 2002년에 「일본 축제」를 열기로 했습니다.

이처럼 문화외교를 통한 문화교류야말로 글로벌 시대를 맞아 자국의 문화 이미지를 세계에 심어주는데 있어서 아주 이상적인 형태의 문화활동이라고 할 수 있을 것입니다.

한국의 국가 이미지가 이렇게 추락하고 문화가 실종된 이유 가운데 가장 큰 원인은 지난 50여년의 한국 정치사에서 찾아볼 수 있습니다.

한국 정치사는 한마디로 독재와 부패의 악순환이었습니다. 백성들이 아무리 허리띠를 졸라매고 인간다운 삶을 갈구해도 권력자와 정치집단들은 자신들의 안전과 이익만을 위해 나라와 백성들을 요리해 왔을 뿐입니다.

해방과 동족상잔의 처참한 전쟁, 이승만 정권의 독재와 부패, 박정권의 무시무시한 철권정치, 연이은 군사독재 정권의 등장과 무지한 통치자의 출현은 세계 속의 한국을 가장 나쁜 이미지로 심어 놓았을 뿐입니다.

여기서 20년 가까이 이 나라를 요리한 박정권에 대한 향수가 무지의 소산임은 말할 나위가 없습니다.

이처럼 한국 정치사를 놓고 볼 때 독재자들의 부패와 무지막지한 권력행사가 문화의 숨통을 막아 놓았음은 자명한 사실이라고 하겠습니다. 그런 부패한 독재자들의 머리 속에 어떻게 문화의 씨가 먹혀 들어갔겠습니까?

한국 정치의 부패와 독재는 결국 이 땅에 정치 우위의 가치관을 심어 놓았을 뿐입니다. 권력집단 쪽으로 부나비처럼 우르르 몰려드는 거대한 인간군상들을 한번 생각해 보십시오. 관료, 군인, 지식인 할 것 없이 권력 쪽으로만 이동하는 그들의 머리 속에는 오로지 정치권력만이 그들의 문화이자 철학으로 자리를 잡아왔던 것입니다.

정치권력의 전횡 못지 않게 문화를 질식시켜 온 주요한 원인 가운데 또 한 가지를 고르라고 한다면 저는 서슴없이 부패문제를 들 수 있습니다.

부패한 사회에서는 진정한 문화가 발달할 수 없다는 것이 저의 생각입니다. 왜냐하면 문화와 부패는 견원지간(犬猿之間)처럼 서로 적대적인 가치관을 가지고 있고, 그래서 함께 공존할 수 없기 때문입니다.

문화는 순수 그 자체입니다. 또 순수 그 자체이어야 합니다. 거기에 부패가 스며들면 그 문화는 순수성을 상실하게 됩니다.

한국은 과거부터 세계 제일의 부패국가로 알려져 왔습니다. 이 사실에 대해 부인하는 사람은 아마 없을 것입니다.

부패의 골이 너무 깊은 나머지 그것은 구조적으로 만성화되어 버렸고, 그래서 어디서부터 어떻게 손을 대야 할지 모를 정도가 되어 버렸습니다. 그리고 그것은 전국민적인 것으로 확대되어 마침내 전국민의 부패화라는 기막힌 현상을 초래하게 되었습니다.

예를 들면 일반 국민들 사이에는 다음과 같은 말들이 아주 당연한 것처럼 오가고 있습니다.

「털어서 먼지 안 나는 놈 있나.」

모두가 먼지를 묻히고 산다는 말이겠지요.

「좋은 게 좋은 거 아니냐.」

너무 딱딱하게 굴지 말고 구렁이 담 넘어가듯 적당히 넘어가자는 말입니다. 또 이런 말도 있습니다.

「재수 없어서 걸렸다.」

법을 어겼기 때문에 걸렸다고 생각지 않고 재수가 없어서 걸렸다고 생각함으로써 위법사실 자체를 받아들이려고 하지 않는 것입니다.

더욱 놀라운 것은 탈세가 아주 당연한 상식처럼 받아들여지고 있다는 사실입니다. 탈세를 하지 않고 제대로 세무신고를 해가지고는 아무 사업도 할 수 없다라는 생각이 일반적인 사고방식으로 국민들 사이에 깊이 자리잡고 있는 것입니다. 이 얼마나 놀랍고 한심한 생각입니까?

모두가 도둑놈들이라는 자조적인 말이 국민들 사이에 오간지는 이미 수십 년 전부터입니다. 그렇다면 이제 한국 국민들 모두는 도둑놈들인지도 모릅니다. 이것은 아주 심각한 문제로, 이런 것을 두고 망국적인 현상이라고 부를 수 있을 것입니다. 우리가 서로를 도둑놈이라고 부를 때 그 사이에는 엄청난 불신의 벽이 가로놓여 있음을 알게 됩니다. 그와 같은 불신은 비단 우리 사이에만 존재하는 것이 아닙니다. 즉 한국 사회의 불신은 바로 세계의 불신으로 확대재생산된다는 것을 우리는 알아야 합니다.

한국이 IMF사태라는 날벼락을 맞게 된 것도 그 근본원인을 살펴보면 사실은 한국에 대한 외국인들의 불신에서 비롯되었던 것입니다. 한국에서 발표되는 각종 통계자료의 허구, 자기자본까지 모두 잠식해 버린 재벌기업들의 방만한 문어발식 경영, 기업윤리의 실종, 빈 껍데기만 남은 은행들, 정경유착의 폐해와 부패의 만연, 비전이 없는 국가 경영 등 어느 것 하나 희망적이고 믿을 만한 구석이 없었고, 그래서 한국의 국제 신인도는 마치 물가가 폭락하는 것처럼 나락으로 굴러떨어졌던 것입니다. 따라서 외국인들의 눈에는 한국은 더 이상 믿을 것이 못 되는 나라로 각인되었던 것입니다.

일단 이렇게 국제사회에서 불신임되니 한국에 들어와 있던 외화가 일시에 썰물처럼 빠져나가는 것은 아주 당연한 순서였습니다. 환율은 단시일 내에 뛰어오르고 이자 또한 천정부지로 올라갔습니다. 도산하는 사업체들이 부지기수로 생겨나고, 거리는 회사에서 쫓겨난 실업자들로 넘쳐흘렀습니다. 역과 지하도는 노숙자에게 점령당하고, 고아원은 고아 아닌 고아들로 갑자기 식구가 불어나기 시작했습니다. 그것은 한마디로 대재앙이었습니다.

앞에서도 말씀드렸지만, 믿음이 결여된 경제는 천민자본주의 수준에 머물 뿐 결코 발전할 수 없음은 「국부론」의 저자인 아담 스미스의 다음 말이 입증해 주고 있습니다.

「경제는 인간의 근면함과 절약적인 도덕행위에서 비롯된다.」

우리는 지금까지 너무 천박스럽게 살아왔다고 생각되지 않으십니까? 지금까지의 한국 경제 어디에서 과연 근면과 절약적인 도덕행위를 찾을 수가 있습니까?

믿을 수 없는 것을 믿게 만들려면 오랜 세월이 필요합니다. 수십 년 동안 쌓아온 거짓말쟁이라는 이미지를 한순간에 진실된 이미지로 바꾸는 것은 절대 불가능한 일입니다. 오랜 세월 동안 피나는 노력과 자기 성찰 없이는 결코 그 이미지를 바꿀 수가 없는 것입니다.

문화를 질식시키는 또 하나의 중요한 원인을 꼽는다면 저는 교육문제를 자신있게 거론할 수 있습니다.

한국의 교육은 한마디로 문화의 싹을 도려내는데 앞장서고 있다고 단언할 수 있습니다. 한국의 학교는 전투적인 지식인들을 대량으로 생산해 내는 한낱 공장일 뿐입니다. 전투적인 분위기에서는 패배란 있을 수 없고, 오직 승자만이 기록으로 남을 뿐입니다. 여기서 타인에 대한 배려는 고려의 대상이 될 수 없습니다. 아마 한국처럼 성적 제일주의에 너나 할 것 없이 매달리고 있는 나라도 없을 것입니다. 그래서 졸업 때가 되면 아무개가 금년도 서울대학교를 수석으로 졸업하게 되었다느니 하는 기사가 도하 각 신문에 보도되는 것을 볼 수가 있습니다. 해마다 누구누구가 사법고시에 수석으로 합격했느니, 또는 최연소로 합격했느니 하는 기사도 신문지면을 빠짐없이 장식하고 있습니다. 도대체 수석합격이니 수석졸업이니 하는 것이 무슨 의미가 있습니까? 외국에서는 그런 것은 기사거리도 안 되기 때문에 신문에 보도되는 일도 없습니다. 그런 것보다는 아무 개가 무슨 논문을 발표했는데, 그 논문의 가치가 이러저러한 것이다 라는 기사가 신문에 실립니다. 성적 제일주의가 아닌, 학문연구의 결과물에 더 가치를 두기 때문에 그런 기사를 즐겨 다루는 것이라고 생각됩니다.

선진국의 경우 학교는 전투적인 지식인들을 대량으로 생산해 내는 공장이 아니라 사회에 기여할 수 있는 소금을 만들어 내는 곳으로 인식되고 있습니다. 어려서부터 이와 같은 철학의 바탕 위에서 가르치다 보니 사회의 공공선에 헌신하는 것을 당연시하고 있고, 남에게 피해를 주는 것을 금기시하고 있습니다. 남에게 피해를 주어서는 절대 안 된다 — 이와 같은 의식이 인성교육의 바탕을 이루고 있습니다. 어릴 때부터 이와 같은 교육을 가정과 학교로부터 일상적으로 배워온 외국인들은 실제로 남에게 피해를 주는 것을 극도로 싫어할 뿐만 아니라 한 걸음 더 나아가서 타인에 대한 배려와 도움을 당연시하고 있습니다.

반면 성적 제일주의와 경제 위주의 교육풍토 속에서 철저히 투계(鬪鷄)로 성장한 한국인들은 남에게 피해를 주는 것을 오히려 당연시하고 있고, 남에 대한 배려와 도움 따위는 안중에도 없는 천박하고 철면피한 시민이 되고 말았습니다.

투계는 지식인은 될 수 있으나 지성인은 될 수가 없습니다. 모두가 비싼 돈과 시간을 들여 대학교육까지 받았으니 이른바 지식인이라고 할 수 있겠지만 그 가운데 과연 지성을 갖춘 사람은 몇 명이나 될까요?

한국이 세계 최고의 교육열을 자랑하면서도 우리 모두가 외국인들에게 불신을 받아야 하고, 교양이 없고, 수치심도 모르는, 천박하고 무질서한 국민이 된 것은 교육의 기본이 이처럼

216

처음부터 잘못되어 있었기 때문입니다.

　오늘날 나라를 흔들 만큼 나쁜 짓을 자행한 자들은 하나같이 일류 대학 출신들입니다. 오죽해야 서울대 망국론이라는 말이 나오겠습니까?

　도덕성이 결여된 지식인들이 그 지식을 나쁜 데만 사용하면서 중책을 맡아왔기 때문에 국가 위기를 자초했다고 한다면 지나친 말일까요?

　교양을 갖춘 문화시민이 되기 위해서 성장기에 좋은 책들을 많이 읽어야 함은 너무나도 당연한 상식에 속하는 일입니다. 그러나 성적 제일주의에 따라 경쟁만을 부추기고 투계를 양산하는데 혈안이 되어 있는 한국 교육은 근본적으로 학생들의 독서를 봉쇄하고 있습니다. 학생들은 높은 성적을 올려 어떻게든 좋은 대학에 들어가는 것만이 목적이기 때문에 학창시절을 송두리째 입시공부에만 바칩니다. 그 결과 책 한 권 안 읽고 학교를 졸업하는 경우가 대부분입니다. 이것은 대학에 들어가서도 마찬가지입니다. 열심히 공부해서 대학에 들어간 학생들은 그 지긋지긋한 입시공부에서 해방되기 무섭게 지옥 같은 세월을 보상받기라도 하려는 듯 독서하고는 담을 쌓은 채 4년간의 대학생활을 먹고 마시고 춤추는 것으로 보내 버립니다.

　언젠가 어떤 학부형이 놀기만 하는 대학생 아들을 보다못해 그에게 공개적으로 편지를 보냈는데 신문에 실린 그 편지 내용 가운데 다음과 같은 말이 있었습니다.

　「일년 내내 책 한 권 안 읽는 네가 어떻게 대학생이라고 할 수 있느냐?!」

사랑하는 아들이 오죽 한심했으면 이런 말을 공개적으로 했겠습니까?

얼마 전 추리문학관에서는 주한 외국인들을 초청해서 한국의 문제점을 짚어보는 시간을 마련한 적이 있었습니다. 세 명의 외국인들은 모두 한국의 대학에서 교수로 재직하고 있었는데, 그들은 이구동성으로 대학생들이 해도 너무할 정도로 공부를 안하고 있다고 개탄했습니다. 공부를 안하는 대신 그들은 다른 방법으로 중간 시험과 학기말 시험에 대비하고 있는데, 그 방법이란 것이 다름 아닌 커닝이라고 했습니다. 커닝을 잘하는 학생의 성적표가 공부를 열심히 하는 학생의 성적보다 더 잘 나오는데 누가 굳이 밤을 새워 공부를 하겠습니까? 현재 대학생들의 커닝은 거의 일반화되어 있다고 합니다. 커닝으로 학사 졸업장을 따고 졸업한 젊은이가 이 사회에 나와 어떤 식으로 사회생활을 할지는 굳이 보지 않아도 알 수 있는 일입니다.

한국 대학생들의 실력이 21세기 문화국가를 건설하는데 있어서 전혀 도움이 안 될 정도로 수준 이하라는 사실은 한국의 미래를 어둡게 하는 가장 중요한 요인이라고 할 수 있습니다. 걸핏하면 거리로 뛰쳐나와 군사 독재시절에나 유효한 구호를 아직도 외쳐대는 그들의 모습을 볼 때마다 제 입에서는 한숨이 나오곤 합니다. 한국의 미래는 없다…… 저는 암담한 심정으로 이렇게 중얼거릴 때가 한두 번이 아닙니다.

문화를 이야기하는데 있어서 빼놓을 수 없는 것이 출판 분야입니다. 한 나라의 문화 수준을 이해하는데 있어서 출판이야말로 가장 중요한 핵심요소임은 말할 나위가 없습니다.

모든 문화활동은 출판을 통해서 이루어진다고 해도 과언이 아닙니다. 따라서 문화가 죽으면 다른 모든 분야도 위축될 수밖에 없습니다. 지혜를 담아낼 그릇이 없기 때문입니다.

1인당 국민소득이 3만 달러가 넘는 선진국들의 경우 현재 출판의 황금기를 구가하고 있습니다. 그러나 한국의 출판산업은 갈수록 위축되고 있습니다. 도서 판매량이 격감하고 있으니 출판시장이 얼어붙을 수밖에 없는 것입니다.

출판산업의 미래는 결국 국민들의 손에 달려 있습니다. 국민들이 책을 많이 읽으면 자연 출판이 활발해지면서 문화 전반에 걸쳐 생동감이 일게 마련입니다. 하지만 한국인은 책을 읽지 않는 국민으로 정평이 나 있습니다.

오일쇼크로 경제 위기에 봉착했을 때 일본 국민들은 독서로 그것을 극복했다고 합니다. 하지만 한국인들은 IMF 사태 때도 그랬지만 국가적인 위기에 처할 때마다 소주와 삼겹살로 위기감을 달래곤 했습니다.

책을 읽지 않는 사람들은 책값이 너무 비싸다고들 말합니다. 하지만 책 두 권 값인 1인분 갈비 값에 대해서는 군소리없이 먹어치웁니다. 웬만한 카페에서 하이트나 카프리 같은 맥주 한 병과 위스키 한 잔 값은 책 한 권 값과 거의 맞먹습니다. 그래도 값 투정하지 않고 마구 마셔대고 있습니다. 영화 한 편 감상료 역시 책 한 권 값과 거의 비슷한 수준입니다.

지금 출판사와 서점들은 붕괴상태에 있습니다. 책은 문화의 보고이자 미래의 자산이며, 거기에는 우리를 인도할 수 있는 비전이 담겨 있습니다. 만일 출판문화가 없어지면 그 결과는 어떻게 될까요? 결과는 자명합니다. 한국은 결코 선진국이 될 수 없을 뿐 아니라, 21세기에는 후진국으로 전락하고 말 것입니다.

출판사와 서점들이 고사상태에 있으니 작가들 역시 비참해질 수밖에 없습니다. 저와 가까운 작가 한 명은 견디다 못해 정부에서 지원하는 공공근로사업에 나가 하루하루 생활비를 벌고 있습니다. 그와 같은 생활이 일정기간 지나면 희망이 있을 거라는 보장도 없습니다. 아무런 보장이 없다는 그 암담한 미래가 자신을 미치게 하고 있다고 그는 말합니다.

어떤 통계에 의하면 한국 어린이들이 1년 동안에 읽는 책은 평균 10권이라고 합니다. 반면 일본 어린이들의 1년 독서량은 1백 권을 넘고 있습니다. 두 나라의 어린이들이 해마다 이와 같은 독서량을 가지고 성장해서 어른이 될 경우 그 결과는 어떻게 나타나겠습니까? 저는 그 결과를 생각하면 모골이 송연해집니다. 왜냐하면 비교가 안 될 정도로 양국 청년들의 실력차가 너무 크기 때문입니다.

엄청난 독서량으로 무장한 선진국 청년들의 머리는 풍부한 어휘력과 논리적인 사고 외에 지식 축적과 상상력의 극대화로 충만되어 있을 것입니다. 상상력은 그들이 산업 일군으로 나설 때 아이디어와 직결됩니다. 그것은 다름 아닌 아이디어 상품으로 구체화됩니다.

선진국에서 아이디어 상품이 쏟아져나오고 있는 것은 바로 이와 같은 어릴 때부터의 독서량에서 비롯된 것이라고 저는 생각합니다. 하지만 한국의 청년들은 빈약한 독서량으로 상상력이 절대 부족하고, 그래서 아이디어 상품을 만들 실력이 전무한 실정입니다. 결국 그들은 돈을 주고 외국으로부터 아이디어를 사올 수밖에 없습니다. 우리가 외국에 지불하고 있는 그 막대한 로열티란 것이 대부분 아이디어 상품값 아닙니까? 사소한 디자인까지 로열티를 물고 있을 뿐 아니라 텔리비전 프로의 경우에는 도둑질해서 베끼는 일이 비일비재합니다.

한심한 일들이 어디 한둘뿐이겠습니까? 그 가운데서도 문화행정을 살펴보면 너무 한심해서 아예 입을 다물어 버리고 싶은 심정입니다.

문화행정에 대해서는 부산시를 중심으로 간단히 살펴보겠습니다.

부산시는 이른바 「21세기 세계적인 첨단 해양도시」를 건설하겠다는 거창한 구호아래 3조 원에 이르는 천문학적인 빚더미를 안고서도 엄청난 대형 건설사업들을 실시하고 있습니다. 빚을 갚으려는 의지는 그 어디에도 보이지 않은 채 말입니다. 그러나 그와 같은 대형 건설사업 외에는 문화의 시대인 21세기에 대비한 문화투자는 눈을 씻고 봐도 찾을 수가 없습니다.

부산시가 아시안게임을 위해 쏟아붓는 돈은 자그마치 1조6천억 원. 그중 주경기장 하나만 짓는데 1천800억 원이 소요되고, 진입도로를 만드는데 6천억 원의 비용이 듭니다. 스포츠를 위해서 아낌없이 또 겁없이 쏟아붓는 국민의 이 혈세가 아시안게임이 끝난 뒤 공룡처럼 버티고 있을 그 거대한 체육시설이 보여줄 텅빈 공허감으로 나타날까봐 심히 걱정이 됩니다.

이렇게 천문학적인 돈을 쏟아붓고 있는데도 현재 부산에서는 준비가 지지부진하고 있는 가운데 아시안게임을 과연 제대로 치를 수 있을지 걱정이라는 우려가 확산되고 있고, 어쩌면 아시안게임 자체를 반납할지도 모른다는 말들까지 나돌고 있는 실정입니다.

지난 일이지만 아시안게임 유치가 확정되고, 아시안게임으로 인해 부산의 경제가 활성화되고 국제적 위상이 높아질 거라는 등 한동안 들뜬 분위기에 사로잡혀 있을 때 거기에 한술 더 떠 아예 올림픽까지 유치하자는 말이 나왔었습니다. 그래서 올림픽유치단까지 만들어 텔리비전 좌담회를 갖는 등 법석을 떨었는데, IMF 사태가 오자 올림픽 운운하는 말은 더 이상 나오지 않게 되었습니다. 결국 자기 분수도 모르고 날뛰다가 올림픽은 커녕 이제는 아시안게임까지 제대로 치를 수 있을지 어떨지 불투명하게 된 것입니다.

광안리는 해운대와 함께 주택가에 둘러싸여 있는 천혜의 해수욕장입니다. 그 앞에 현재 거대한 다리가 건설되고 있습니다. 물동량의 흐름과 차량소통을 원활히 하기 위해 8천억 원이라는 천문학적인 돈을 들여 시가 건설하고 있는 대표적인 대형 건설사업입니다. 그런데 공사초기부터 부실공사와 관계자들의 뇌물수수 등으로 말썽이 끊이지 않았습니다. 우리 나라 대형공사라는 것이 으레 설계변경이니 물가상승이니 하는 이유 등으로 나중에 가서는 공사비가 턱없이 불어나는 것을 감안할 때 8

천억 공사가 1조 원은 무난히 초과할 것이라는 것은 이미 예상
되고 있는 일입니다.

제가 만일 부산 시장이라면 그 1조 원으로 도서관을 짓겠습
니다. 부산에 1조 원짜리 도서관이 탄생한다면 어떤 일이 벌어
질까요?

우선 그 도서관은 국내 최고의 도서관이 될 것입니다. 그리고
새로운 고용창출은 물론 그 안에 들어갈 엄청난 양의 도서는
출판 등 관련분야의 발전을 촉진시킬 것입니다. 그러나 무엇보
다도 그 거대한 도서관에 축적될 방대한 양의 지식정보자료는
돈으로 환산할 수 없는 가치를 지니게 될 것이고, 후손들에게
무한한 혜택을 안겨줄 것입니다. 그와 함께 그 도서관이 부산
권에 끼치는 문화 파급효과는 지대할 것이고, 그로 말미암아
부산은 명실공히 21세기 문화도시로 급성장하게 될 것입니다.

그러나 보시다시피 막대한 예산이 엉뚱한 곳으로 봇물 터지
듯 쏟아져 나가고 있으니, 문화를 생각하는 입장에서는 참으로
안타까운 일이 아닐 수 없습니다.

여기서 중요한 것은 일국의 대통령이건 일개 도시의 자치단
체장이건 간에 문화에 대한 탁월한 안목과 철학적 사유(思惟)
를 가진 사람이 그 자리에 있어야 한다는 것입니다. 왜냐하면
대통령이나 자치단체장의 권한이 문화발전에 결정적인 영향력
을 끼치기 때문입니다. 이를테면 앞에 말씀드린 광안리 앞바다
를 가로지르는 다리를 건설하는 대신 그 돈으로 차라리 도서관
을 짓겠다는 결정을 부산 시장이 마음만 먹으면 얼마든지 할
수 있다는 것입니다.

지금 파리와 런던에는 기념비적 새 도서관이 세워졌습니다. 두 나라가 자기 나라 수도를 21세기 유럽 문화정보정책의 전초기지로 만들겠다는 야심찬 포부를 가지고 막대한 예산을 들여 경쟁적으로 세운 것입니다. 야심찬 포부를 가지고 세운 것인 만큼 건축기간도 양쪽 모두 10년 이상이 걸렸고, 그 엄청난 규모와 방대한 장서, 첨단시설 등으로 하여, 개관되기가 무섭게 이미 국가의 정신적 상징물로 자리를 잡았습니다.

파리 센강 가에 신축된 프랑스 국립도서관은 우선 그 웅대한 규모로 보는 이를 압도하고 있습니다. 2만3천여 평에 달하는 직사각형의 부지 모서리에는 높이 80m의 건물 4동이 우뚝 서 있으며, 그 건물들 사이의 중앙에는 넓다란 정원이 시원스레 펼쳐져 있습니다. 꾸밈없이 엄격한 대칭을 이루며 지면에 넓게 펼쳐진 도서관은 인간의 한계선까지 이어지는 프랑스의 위대한 논리적 전통에 따라 지어졌다고 합니다.

두 도서관 모두 대부분의 공간이 지하에 자리잡고 있습니다. 런던의 세인트 팬크라스역 부근에 들어선 대영도서관은 2만8천여 평의 부지 위에 세워졌는데, 대영박물관의 장서를 그대로 옮겨놓은 것을 비롯 방대한 장서를 소장하고 있습니다. 대영도서관은 거대한 규모에도 불구하고 기묘하게도 드러나지 않게 설계된 건물입니다. 가장 직접적인 방식으로 인문주의의 근본을 표현하고 있는 것입니다.

두 도서관 모두 건축비만 각각 2조 원 가까운 돈이 들어갔다고 하니, 문화에 아낌없이 투자하는 그들의 그 열정과 철학적 사고력이 한없이 부럽기만 합니다. 어떻든 두 도서관은 21세기 양국의 정신적 상징물로 자리잡게 되었으니, 그 국민들 입장에서는 얼마나 자부심이 대단할까 하는 생각이 듭니다. 그렇다면 우리 국민들은 어디에서 자부심을 찾아야 할까요?

우리는 세계 최고 동양 최고를 좋아합니다. 세계 최고의 금동불상을 건립했다고 떠들썩하게 잔치하는 것을 보면 우스운 생각이 듭니다. 저는 문화에서의 세계 최고를 기대하고 있지만 그런 것은 좀처럼 볼 수가 없습니다.

지난 97년 IMF사태를 맞아 나라 전체가 빈사상태에 빠져 있을 때 부산에서는 시청사가 새로 세워졌습니다. 낡은 건물 안에서 복닥거리던 시청 공무원들은 첨단시설을 자랑하는 웅장한 규모의 새 건물 안으로 이사하게 되었으니 그보다 기분 좋은 일이 없었을 것입니다. 하지만 공무원이라면 신축된 시청 건물에 대해 한번쯤 생각해 봐야 한다고 생각합니다.

시청 건물을 새로 짓는데 든 비용은 자그마치 2천700억 원이나 됩니다. 그 건물을 보는 순간 저는 심한 부조화와 행정가의 무지 내지 무감각을 보는 듯했습니다. 삶에 지친 서민들의 집들을 위압적으로 내려다보고 있는 비문화적인 관공서의 위용에서 과연 21세기 문화비전을 찾을 수 있을까? 시청은 조그맣게 짓고, 그 돈으로 세계 최고는 못 되더라도 국내 최고의 도서관을 지었더라면 얼마나 좋았을까? 그 돈으로 바닷가에 시드니 오페라 하우스 같은 것을 하나 지었더라면 얼마나 멋졌을까? 관공서는 작을수록 좋고 문화시설은 클수록 좋다는 것을 왜 모를까? 알면서 모른 척하는 것일까?

지방자치제가 시행되면서 한 가지 크게 잘못하고 있는 것이 눈에 띄고 있습니다. 꼴불견이라고나 할까요. 관공서 건물들이 우후죽순처럼, 그것도 거창한 규모로 세워지고 있다는 사실입니다. 구청이 세워지면 그 옆에 구의회 건물이 세워지고, 군청이 생기면 그 옆에 군의회 건물이 어김없이 들어서고 있습니다. 모두 국민의 혈세로 지어지거나 지어지고 있는 것들입니다. 한번 생각해 봅시다. 주민 10만 명도 안 되는 군의 의회라야 의원 숫자가 수명에 불과합니다. 그들이 일을 처리하고 회의를 하는데 그렇게 큰 건물이 무슨 필요가 있습니까? 이와 같은 낭비를 막기 위해 지방의회 기능이 필요한 것일진대 오히려 의회가 앞장서서 낭비를 조장하고 있으니 한심한 일이 아닐 수 없습니다.

외국의 경우 지방의회는 참 합리적으로 운영이 되고 있습니다. 의회 의원들은 낮에는 각자가 생업에 종사하다가 볼 일이 있으면 저녁 시간에 모입니다. 따로 의회건물이 있는 것도 아니기 때문에 지방 관청의 회의실을 하나 빌어서 회의를 합니다. 그런데도 불구하고 의회기능은 아주 원활하게 돌아가고 있고, 모두가 지역발전을 위해 헌신적으로 일하고 있습니다.

관공서 건물들만 쓸데없이 지을 게 아니라 그 돈으로 문화시설들을 세워야 한다.…… 이것은 아주 기본적인 소박한 생각입니다. 그런데도 공무원들과 의회의원들은 왜 그 생각을 못하는 것일까요?

지난 98년 미국 휴스턴 근교 텍사스 A&M대학 구내에서 조지 부시 전 대통령 기념도서관이 세워졌습니다. 12만 평의 부지 위에 8천만 달러(약 1천억 원)를 들여 세운 것입니다. 미국에서는 이처럼 임기를 끝낸 대통령을 기념하는 도서관을 세우는 것이 관례처럼 되어 있는데, 지금까지 모두 16개가 건립되었습니다. 퇴임하면 감옥에 가거나 집안에 틀어박혀 전전긍긍해 하고 있는 한국의 전대통령들에게 재임중 부정하게 숨겨놓은 그 많은 돈으로 도서관이나 하나 지을 생각은 없는지 묻고 싶습니다.

이런 것 저런 것 생각하다보니 자연 경부고속전철 생각이 납니다. 건설비용이 물경 20조 원이나 되는 그것을 생각하면 대통령의 결정 하나가 국민 생활에 얼마나 지대한 영향을 끼치는지 알 수가 있습니다. 만일 그때 고속전철을 백지로 돌리고 20조 원으로 각 시도에 1조 원 짜리 도서관이나 퐁피두센터 같은 복합문화공간 20개를 짓기로 결정했더라면 과연 어떤 상황이 벌어졌을까요?

단언하건대 한국에 르네상스 같은 일대 문화부흥운동이 일어났을 것이 틀림없습니다. 그리고 그와 같은 결단을 내린 대통령은 원대한 21세기 문화비전을 구체적으로 실현시킨 위대한 대통령으로 역사에 영원히 기억될 것입니다.

국책연구기관인 산업연구원은 문화지식산업 육성에 15조 원을 투입할 경우 1년 안에 32만개의 새로운 일자리를 창출, 실업문제와 구조조정이라는 두 가지 현안을 동시에 해결할 수 있다고 제시한 바 있습니다.

선진 외국이라고 해서 대량 실업 등 심각한 사회문제가 없는 것은 아닙니다. 그런데도 불구하고 그들은 기존의 문화를 보존하고, 가꾸고, 새로운 문화를 창조해 내기 위해 국가가 앞장서서 국민들에게 문화적인 분위기를 만들어 주고, 막대한 예산을 끊임없이 쏟아붓고 있습니다.

문화는 한 그루의 나무와 같습니다. 우리가 어린 나무를 심고, 거기에다 말라 죽지 않게 물을 주면서 끊임없이 바라는 것은 오직 한 가지, 그 나무가 무럭무럭 자라 주는 것뿐입니다. 마찬가지로 문화에 대한 투자 역시 사업에 투자하는 것처럼 반사적인 보상을 바라지 말고 그 문화가 무성하게 가지를 뻗고 한없이 자라 주기만을 기다려야 합니다.

한국은 지금까지 정치와 경제라는 거대 논리에 밀려 문화는 항상 뒷전에 밀려 있었습니다. 우리의 정치와 경제는 한마디로 괴물의 형상 그것이었습니다. 그 괴물이 발디딜 곳 없이 추락하고 있는 지금 우리에게는 비로소 문화라는 것이 한 가닥 서광처럼 다가오고 있습니다. 그것은 이제부터는 문화를 위해 정치와 경제가 존재해야 한다는 자각과 당위의 서광인 것입니다.

선진국들은 21세기를 맞아 치열한 「문화전쟁」을 치르고 있습니다. 「경제전쟁의 승패는 문화가 좌우한다.」는 말은 기 소르망, 자크 랑, 움베르토 에코, 알랭 핀켈크라우트 등 세계적인 석학들의 일치된 예언입니다.

여기서 문화를 하나의 지식산업으로서 국가가 전략산업화해야 한다는 것은 아주 당연한 주장입니다. 이 땅에 문화의 향기가 넘쳐흐르고, 그렇게 함으로써 우리의 삶의 질을 높이고, 세

계에 우리의 이미지를 훌륭하게 심어 주기 위해서는 국가가 앞
장서서 거국적으로 문화 살리기에 나서야 합니다.

앨빈 토플러도 현재의 위기에 너무 얽매여서는 더 큰 위기를
맞게 된다고 경고했듯이 현재의 위기 극복을 위해서는 장기적
인 안목으로 문제를 풀어나가야 한다고 생각합니다.

그 첫 단추를 끼우는데 있어서 도서관 확충이 무엇보다도 중
요하다고 생각합니다. 그와 함께 고사상태에 있는 출판분야의
활성화가 시급합니다.

당신은 독서광으로 알려져 있습니다. 미국의 클린턴 대통령
도 여름 휴가 때면 10권 정도의 책을 읽어치운다고 하는데, 아
무튼 책을 읽지 않기로 유명한 한국의 역대 대통령들과는 달리
책을 항상 가까이 하고 있는 당신을 대통령으로 두게 된 것이
뒤늦게나마 우리 국민들한테는 얼마나 다행인지 모릅니다.

모든 문화의 기본은 책이고, 책으로부터 문화가 출발한다는
것은 상식에 속하는 일입니다. 다양한 분야의 책들 가운데 특
히 문학 분야는 정신 세계에 지대한 영향을 끼친다는 점에서
그 중요성은 아무리 강조해도 지나치지 않습니다.

오늘의 미국이 출현하기까지에는 그 바탕에 문학과 철학이
있었습니다. 그것은 자유정신과 민주주의로 나타났습니다. 이
와 같은 정신적 바탕 위에 과학이 접목됨으로써 거대한 자본주
의의 나라 미국이 탄생할 수가 있었던 것입니다.

위에 말한 것들이 문화의 가장 기본적인 요구조건이라고 한
다면 교육은 보다 근본적인 처방책이 될 수 있다고 봅니다.

어릴 때부터 문화의식을 심어 주는 교육이야말로 문화시민으

로 성장하는데 있어서 가장 필수적인 일임은 말할 나위가 없습니다. 그러기 위해서는 고전 읽기를 지속적으로 권장함으로써 창의성과 지식을 갖추게 해야 합니다. 또한 공공의 선에 헌신하는 봉사정신을 길러 주고, 부패와 타락에 저항할 권리와 용기를 생활화시켜야 합니다.

교육의 방향을 문화 쪽으로 돌려 문화를 육성하고 문화를 향유할 수 있는 인재들을 기른다면 언젠가 이 나라는 문화의 향기로 뒤덮일 것이라고 확신합니다. 마치 나무에 물을 주듯이 문화교육에 끊임없이 묵묵히 투자한다면 언젠가 반드시 밝은 내일이 우리를 기다리고 있을 것입니다.

우리에게는 무한한 잠재력과 창의력이 내재되어 있습니다. 그러나 폭발적인 잠재력을 창의력으로 바꾸어 세계를 향해 마음껏 전진해 갈 수 있는 결집력이 없는 것이 결정적인 흠입니다. 이 흠을 메울 수 있는 것이 바로 지도자의 리더쉽과 철학입니다.

저는 각하께서 우리의 흠을 메워 줄 수 있다고 믿습니다. 당신은 탁월한 식견과 철학, 그리고 지도력을 겸비하고 있습니다. 한 가지 아쉬운 점이 있다면 당신의 남은 임기가 얼마 남지 않았다는 점입니다. 장기적인 계획과 투자가 필요한 문화정책을 놓고 볼 때 남은 임기 3년은 너무 짧습니다. 하지만 할 수 없는 일이지요. 그 동안만이라도 획기적인 문화정책을 내놓으셔서 다음 집권자가 그것을 계속해서 추진할 수 있도록 기초만이라도 닦아놓으시기를 바라마지 않습니다.

문화는 공동체 전체가 참여함으로서만이 작동되고 유지되어

나가는 것입니다. 정치 경제 종교 교육 예술 언론 등 사회의 모든 분야가 서로 협력하고 창의력을 모을 때 문화는 비로소 빛을 발할 수가 있습니다.

문화야말로 정치 경제 이데올로기 등 괴물의 그늘에 가려져 왔던 우리의 일상, 그 삶의 구체적인 모습을 생생하게 드러내 줄 수 있는 가장 인간적인 안식처입니다.

영국의 경제철학자 찰스 핸디가 그의 저서「헝그리 정신」에서 한 다음과 같은 말은 우리가 반드시 새겨들어야 할 대목이라고 생각합니다.

「자본주의는 이제 더 많은 생산성보다는 더 나은 공정성을 향해 나가야 한다. ……우리 시대의 최대의 빈곤, 그것은 바로 영혼의 결핍이다.」

편지를 한 줄 쓴다는 것이 너무 길어져 버리고 말았습니다. 괜한 것 읽으시느라고 귀중한 시간을 낭비하지나 않으셨는지요.

내친김에 한 가지 부탁 말씀드리겠습니다. 혹시 부산에 내려 오시는 길이 있으시면 추리문학관에 한번 들러 주십시오. 왕림해 주시면 수평선이 내려다보이는 창가에 앉아 따뜻한 차를 한 잔 대접해 드리고 싶습니다.

이런 부탁을 드리는 것은 조금은 안타까운 마음이 들기 때문에 말씀드리는 것입니다. 부산에는 그 잘난 정치인들이 많지만 지난 9년 동안 추리문학관에 한번 들른 사람은 단 한 명도 없었습니다. 추리문학관 바로 앞에서 차를 세워놓고 선거유세는

할망정 안에 들어와 문학관이 어떻게 꾸며져 있는지 구경하는 사람은 아무도 없었습니다. 그런 그들의 마음속에 문화라는 말이 의미있게 들릴 리가 있겠습니까? 그런 그들에게 어떻게 21세기 문화국가를 만들어달라고 기대할 수 있겠습니까?

정치인들 뿐만아니라 공무원들도 마찬가지입니다. 서울에서 문화분야를 담당하고 있는 장관이 내려올 경우 그는 지역 유지들과 호텔에서 식사나 하고 기자회견 정도 하고 나서는 그냥 상경해 버리는 것이 고작입니다. 문화현장을 직접 눈으로 돌아보는 일은 아예 하지도 않습니다. 실상을 모르고 어떻게 문화정책을 다룰 수 있는지 정말 답답하기만 합니다. 현장을 실사하지 않을 경우 지원금이 유령단체나 유명무실한 단체에 흘러나갈 수 있다는 것을 알아야 합니다. 실제로 일선 공무원들이 현장을 실사하는 경우는 거의 드문 일입니다. 모든 일들이 전화로 처리되고 있을 뿐이고, 그래서 유령단체들이 한푼이라도 더 받아내려고 기를 쓰는 일이 비일비재합니다.

저는 지난해에 영국의 엘리자베스 여왕이 안동 하회마을을 방문했던 일을 우리 정치인들과 공무원들이 귀감으로 삼아야 한다고 생각합니다. 한국의 전통이 그대로 배어 있는 시골마을을 보고 싶어서 노구를 이끌고 그곳까지 갔다는 사실은 여왕의 문화적 심성과 호기심, 그리고 안목이 얼마나 높은가를 단적으로 보여준 것입니다.

엘리자베스 여왕이나 대통령 같은 분이 문화시설을 한번 들러봄으로써 그곳에 끼치는 문화적 영향력은 돈으로 헤아릴 수 없을 정도로 지대한 것입니다. 엘리자베스 여왕이 다녀가고 나서 몇 달 후 저는 하회 마을에 가 보았습니다. 마을 입구는 몰려든 차량들로 장사진을 이루고 있었습니다. 한 시간이나 걸려 당도하니 입장료를 받고 있었습니다. 입장료는 1,600원이었습니다. 대한민국에서 마을에 들어가는데 입장료를 받는 곳은 하회마을뿐일 겁니다. 저도 모르게 하루 입장료 수입만 얼마나 될까 하고 생각해 보았습니다. 마을에는 음식점들이 즐비했고, 거의 모든 집들이 민박을 치고 있었습니다. 저는 마을을 한 바퀴 둘러보면서 「아, 바로 이것이다!」 하고 속으로 탄성을 질렀습니다. 엘리자베스 여왕이 한번 잠시 들러 줌으로써 하회 마을은 하루아침에 세계적인 명소가 되어 버렸고, 관광객들이 이렇게 구름처럼 몰려들게 되었으니, 돈을 주체하지 못하게 된 하회 마을 사람들은 얼마나 기쁠까?

엘리자베스 여왕 덕분에 하회 마을은 이제 한국에서 제일 가는 부촌이 되고 말았습니다. 이처럼 돈으로 지원하기보다는 방문 등을 통해 관심을 보여 준다는 것이 문화발전에 얼마나 큰 도움이 되는 것인지, 우리는 엘리자베스 여왕의 하회 방문을 교훈 삼아 진지하게 배워야 한다고 생각합니다.

마지막으로 20여 년 전에 발표한 단편소설 한 편을 부록으로 실으려고 합니다. 지난날 지하실 같은 곳에서 고통을 겪으신 각하의 입장에서는 고독과 굴욕이라는 한계상황에 대해 다시 한번 반추하실 수 있는 기회가 될 것으로 믿으면서 감히 일독을 권해 드리는 바입니다.

건강한 모습으로 문화복지국가를 건설하는데 심혈을 기울이

시는 각하를 보는 것이야말로 온 국민의 기쁨이라는 것을 항상
염두에 두시기를 빌겠습니다.

2000년 5월

부산 해운대 달맞이언덕
추리문학관에서 김성종 올림

- 김성종 단편소설 -

고독과 굴욕

고독과 굴욕

김성종 단편소설

그해 겨울, 사십이 넘은 우리는 상해(上海)에서 다시 만났고, 얼마 후에 곧 거사 계획에 들어갔다.

그가 나에게 처음으로 거사 계획에 관한 이야기를 들려준 그 날은 진눈깨비가 몹시 내리던 날이었다.

그날 저녁 무렵 우리는 홍구공원(虹口公園)에서 만났는데, 코밑 수염을 기른 그는 중절모에 장포 차림이어서 겉으로 보기에는 중국인 같았다.

우리는 벤치에 앉아 담소하다가 인적이 드문 곳으로 걸어갔다. 그 동안에 그는 나에게 대강 이야기를 들려준 다음 매우 신중한 태도를 보이면서, 두렵지 않느냐고 물었다. 나는 별로 그렇지는 않다고 대답했고, 그러자 그는 나에게 담배를 한 대 주

면서

「다시 한번 생각해서……참가하고 싶지 않거든 내일까지 알려 줘. 중국 친구들과 합작이기 때문에 일단 참가하고 나면 빠져나올 수 없어.」라고 말했다.

빠져나올 수 없다는 말이 나의 가슴을 짓누르면서 사태의 심각성을 말해 주고 있었다. 그러나 나는 사실 별로 두렵지가 않았고, 오히려 그런 일에 참가하게 된 데 대해 내심 긍지를 느끼고 있었다. 나오는 길에 나는 술집에 들러 몸이라도 녹이고 갔으면 했지만, 그가 이제부터는 함께 어울려 다녀서는 안 된다고 말하는 바람에 혼자서 술을 마셨다. 그런데 긴장한 탓인지 여간해서 취기가 올라오지 않았다. 그날 밤, 나는 진눈깨비를 그대로 맞으며 걸어서 집으로 돌아왔는데, 아내의 놀라는 소리를 듣는 순간 비로소 내가 두려워하고 있다는 것을 깨달았다. 나는 나도 모르는 사이에 진땀을 흘리고 있었고, 그것을 본 아내는 내가 어디 아픈 줄 알았던 모양이다.

여기서, 나에게 거사 계획을 알려준 그 친구에 대해 좀 말해야 될 것 같다. 그것은 곧 그와 나와의 관계이기도 하니까 말이다.

최태오(崔泰午)는 나와 오랜 친구였다. 고수머리에 거구인 그는 생긴 것답게 강인한 성격인데다 정의감이 강해서 항상 불씨를 안고 있었고, 그러한 점이 소심한 나에게는 매력적으로 보이곤 했다. 우리는 10년 전 함께 중국으로 건너와 항일 운동에 참가했는데, 중도에 나는 거기서 손을 떼고 가정을 꾸미며 중국 사회에 거의 안주하다시피 되어가고 있었다. 내가 하는 일이란 대학 도서관에서 책을 정리하는 일이었다. 중국으로 건너와 연경대학에서 동양사를 공부한 나는 그 덕분에 졸업 후 도서관 직원으로 채용되어 조선인치고는 꽤 안정된 생활을 꾸려나갈 수 있게 된 것이다. 수십만 권에 달하는 장서를 매일 대하는 동안 어느 새 나는 외부 세계와 담을 쌓고 완전히 책 속에 묻혀 살았는데, 특히 내가 흥미를 느낀 것은 중국공산당(中國共產黨)에 관한 모든 것이었다. 공산당의 역사, 철학, 투쟁 방식, 주역들의 움직임 하나하나가 모두 나의 흥미를 끌었다. 그렇다고 내가 거기에 동조한 것은 아니다. 나는 다만 춘추전국시대를 방불케 하는 근대 중국의 현대적 전개에 관심이 깊었을 뿐이고, 그러다 보니 그 과정에서 가장 드라마틱한 역할을 담당하고 있는 중국 공산당에 깊이 몰두하게 되었던 것이다.

이 기간 중에 나의 말상대가 되어 준 사람이 한 사람 있었는데, 대학에서 중국 역사를 강의하는 호인(胡仁)이라는 교수로 나와 같은 또래의 연배였다. 그는 매우 침착한 성품으로 학생들로부터 존경을 받고 있었고, 내가 보기에도 깊이가 있는 학자였다. 그는 항상 친일 괴뢰정권 밑에서 대학교수 노릇을 하는 것을 부끄럽게 생각하고 있었지만, 웬일인지 자리를 뜨지 않고 그대로 눌러앉아 있었다. 이러한 그를 내가 가까이하게 된 것은 무엇보다도 그가 중국 공산당에 대해 깊은 연구를 쌓고 있었기 때문이었다. 풍문에 듣기로는 호인이 정치적으로 공산당과 손을 잡고 있다는 소문이 있긴 했지만, 나는 그런 것에는 관심이 없었으므로 아무런 사심 없이 그와의 관계를 지속해 나갔다.

　내가 이렇게 학교 도서관에 처박혀 있었던 반면 최태오는 여전히 항일 지하운동에 참가하고 있었다. 그는 처음에는 중경 임시정부의 지령을 받고 움직이고 있었지만 나중에는 거의 독자적으로 과격한 테러를 감행하고 있었다. 정치적으로 그는 중립이었고, 같은 생각을 가진 조선인들과 함께 조직을 만들어 지하운동을 전개하고 있었다. 우리는 하는 일이 서로 달랐지만 오랜 친구였으므로 틈이 날 때마다 시간을 내어 만나곤 했다. 사실 나는 그를 만날 때마다 나의 안일한 생존 방식에 대해 수치심을 느끼곤 했고, 혹시 그가 나를 노골적으로 질책하지 않을까 하고 겁을 집어먹기도 했다. 그러나 그는 지하운동에 대해서는 일절 말을 꺼내지도 않고 일상적인 이야기만 하다가 돌아가곤 했다. 그의 활동에 대해서 내가 들을 수 있었던 것은 오히려 다른 친구를 통해서였다.

　그런데 최태오를 만날 때마다 사실 나는 그가 함께 지하운동을 하자고 제의해 오기를 은근히 기대하곤 했었다. 거기서 발을 뺐다가 다시 들어간다는 것이 멋적긴 했지만 나에게는 그룹에서 제외되었다는 강한 소외 의식이 항상 남아 있었고, 그래서 언젠가는 다시 손을 잡아야 한다고 생각하고 있었던 것이다. 역시 나는 조선인임을 부정할 수가 없었던 것이다. 지하운동에 대한 최태오의 침묵이 또한 나를 완전히 무시하는 것만 같아, 거기에 대한 반발심이 이는 것도 무시할 수 없는 사실이었다.

　이러한 나에게 최태오가 마침내 거사계획을 알려온 것이다. 그것도 어마어마한 계획을 말이다. 나는 별로 놀라지 않고 기다렸다는 듯이 그와 손을 잡았다. 깊이 생각해 보지도 않고 결정한 일이었지만, 나로서는 당연한 일이었다.

거사의 내용을 간단히 말하면 중국인들과 함께 상해에서 일제히 봉기한다는 것으로, 주축은 조선인들이고 중국인들은 지원 형식으로 참가하기로 되어 있었다.

이런 일을 하기에는 마침 분위기가 무르익었다고 볼 수 있었다. 일본군은 모든 전선에서 계속 붕괴되고 있었으므로 적의 점령지구에서 민중 봉기가 일어날 만도 했다. 우리는 조직을 최대한 이용하여 기름에 불을 붙인 다음 그것이 순식간에 사방으로 확산되기를 기대하고 있었다.

이런 일은 당연히 우리가 아닌 중국인들이 맡아야 옳았다. 그러나 그들은 하나의 행동을 일으키는데 있어서 우리처럼 단순하지가 않고 복잡했다. 그들에게는 장개석이 있었고, 왕정위(王精衛)가 있었다. 이 세 가지의 복합적인 요소에 의해 4억 5천만 중국인들은 둥글둥글 살아가고 있었다. 따라서 그들을 하나로 묶어 단시일에 일으켜 세운다는 것은 불가능한 일이었다.

이튿날, 나는 하루종일 집에 누워 있었다. 갑자기 입맛이 떨어져 아무 것도 먹을 수가 없었다. 아내는 걱정했지만 나는 아무 말도 하지 않았다. 저녁이 되자 몸에 열이 좀 있었다. 아내는 몸살일지 모른다고 하면서 약을 지어왔지만 나는 먹기를 거부했다. 아내는 끝내 무슨 일이 있었느냐고 물었다. 나는 웃으면서 아무 일도 없었다고 대답했다.

며칠 후 나는 최초의 모임에 참석했다. 모두 15명이었는데,

거의가 삼십대에서 사십대의 사나이들로 지하운동에 청춘을
다 바친 사람들이었다. 리더인 이장군이 그 중 가장 나이 들어
보였다. 그는 장개석군에서 장군까지 승진했다가 그곳을 나와
지하조직에 뛰어든 사람으로 아직 오십대인데도 머리칼은 반
백이 다 되어 있었고, 얼굴은 온통 주름으로 뒤덮여 있어서 첫
눈에 몹시 황폐한 인상이었다. 그러나 악수를 나누면서 보니
사람을 꿰뚫어보는 날카로운 투시력이 강렬하게 느껴지고 있
었다. 그는 검은 얼굴을 일그러뜨리면서 부드럽게 웃었다.

「오선생에게 기대하는 바가 큽니다.」

「저야 뭐 따라갈 뿐이지요.」

15명 중 두 명은 중국인이었는데, 나중에 알고 보니 그 중 한
명은 국부군 최고 첩보기관인 남의사(藍衣社) 요원이었고, 다
른 한 명은 민간 비밀결사인 청방(靑幇)의 간부였다. 남의사
요원이 뚱뚱한 모습인데 비해 청방의 간부는 아편 중독에 걸린
사람처럼 무섭게 마르고 입이 유난히 툭 튀어나와 있었다.

우리는 어느 집 별장에서 만나고 있었는데, 거사 기간 동안만
은 엄격히 술을 금하기로 했으므로 빈방에 술상 하나 없이 삥
둘러앉아 있었다. 장소가 너무 건조하고 분위기 또한 무거웠으
므로 나는 가슴이 터질 것만 같았다. 담배 연기가 방안을 자욱
히 메우고 있었지만 누구 하나 창문을 열려고 하지를 않았다.
바람에 창문이 계속 덜컹거리고 있었다.

「외국인인 우리가 상해에서 이런 일을 자청하고 나선 것은
그 동안 실의에 빠져 있던 동포들에게 희망을 심어 주고……
항일 지하전선에 새로운 전기를 마련해 주며…… 나아가서

우방에게 우리의 열망이 무엇인가를 알려 줌으로써 조국의
독립을 하루라도 빨리 이룩하자는 데 그 목적이 있습니다.」
　이장군이 처음 참석한 나에게 들으란 듯이 말했다. 나는 잘
알겠다는 듯이 고개를 크게 끄덕거렸다.
　「일제의 모든 기관을 무조건 파괴해야 합니다. 경찰, 헌병 등
닥치는 대로 사살해야 합니다. 이 지역에서만은 씨를 말릴
생각으로 해치워야 합니다.」
　「만일 중국 경찰이 방해하면 어떻게 하지요?」
　누군가가 이장군에게 물었다. 여기서 말하는 중국 경찰관이
란 친일 괴뢰정권의 경찰을 가리키는 것이었다. 이장군은 고개
를 돌려 중국인들을 바라보았다. 남의사 요원이 입을 열었다.
　「중국 경찰도 해치우십시오. 만일 중국 민간인들과 충돌이
일어나면 우리가 막겠습니다. 미리 손을 써 두긴 하겠습니다
만……」
　이것은 조선인들이 난동을 부리는 것으로 오해되어 잘못하다
가는 중국인들의 반발을 사게 될까봐 하는 말이었다. 청방의
간부도 그것은 염려 말라는 듯이 고개를 끄덕여 보였다.
　중국인들은 그들의 지원 한계를 분명히 했다.
　「우리는 조직적인 동원이 불가능합니다. 또 희생이 크기 때
문에 상부에서도 허락치를 않습니다. 다만 연락 업무나 정보
제공 같은 것은 얼마든지 해드릴 수 있습니다.」
　「만일 거사 후에 중국인들이 자발적으로 봉기하면 어떻게 할
것인가요?」
　「그때는 불이 붙게 내버려두겠습니다. 사실 우리도 그렇게

되기를 바라고 있습니다만……」

「우리는 희생을 각오하고 있습니다.」

「부럽습니다. 그렇지만 우린 그렇게 할 수가 없습니다.」

「다른 무엇보다도 무기 지원만은 꼭 해주셔야겠습니다.」

이번에는 최태오가 강경한 어조로 말했다. 중국인은 고개를 흔들었다.

「동원할 수 있는 조선인은 몇 명이나 되지요?」

「각지에서 모으면 약 1천 명 선은 확보할 수 있습니다.」

「무기 지원은 불가능합니다. 상부에서 허락을 내리지 않습니다.」

「그렇다면…… 공산당 쪽에 알아봐야겠군.」

태오의 말에 방안에는 금방 무거운 침묵이 흘렀다.

이윽고 중국인이 말했다.

「우리는 여기에 공산당이 개입하는 것을 바라지 않습니다. 그렇지만 그들이 무기를 제공해 준다면 우리로서는 하는 수 없는 일이지요. 그건 당신들의 자유이니까요.」

이야기는 구체적으로 들어갔고, 각자의 임무에 대해서 다각도로 검토가 시작되었다. 중국인들이 먼저 자리를 뜬 다음에야 이장군은 나를 가리켰다. 그는 누구에게나 마찬가지로 부드럽고 예의바르게 말했다.

「오선생은 현재 연경대학 도서관에 근무를 하고 계시지요?」

「그렇습니다.」

「그 대학의 호인 교수와 가까운 사이지요?」

나는 내심으로 적잖게 놀랐다. 그러나 내색은 하지 않고 대답했다.

「잘 알고 있습니다만, 그렇다고 깊은 사이는 아닙니다.」

「우리가 잡은 정보에 의하면 그는 연안(延安)과 선이 닿고 있습니다.」

나는 더욱 놀랐다. 그렇다면 그가 공산주의자라는 소문은 낭설이 아니지 않은가.

「호인의 아버지 호웅(胡雄)은 역시 학자였는데, 반장(反蔣) 운동 주모자로 체포되어 처단되었지요. 따라서 그 아들 호인이 장개석에 대해 호감을 가질 리가 없지요.」

이것 또한 나로서는 처음 듣는 말이었다. 이장군은 잠깐 내 반응을 살피다가 이어서 말했다.

「오선생에게 부탁하고 싶은 것은 호인을 통해서 공산당에게 우리의 의사를 전해 달라는 겁니다. 바로 아까 말한……무기 지원 문제를 타진해 주셨으면 합니다. 무기 구입은 지금 제일 중요한 문제입니다.」

나는 한 대 얻어맞은 기분이었다. 이제야 내가 조직에 들어온 이유를 알 수가 있을 것 같았다. 태오를 보니 그는 심각한 표정으로 나를 응시하고 있었다.

「어쩌면 공산당은 우리를 적극 지원해 줄지도 모릅니다. 상해에서 주도권을 잡기 위해서 말입니다. 어떻든 좋습니다. 우리는 무기가 필요하니까요.」

「알겠습니다.」

그것이 얼마나 어려운 일인가를 알았지만 나는 난색을 표하지 않고 그것을 맡기로 했다.

　이장군은 나를 가만히 바라보다가 매우 거북스러운 듯 다시 입을 열었다.

　「오선생도 잘 알겠지만, 우린 모두 가난한 사람들 아니오. 자금이 필요한데 우리 능력으로는 안 되겠고, 그래서 돈 있는 인사가 한 분 필요해요. 내 주위에도 돈 있는 사람이 두서넛 있긴 하지만 이런 이야기를 하면 아마 기절해 버릴 거요. 아주 가깝고 이해해 줄 수 있는 사람이 필요한데……」

　이장군은 말을 맺지 않은 채 나를 지그시 바라보았다. 나는 이장군이 나에 대해서 이렇게 소상히 알고 있는 데에 다시 한 번 놀랐다. 최태오를 바라보자 그는 의미있게 고개를 끄덕거려 보였다. 이장군이 다시 말했다.

　「오선생한테 너무 부담이 큰 것 같은데……」

　「괜찮습니다.」

　「형님은 지금 연세가 어떻게 되셨나요?」

　나는 얼른 생각이 나지 않아 좀 머뭇거리다가 대답했다.

　「아마 쉰은 넘었을 겁니다.」

　「자주 만나지 않나 보지요?」

　「만난 지 오래됩니다.」

　「그럼 어렵겠군요.」

　「한번 이야기해 보겠습니다.」

　「아무래도 친형제간이니까 이야기하기가 쉽겠지요. 거절당하더라도 비밀이 샐 염려는 없을 거고……. 마땅한 사람이 없어서 그런 거니까 이선생이 한번 설득해 보시지요.」

　형은 나보다 훨씬 먼저 중국으로 건너와 닥치는 대로 돈을 번 사람이었다. 사업의 대종은 아편 밀매로 지금은 해운업에까지 손을 대고 있었다.

그러한 형에게 어마어마한 청탁을 가지고 찾아가야 하는 것이다. 나는 동지들에게 형과 나와의 관계를 이야기할 필요는 없다고 생각했다. 불가능하다고 생각되는 것을 가능한 것으로 만들어 놓아야 하는 것이 우리들의 임무라고 생각했기 때문이다.

나는 이장군에게 형을 설득해 보겠다고 약속했다. 이렇게 내가 약속을 해버린 데에는 내 나름대로 생각하는 바가 있었기 때문이다. 형의 배짱과 모험심, 그리고 나의 오랜만의 부탁이 어쩌면 그를 움직일지도 모른다고 나는 생각했던 것이다.

그로부터 사흘 후 오후 늦게 나는 호인 교수의 연구실을 찾아 갔다. 교수는 소파에 기대앉아 책을 보고 있다가 안경을 벗으면서 나를 맞았다.

나는 맞은편에 앉아 그가 따라 주는 뜨거운 엽차를 후후 불어 가면서 몇 모금 마시다가 그만 그것을 떨어뜨리고 말았다. 컵이 깨어지고, 나는 뜨거운 물에 허벅지를 데어 어쩔줄을 몰라 했다. 교수는 새로 잔을 꺼내 엽차를 따라주면서 나를 지그시 바라보았다. 나는 더 머뭇거리기가 싫어 입을 열었다.

「부친에 대해서 이야기를 들었습니다. 어떻게 해서 돌아가셨 는지에 대해서 말입니다.」

교수는 약간 놀란 표정이었다. 그러나 이내 침착을 되찾으면서 부드럽게 고개를 저었다.

「벌써 오래된 일이라 생각하고 싶지 않습니다.」

「그러시겠지요. 만일 호교수께서 이곳을 떠나신다면 어디로 가시겠습니까? 장개석한테 가시겠습니까?」

「아마 그러지는 않을 겁니다.」

「그럼 연안으로 가시겠군요?」

「글쎄요.」

교수의 얼굴에서 웃음이 사라지고 있었다. 나는 허벅지를 손바닥으로 비벼댔다.

「좀더 솔직하게 이야기를 나누고 싶습니다. 저는 중국인이 아닙니다.」

「그건 문제가 안 됩니다. 언젠가 우리는 하나가 될 겁니다. 지금은 남남이지만 반드시 그렇게 될 겁니다.」

「그렇다면 약소 민족을 도와야 합니다.」

「물론 도와야지요. 그렇지만 약소 민족 스스로가 먼저 자각해서 행동해야 합니다. 도서관에 매일 앉아 있는다면 도와줄래야 도와 줄 수가 없습니다.」

나는 얼굴이 화끈 달아올랐다. 마침 그가 담배를 권했으므로 나는 한숨을 돌릴 수가 있었다.

「만일 행동으로 나서고 싶은 일단의 조선인들이 무기를 필요로 한다면 중국인들은 지원할 수 있습니까?」

「반드시 지원해 줄 겁니다. 그들은 언제나 약자를 지원하고 있으니까요.」

교수의 얼굴은 표정이 없이 조용했다. 나는 용기를 얻어 한 발짝 더 접근했다.

「만일 조선인들이 상해 거리에서 봉기한다면 이해할 수 있을까요?」

「이해할 수 있지요.」

「이해할 뿐만 아니라 중국인들도 함께 동조해 줄 수 있을까요?」

「거기엔 조직이 필요합니다. 중국인들은 피해의식이 있기 때문에 외국인에 대해서는 배타적이니까요. 그렇지만 조직은 그렇지 않습니다. 그들은 이론에 따라 행동하니까요. 그들이 움직이면 일반 대중들도 따라오게 됩니다.」

나는 담배를 비벼 끄고 나서 두 손을 맞잡았다.

「좋은 친구를 한 사람 소개시켜 주실 수 없습니까?」

「글쎄, 저한테는 그럴 만한 친구가 없습니다. 그렇지만 만나시게 되겠지요.」

그는 갑자기 냉담해진 것 같았다. 나는 다시 엽차 한 잔을 따라 마신 다음 그곳을 나왔다.

그날 밤 나는 늦도록 돌아다니며 술을 퍼 마시다가 통금에 걸려 중국인 경찰에게 끌려갔다. 전시였으므로 통금 위반은 엄하게 다스려지고 있었다. 연행되어 가는 도중 나는 술김에 경관에게 시비를 걸었고, 경찰서에 들어가서도 욕설을 퍼부었던 모양이다. 그리고 따귀를 한 대 얻어맞고 잠이 들었던 것 같다. 이튿날 나는 즉결 심판에서 구류 3일을 선고받고 유치장에 들어갔다.

유치장 속에 웅크리고 있었던 사흘 동안 많은 생각이 나를 괴롭혔다. 그때 처음으로 그 일에 대해서 회의가 싹텄다. 내가 후회하고 있는 것을 알고 나는 깜짝 놀랐다. 그러나 일단 후회를 하기 시작하자 그것은 걷잡을 수 없이 나를 뒤흔들었다.

사흘 후 초라한 모습으로 집에 들어가자 아내는 눈물부터 흘렸다. 아내를 걱정시켜서 미안했지만 나는 창피해서, 사흘 동안 집에 못 돌아온 까닭을 말해 주지 않았다. 아내도 내가 말을 하지 않자 캐어묻지는 않았지만 몹시 서운해 하는 눈치였다. 말없이 사흘씩이나 외박한 적이 없었던 만큼 아내에게는 충격이 컸던 것 같았다. 아내는 내가 갑자기 변해 버렸다고 생각했을 것이다.

내가 외출하면 아내는 완전히 혼자가 되곤 했다. 아내는 아기를 낳지 못했으므로 우리는 단 두 식구뿐이었다. 따라서 혼자 지낸다는 것은 더없이 쓸쓸한 일이었을 것이다.

아내는 지금 세상에 없다. 결국 나의 일에 관계되어 아내는 죽은 것이다.

다시 며칠이 지났다. 그날은 아침부터 눈이 내리고 있었다. 날이 저물어 도서관을 나온 나는 형을 만나러 가기 위해 큰 길가에서 택시를 기다리고 있었다. 그런데 갑자기 골목에서 두 사람이 나타나 양쪽에서 내 팔짱을 끼고 조용히 말했다.

「할말이 있으니까 같이 좀 갑시다.」

「당신들은 누구요?」

그들은 중국인들이었다. 내가 뿌리치려고 하자 그들 중의 하나가 권총을 꺼내들고 내 옆구리를 쿡 찔렀다.

「잠자코 따라와.」

승용차 한 대가 급히 다가와 서더니 문이 열리고, 나는 안으로 처박혔다. 그들은 내 눈을 가린 다음 어디론가 데리고 갔다. 차가 달리는 동안 아무도 나에게 말을 거는 사람이 없었다. 나는 너무 놀라고 있었으므로 냉정을 되찾으려고 기를 쓰고 있었다. 그들이 누구이며 왜 나를 납치해 가는지 나로서는 알 수가 없었다. 중국 경찰이 아닐까 하고 생각되었지만 이렇게 눈까지 가리고 데리고 가는 걸 보면 그렇지도 않은 것 같았다.

반 시간쯤 지나 차에서 내린 나는 층계를 올라가서야 눈에 가린 것을 풀 수가 있었다. 먼저 내 눈에 들어온 것은 한 젊은 사내였다. 그는 탁자 앞에 반듯이 앉아서 나를 똑바로 바라보고 있었다. 준수하게 생긴 얼굴이었다. 나를 데리고 온 두 사내는 조금 떨어진 곳에 서 있었다. 창문에는 커튼이 드리워져 있었고 천장에는 뿌옇게 먼지가 낀 전등이 하나 높이 걸려 있었다.

「이렇게 강제로 오시게 해서 죄송합니다. 용서하십시오.」

젊은이가 매우 정중하게 말했다. 나는 그를 쏘아보았다.

「당신들은 누구요? 왜 나를 여기에 데리고 왔지요?」

「사실은 우리의 도움을 바라신다기에 한번 만나 뵙고 싶었습니다.」

나는 비로소 그들의 신분을 짐작할 수 있었다.

「그렇다면 당신들은 호인 교수로부터 이야기 들었나요?」

「우리는 호인 교수가 누군지 모릅니다.」

청년은 표정 하나 흐트러뜨리지 않고 거짓말을 하고 있었다.

「그럼 누구한테 이야기를 들었지요?」

「그런 건 아무래도 좋지 않습니까?」

하긴 그렇다고 나는 생각했다.

「당신들은 상해에 조직을 가지고 있습니까?」

「가지고 있습니다. 조직은 날로 확대되어 가고 있습니다」

「남의사와는 어떤 관계에 있습니까?」

「우리는 참고 기다립니다. 숙적이라 해도 필요할 때는 손을 잡고 일합니다. 지금은 힘을 합쳐 일본과 싸워야 할 때니까요.」

그는 자기를 장(張)이라고 소개했다. 나는 내 이름을 대지 않았다.

「당신들의 조직을 이용할 수 없을까요? 우리도 조직을 가지고 있지만 역시 조선인이라 제약이 많습니다.」

「그야 어렵지 않습니다. 우리는 조선인들을 최대한으로 지원할 방침을 세우고 있습니다. 먼저 좀더 자세한 내용을 듣고 싶습니다.」

나는 주저할 필요가 없다고 생각했다. 그래서 터놓고 이야기해 버렸다.

「많은 무기가 필요합니다. 상해를 불태울 수 있는 무기 말입니다.」

「누가 또 당신들을 지원하고 있나요?」

「남의사와 청방입니다.」

「든든한 지원 세력이군요.」

「그렇지만 그들은 무기 지원을 거절했습니다. 그래서 우리는 당신들의 도움을 청하는 겁니다.」

「좋습니다. 얼마든지 지원해 드릴 수 있습니다. 무기 지원만이 아니라 인력도 지원해 드리겠습니다.」

장은 자신있는 어조로 말했다. 그는 상해를 담당하고 있는 캡 (세포 책임자)인 것 같았다. 그러나 그가 너무 쉽게 대답했기 때문에 나는 그의 말이 믿어지지가 않았다.

「약 1천 명을 무장시킬 수 있는 무기가 필요합니다. 소총만 가지고는 안 되겠지요.」

「물론이지요. 그런데 1천 명 정도로 상해를 점령할 수 있다고 생각하십니까?」

「무리한 일이지요. 그렇지만 일단 우리가 성공하면 중국인들이 동조하리라고 믿고 있습니다. 그러니까 우리는 휘발유에 불을 당겨 주는 역할만 하는 겁니다.」

「대중이 호응을 한다 해도 그들은 조직적이 아니기 때문에 적을 막을 힘이 없습니다. 금방 무너지고 말 겁니다. 결국 헛된 희생만 초래하게 되지요. 그들을 제쳐 놓고, 조선인 1천 명이 일시적으로 상해를 점령한다 해도 도로 빼앗기고 말 겁니다.」

「그건 각오하고 있습니다. 어떠한 희생도 각오하고 있습니다.」

말은 이렇게 했지만 사실 나는 희생되는 것을 원치 않았다.

「우리와 손을 잡으면 희생을 최소한도로 줄일 수가 있을 겁니다.」

「어떻게 말입니까?」

「일단 성공하면 그 뒤는 우리가 맡겠습니다. 우리는 인원과 장비를 최대한으로 동원해서 상해를 방어할 수 있습니다. 그리고 상해를 중심으로 방어선을 확대해 나가는 겁니다.」

「정말 그렇게만 될 수 있다면 좋겠습니다만……」

「그런데 그 전에 조건이 있습니다.」

「뭡니까?」

「지원은 전적으로 우리가 맡을 테니까 다른 조직과는 손을 끊으십시오.」

「남의사와 청방 말입니까?」

「그렇습니다.」

나는 섣불리 대답할 수가 없었다. 그래서 이렇게 되물었다.

「적은 일본이 아닙니까? 서로 협동해서 일하면 더 좋을 텐데요. 아까 말하기를 서로 손잡고 일할 때라고 하지 않았습니까?」

「결국 마찬가지 말입니다. 남의사는 일본군보다 우리를 더 미워하고 있습니다. 우리는 되도록 회피하고 있지만 그들은 일부러 싸움을 걸어옵니다. 만일 이번 일에 함께 일한다면 반드시 마찰이 일어날 것이고, 그렇게 되면 모든 것은 수포로 돌아가고 맙니다. 그것을 피하기 위해서 우리는 우리 단독으로 당신들을 도우려 하는 겁니다.」

「글쎄, 그 문제에 대해서는 나 혼자 결정할 일이 못 됩니다.」

「물론 그러시겠지요.」

나는 장과 다음 번에 만날 시간과 장소를 정하고 그곳을 나왔다. 그들은 역시 나의 눈을 가린 다음 나를 시내 중심가에 데려다 놓고는 가 버렸다. 헤어질 때 장은 리더의 이름을 물었지만 나는 가르쳐 주지 않았다. 그는 나보다는 결정권이 있는 인물을 만나고 싶다고 말했다.

254

이튿날 나는 태오를 만나 장과의 대담을 이야기하여 주었다. 공산당 상해 지부 캡을 만났다고 하자 그는 깜짝 놀라면서 심각하게 내 이야기를 들었다. 그리고 이야기가 끝나자 무릎을 치면서 좋아했다.

「아주 썩 잘됐어. 잘 다루면 양쪽에서 지원을 받을 수 있겠어. 그들은 우리를 이용해서 먼저 상해를 지배하려고 들겠지만 그럴수록 우리한테는 유리해. 공산당이 우리한테 무기를 대줄 거라고 하면 국민당도 가만 있지 않을걸. 미제 무기를 잔뜩 안겨 주겠다고 나설 거야.」

태오는 다음에 장을 만나러 갈 때 꼭 함께 가야 한다고 다짐했다.

오후에 나는 형을 찾아갔다. 오랜만에 보는 형은 많이 비대해져 있었다. 첫눈에도 돈 많은 사람의 체취가 풍기고 있었다. 얼굴 모습도 많이 가꾸어 눈에는 번쩍거리는 금테 안경을 끼고 있었고 코밑에는 수염도 기르고 있었다. 나를 보자 형은 반색을 했다. 자기를 철저히 멸시해 온 동생이 찾아와 준 데 대해서 매우 감격한 것 같았다. 형은 나를 어느 일류 음식점으로 데리고 갔다.

술을 조금 마시고 나서 나는 여자들을 나가게 했다. 그때까지 걸걸한 목소리로 의례적이고 일상적인 이야기를 늘어놓던 형은 얼굴빛을 고쳐 나를 바라보았다. 중대한 용건인 줄 눈치챈 모양이었다.

나는 어떤 식으로 이야기를 꺼내야 할지 난감했다. 형을 만나

러올 때부터 그것을 생각해 보았지만 적당한 방법이 떠오르지 않았다. 즉물적인 형에게는 차라리 툭 털어놓는 것이 나을지도 몰랐다. 그것이 오히려 잘 통할 수가 있었다.

「이건 생사가 달려 있는 매우 중대한 겁니다. 그러니까……
비밀을 지켜야 합니다.」

나는 결국 이렇게 이야기를 꺼냈다. 형은 주위를 둘러보고 나서 조금 틈이 벌어져 있는 문을 꽉 닫았다.

나는 민족이니 양심이니 하는 말은 쏙 빼버렸다. 형에게는 그런 말이 통하지도 않았고, 할 필요도 없었다. 다만 나는 일이 진행되고 있다는 것, 그리고 자금이 필요하다는 것 등을 이야기했다. 형은 안경을 벗더니 눈을 꿈벅거렸다.

「그러니까 나보고 자금을 대란 말인가?」

「그렇지요.」

형은 안경을 끼더니 나를 의아하게 쳐다보았다. 마치 나를 처음 보는 것처럼 찬찬히 살폈다. 나는 형의 배짱과 모험심이 낚시에 걸려들기를 기대하면서 초조하게 형을 마주 바라보았다. 이윽고 형이 입을 열었다.

「넌……미쳐도 단단히 미쳤구나.」

중얼거리듯 나직이 한 말이었기에 나는 말을 잘못 알아들은 줄 알았다. 그러나 형은 목소리를 높여 분명히 말했다.

「미쳤어. 큰일이다. 큰일……. 발각되면 어떻게 되는 줄 알지?」

형의 눈에 공포의 빛이 짙게 나타나고 있었다. 나는 술 한 잔을 쭉 들이켰다.

「그렇게 한마디로 거절하지 말고 잘 생각해 보세요.」

「뭐라구? 허어 참, 기가 막혀…… 미쳐도 유만부동이지.」

「뭐가 미쳤단 말인가요?」

「그럼 지금 네가 정상이라고 생각하냐?」

「뭐라구요?」

나는 화가 나서 형을 노려보았다.

「야, 무섭다. 무서워. 이젠 네가 그렇게까지 됐냐?」

「제가 타락했단 말인가요? 한심하군요. 그 따위 돈을 모아둬서 뭘 하겠다는 겁니까? 여기까지 찾아온 내가 바보지.」

벌떡 일어서서 나가려는 나를 형이 붙들어 앉혔다.

「그, 그러지 말고 좀 앉아. 네가 어리다면 좀 때려 주고 싶다만……」

나는 앉아서 숨을 몰아쉬었다. 아무렇게나 말을 내뱉어도 마음에 부담이 안 가는 것은 역시 같은 피를 나눈 형제이기 때문일까.

「오랜만의 네 부탁이고 해서 나도 사실은 도와주고 싶다. 그렇지만 이건 도와줄 수 없는 일이야. 이건 정말 사람잡는 일이야. 내 심정을 알아 줘.」

「됐습니다. 없었던 걸로 하죠. 이젠 그 이야기는 그만합시다.」

「아, 아니야. 이건 덮어둘 수 없는 일이야.」

「덮어둘 수 없다니요?」

「내 동생이 거기 참가하고 있다는 건 그냥 넘길 일이 아니야.」

「쓸데없는 생각하지 마세요. 형님이 상관할 일이 아니니까.」

「상관 안하게 됐냐. 제발 내 말 좀 들어봐. 그런 일하다가 잡히면 극형이야. 그러지 말고 넌 할일도 없는 모양이니까 내 사업이나 도와 줘. 차도 한 대 내주고 집도 한 채 준비해 줄 테니까 나와 함께 일하자. 딴사람 쓰느니 너를 쓰는 게 낫지. 잘 생각해 봐. 얼마든지 편히 살 수가 있는데 뭣 때문에 그런 위험한 짓을 하는 거냐? 네가 붙잡히면 나까지도 여기에 발붙이고 살 수가 없어.」

나는 더 이상 이야기할 필요가 없다는 것을 깨달았다. 형이 계속 말했지만 내 귀에는 더 들리지 않았다.

바로 그 다음날 형의 도움으로 살아가고 있는 일가 친척들이 집으로 몰려왔다. 그들은 조국을 떠나 하는 일이 없이 상해 거리를 방황하는 사람들이었다. 이미 약속이 되었는지 형도 나타났다.

그들은 하나같이 나에게 그 일에서 손을 떼라고 말했다. 나는 소문이 이렇게 퍼진 것을 알고는 깜짝 놀랐다. 형의 짓이라고 생각하자 더욱 화가 났다.

「미안한 일이지만……내 말은 들을 것 같지 않고, 그렇다고 덮어둘 수도 없어서 가족회의를 열려고 이렇게 모인 거니까 생각을 고치도록 해봐. 이건 너 혼자 일이 아니야. 우리 모두한테 피해가 가는 일이야.」

형에게 분노를 폭발해 보았자 쓸데없는 짓이었다. 어금니를 깨물고 있는 나에게 친척들은 집중적으로 비난의 화살을 퍼부었다. 나이 많은 노인들은 몹시 화까지 내고 있었다.

사람의 마음이란 의지대로 안 따르는 모양이다. 귓가에도 들리지 않던 말을 자꾸만 반복해서 듣게 되자 나의 마음은 흔들리기 시작했고, 얼마 후에는 걷잡을 수 없이 무너져 버리고 말았다.

무엇보다도 아내의 눈물이 나를 크게 자극하고 있었다. 아내는 그날 이후 아무 것도 입에 대지 않은 채 계속 울기만 했다. 무슨 일이 일어나면 자기도 죽겠다는 것이었다.

「어쩌시려고 그런 일에 가담하시는 거예요? 당신이 잡혀가는 거 생각하면 무서워요!」

두렵기는 나도 마찬가지였다. 전보다 더 격심하게 나는 회의를 느꼈다. 그와 함께 후회의 마음이 일었다. 친척들은 계속 찾아오고, 이러다가는 내 쪽에서 먼저 비밀이 새나갈 것 같았다. 나는 밤이면 비겁하고 약한 사내가 되어 악몽에 시달렸다. 어떻게 해야 할지 내 자신이 판단이 서지 않았다.

거사는 실패하고야 말 것이라는 생각이 장벽처럼 내 앞을 가로막기 시작했다. 일단 이렇게 전제하고 나자 동지들의 행동이 무모하기 짝이 없게만 보였다. 열정만 가지고 그런 어마어마한 일을 꾸민다는 것이 한없이 어리석게 생각되었다.

며칠 후, 나는 태오와 함께 약속 장소로 장을 만나러 갔다. 우리가 만난 곳은 어느 중국 음식점이었다.

나는 태오를 장에게 소개시켜 준 다음 뒷전에 물러앉았다. 이미 나는 그 일에서 물러날 준비를 하고 있었다.

그들은 나를 제쳐 놓고 활발히 이야기를 전개해 나갔다. 나는 다행이라고 생각했다. 장은 남의사와 청방을 끌어들이지 않는다는 조건으로 무기를 지원하겠다고 말했다. 리더를 만나 다짐을 받은 후 우선 일본군으로부터 노획한 구식 장총 5백 자루를 보급해 주겠다는 것이었다.

돌아오는 길에 태오는 나에게 이렇게 말했다.

「어제 남의사를 만나 이야기했더니 잠깐 기다려 달라는 거야. 무기 문제를 다시 상부에 문의해 보겠다는 거야. 공산당이 무기를 대준다니까 안 되겠다고 생각한 모양이지. 이렇게 된 이상 공산당과는 결정을 보류하고 시간을 좀 끌어야겠어. 만일 국민당이 무기 지원을 약속한다면 그쪽 무기가 공산당 것보다는 훨씬 성능이 우수하지. 미제니까 말이야. 같은 값이면 기관단총을 요구해야겠어.」

나는 무엇인가 틀어질 것 같은 예감이 들었다. 태오가 생각하는 것 이상으로 그들도 계산을 하고 있을 것이다.

이튿날부터 나는 도서관에도 나가지 않고 집안에 들어앉아 버렸다. 이미 나는 지탄을 받더라도 할 수 없다고 생각하고 있었다. 무엇보다도 나는 결과가 두려웠던 것이다.

모임에서 계속 연락이 왔다. 그러나 나는 몸이 불편하다는 것을 핑계로 참석하지 않았다.

그러던 어느 날, 나는 태오의 심한 질책을 받고 하는 수 없이 모임에 참석해야 했다. 장소는 처음 모임을 가졌던 교외의 그 별장이었다. 밤 8시에 나는 별장 안으로 들어섰다.

나를 보는 순간 동지들의 표정이 차갑게 굳어지고 있었다. 태오도 나를 날카롭게 쏘아보고 있었다. 나는 이젠 맞아죽더라도 거취를 분명히 해야 한다고 생각했다. 그렇게 생각하자 마음이 좀 가라앉는 것 같았다.

「오선생, 많이 불편하시다고 들었는데 괜찮소?」

이장군이 물었다. 여전히 부드러운 말씨였지만 불만이 담긴 것을 나는 느낄 수 있었다. 나는 장군의 시선을 피하면서 입을 열었다.

「참석하지 못할 만큼 불편하지는 않았습니다.」

내 스스로도 맹랑하다고 생각되는 대답이었다. 의아하게 쳐다보는 그들을 향해서 나는 자학적인 기분을 맛보면서 말을 이었다.

「그 동안 생각해 본 건데……아무래도 역부족을 느껴 저는 이번 일에서 빠져야 될 것 같습니다. 매우 부끄럽고 죄송합니다. 능력도 없는 놈이 이런 일에 끼여들어 분위기만 흐려놓은 것 같습니다. 죄송하기 짝이 없습니다. 질책을 하셔도 할말이 없습니다. 하시는 일이 부디 잘되길 빌겠습니다. 비록 그만두더라도 마음만은 항상 이곳에 있겠습니다.」

나는 지금 문제도 어렵게 되었다고 덧붙여 말했다. 너무 어이없고 충격적인 말이었는지 아무도 대꾸하는 사람이 없었다. 한동안 무거운 침묵만이 방안을 가득 채우고 있었다. 나는 숨이 막힐 것만 같아 무엇이든 한마디 더 하지 않고는 배길 수가 없었다. 그래서

「이유는 묻지 말아 주십시오.」

하고 말했다. 그때 잠자코 나를 노려보던 태오가 권총을 빼 들

고 일어섰다.

「시끄러! 이 비겁한 자식!」

나는 단순히 위협인 줄 알고 멀거니 그를 쳐다보기만 했다. 그러나 그는 정말 나를 죽일 셈이었는지 권총을 발사했다. 방 안이었기 때문에 총소리는 굉장히 컸다. 너무 커서 귀청이 터지는 것 같았다. 나는 얼결에 쓰러졌고, 그러한 나를 향해 태오는 다시 권총을 쏘려고 했다.

「이게 무슨 짓들이오?!」

이장군이 놀라서 우리들 사이를 가로막으면서 태오로부터 권총을 빼앗았다. 누군가가 나를 부축하여 일으켰을 때에야 나는 비로소 어깨에 총을 맞은 것을 알았다.

「이 자식아! 나가! 당장 나가란 말이야! 나가지 않으면 죽여 버릴 테다! 네놈을 친구라고 끌어들인 내가 잘못이지.」

이장군과 다른 동지들이 말리는 것도 듣지 않고 태오는 나를 죽여 버리겠다는 듯이 길길이 뛰었다. 끌리다시피 밖으로 나가는 나를 향해 그는

「이 비겁한 놈, 겁쟁이, 함부로 입 놀리면 아가리를 찢어놓을 테다!」

하고 소리쳤다.

그 길로 나는 병원에 입원했다. 상처는 그렇게 깊지 않아 대수로운 것이 못 되었지만, 그 사건이 나에게 준 충격은 너무도 컸다. 나는 내 자신에 대해 그때처럼 혐오감을 느낀 적이 없었고, 그래서인지 앞으로의 생활에 대해 아무런 의욕도 자신감도 일지 않았다.

태오로부터 받은 멸시와 모욕은 나로서는 당연한 것이었기 때문에 나는 그에게 아무런 감정도 가질 수가 없었다. 나는 그를 가능한 한 잊으려고 노력했다. 그것이 바로 괴로움을 잊는 길이기도 했다.

적막하고 괴로운 하루하루가 지나갔다. 나는 아무 하는 일 없이 집안에서만 지냈다. 밖에 나가는 것조차 꺼려했다.

아내는 내가 그 일에서 손을 떼고 집에 틀어박혀 있자 매우 만족해 하는 눈치였다. 그녀는 내가 또 엉뚱한 짓을 할까봐 몹시 조심하면서 나를 극진히 보살폈다. 그럭저럭 내 마음도 안정되어 가는 것 같았다.

그러던 어느 날, 진눈깨비가 몹시 내리던 밤 최태오가 느닷없이 나를 방문했다. 나는 매우 당황하면서도 반가웠다. 그는 몹시 초라하고 불안한 모습이었다. 나는 무엇인가 불길한 예감을 느끼면서 그를 집안으로 안내하려고 했지만 그는 한사코 우리 집에 들어오는 것을 꺼려하면서 부근 조용한 찻집에서 이야기 좀 하자고 했다. 그러나 나는 억지로 끌다시피 하면서 그를 집안으로 데리고 들어왔다.

그는 요즈음의 내 생활에 대해서 몇 마디 묻고 나서 자신이 현재 쫓기고 있는 몸이라고 말했다. 놀라는 나를 쏘아보면서 그는 조심스럽게 말을 이었다.

「그 장이란 놈을 자주 만난 게 좋지 않았던 모양이야. 그치를 통해서 냄새를 맡았는지 어젯밤에 몇 놈이 우리 집을 덮쳤어. 다행히 어젯밤 나는 외박을 했거든.」

나는 숨이 막혔다. 뛰는 가슴을 겨우 진정하면서

「장이 기관에 알렸나?」

하고 물었다.

「지금 생각해 보니까 그랬을 가능성이 많아. 남의사가 무기 지원 약속을 했기 때문에 공산당은 필요없게 됐거든. 그래서 손을 끊으려 했는데……그것이 잘못된 것 같아. 국민당에게 상해를 넘겨주느니 차라리 실패하게 만드는 게 좋겠다고 생각한 모양이야. 개자식들 같으니!」

「다른 사람들은 어떻게 됐어?」

「별일 없는 것 보니까 아직은 괜찮은 모양이야. 나만 현재 표적이 돼 있지. 이장군을 그 자식한테 소개시켰더라면 큰일날 뻔했어.」

아내가 창백한 얼굴로 찻잔을 놓고 갔지만 우리는 거기에 손도 대지 않았다.

어느새 그와 나 사이에 있었던 불미스런 사건 따위는 생각 밖으로 처지고, 우리는 공동의 문제를 안고 불안해 하고 있었다. 그런데 그의 다음 말이 더욱 나를 놀라게 했다.

「아무래도 이런 상태로 오래 피해 있을 수는 없을 거고, 그래서 여기를 빠져나갈까 해.」

「벌써 비상망이 퍼져 있을 텐데 그게 가능할까?」

「그러니까 정상적인 방법으로는 안 되고 비상 수단을 써야지. 배를 타고 빠져나가는 게 좋겠어. 형님한테 부탁하면 가능하지 않을까?」

「우리 형한테 말인가?」

나는 그가 민망해 할 정도로 큰 소리로 물었다. 그는 두 손을 비비면서 초조하게 나를 바라보았다.

「음, 누구 부탁할 만한 사람도 없고……그래서 생각다 못해 여길 온 거야. 염치없는 짓이지만 말야. 남의사 그 자식들도 외면하는 거야. 이렇게 되니까 말이야.」

그의 얼굴 위로 얼핏 비굴한 웃음 같은 것이 스쳐갔다.

「염치 없긴……무슨 그런 소릴……」

나는 식은 차를 물 마시듯 들이키고 나서 천장을 바라보았다. 천장이 빙빙 돌아가는 것만 같았다.

「어려운 일이겠지만 한번 형님한테 알아봐 줘.」

방이 추운데도 그의 얼굴에 땀이 번지고 있었다. 땀을 흘리는 건 나도 마찬가지였다.

「곤란하면 그만두고……」

「아니야, 곤란하긴……. 그게 아니라……」

나는 말끝을 얼버무렸다. 그것은 거절해서도 안 되고 거절할 수도 없는 그런 성질의 것이었다.

「웬만하면 들어주시겠지?」

「글쎄……하여튼 형을 만나 부탁해 보겠어. 그런데 일이 틀어지면 어떡 하지?」

「할 수 없는 일이지. 살 수 없으면 죽어야지.」

그의 절망적인 목소리가 내 가슴을 후비고 들어왔다. 그는 힘 없이 몸을 일으켰다. 시계를 보니 통금 시간이 거의 임박해 있었다.

「이 시간에 어디를 가려고?」

나는 그를 붙들었다.

「어디 여관에나 들어가야지.」

그는 내 손을 뿌리쳤지만 그렇게 완강한 태도는 아니었다.

「여관은 위험해.」

「위험해도 할 수 없지. 신세질 만한 데가 없어.」

그의 외로움이 나에게 바로 전해 오는 듯했다. 나는 그를 끌어 앉혔다.

「여기서 자도록 해. 여긴 안전해.」

「여기도 안전하진 못해.」

「그렇지만 여관보다는 나아. 잔말 말고 여기서 지내.」

내가 왜 이렇게 무모한 말을 했는지 모른다. 내가 비굴한 놈이 아니라는 것, 그리고 아직도 우정을 생각하고 있다는 것을 그에게 과시하기 위해서였을까. 내 말에 그는 안도와 감사의 빛을 보였다.

「그러다가 자네까지 걸려들면 어떡 하지?」

「그런 염려는 하지 마. 난 괜찮아.」

나는 응접실에다 태오의 잠자리를 마련했다. 우리 집에는 방이 셋 있었다. 안방과 식모방, 그리고 응접실로 사용하는 방, 이렇게 셋이었다.

아내는 그날 밤 내내 불안해 했다. 눈치가 빠른 그녀는 이미 사태를 짐작하고 있었다. 그녀는 날이 새면 당장 태오를 내보내라고 말했지만, 나는 그럴 수 없다고 주장했다. 아내를 이해시키는 일이 큰 문제였다. 아내는 이해는커녕 막무가내로 나를 몰아붙였다. 하긴 집안이 망할지도 모르는 일인 만큼 그것은 이해할 성질의 것이 아니었을 것이다.

새벽녘에 나는 마침내 참다 못해 아내의 뺨을 후려갈겼다. 처음으로 아내에게 손을 댄 것이다. 그녀는 나를 무서운 눈으로 쏘아보더니 머리를 무릎 위에 처박고 움직이지 않았다. 나는 더 이상 상관하지 않고 잠을 청했다. 그러나 좀처럼 잠이 오지 않고 머리속은 오히려 더 맑아지기만 했다.

날이 밝자 나는 아침도 들지 않은 채 곧장 형을 찾아갔다. 나는 마치 내 자신이 쫓기는 것만 같아서 자꾸만 뒤를 돌아보곤 했다.

나를 보자 형은 경계의 빛을 나타냈다. 이번에는 또 무슨 일로 왔느냐는 듯이 나를 찬찬히 살피면서

「손을 떼기 잘했어. 백 번 잘했어.」

하고 말했다.

나는 망설이다 용건을 이야기했다. 내 말이 채 끝나기도 전에 형은 펄쩍 뛰었다. 사태를 눈치챈 형은 두 손을 흔들면서 한마디로 거절했다.

「나보고 함께 죽어달라는 거냐? 그런 짓하다가 걸려들면 내가 어떻게 되는 줄 알지? 도와 줄 일이 있고, 도와 줘서는 안될 일이 있어! 나에게 부탁하려거든 들어줄 만한 것을 부탁해! 그리고 그런 인물이면 빠져나갈 수 있는 게 아니야. 뒤탈이 없는 사람이라야 받아줘. 하여간 넌 이런 일이나 하고 다니고……한심하다 한심해.」

「정말 안 되겠어요?」

「안 된다면 안 되는 줄 알아! 백만 금을 준대도 안 돼! 너도 살고 싶으면 그런 일에서 손을 떼!」

형이 거절하리라는 것을 이미 예상하고 있었기 때문에 나는 새삼 화를 내거나 실망하지는 않았다. 그러나 기분은 좋지 않았다.

태오가 상해를 무사히 빠져나갈 수 있었다면 별 문제가 일어나지 않았을지도 모른다. 그러나 그것이 좌절됨으로 해서 무엇보다도 내 입장이 곤란하게 되었다. 돌아오는 길에 나는 거듭 곤혹스러움에 빠져들었다.

태오가 우리 집에 기거한 것은 겨우 한 주일 정도밖에 되지 않았다. 그러나 그 한 주일 동안이야말로 나에게 있어서는 괴롭고 두렵기 짝이 없는 나날들이었다. 태오 역시 나와 같은 심정이었을 것이다. 그는 밀항이 불가능하다는 것을 알자 마치 사형선고를 받은 것처럼 사색이 되어 몸둘 바를 몰라 했다. 그러한 그를 나는 위로해야 했다.

한편 아내를 진정시키는 일도 보통 힘든 일이 아니었다. 아내는 거의 발작 직전까지 가 있었고, 닷새째 되는 날 그녀는 마침내 집을 나가 버렸다. 외출에서 돌아온 내가 식모에게 아내의 행방을 물어보니 모르겠다는 것이었다. 나는 당황했지만 한편으로는 몹시 불쾌해서 아내를 찾아 나서지 않았다.

다시 이틀이 지나 일 주일째가 되었다. 아내는 그때까지 돌아오지 않았다. 나는 이러한 상태가 더 이상 계속될 수 없다는 것을 깨닫고 있었기 때문에 하루하루 지나는 것이 숨통이 터질 것만 같았다. 그렇다고 태오에게 나가 달라고 말할 수도 없었다. 금방이라도 누가 문을 박차고 들어올 것만 같아 공포감은 극도에 달했고, 그래서인지 밤이면 도무지 잠이 오지 않았다. 우리는 바둑판을 가운데 놓고 거의 뜬눈으로 밤을 지새우는 때가 많았다.

그런데 마침내 우리들의 공포가 현실로 나타났다. 그것은 태오가 우리 집에 은거한 지 일 주일째가 되던 날 밤에 일어났다. 통금시간이 임박해서 거세게 대문을 두드리는 소리가 났다.

탕탕탕탕 — 그 소리는 한 치의 여유도 없는 단호하고 거센 외침 같은 것이었다. 올 것이 왔다고 직감한 나는 태오를 급히 다락에 숨게 한 다음 밖으로 나갔다. 대문 저쪽에는 여러 사람이 서 있는 것 같았다.

「누구십니까?」

내 목소리는 긴장 때문에 떨리고 있었다.

「실례합니다.」

대답하는 목소리는 거칠었다.

「누구신가요?」

나는 자신을 가지려고 애썼지만 목소리는 자꾸만 잠겨들고 있었다.

「문좀 열어 보시오.」

「누구신데 이 밤중에……?」

나는 빗장을 조심스럽게 잡아뺐다.

문이 채 열리기도 전에 사나이들이 문을 박차고 뛰어들었다.

「네가 오병학(吳秉學)이지?」

「그렇습니다만……」

「이새끼, 꼼짝 마!」

한 사내가 권총을 나의 관자놀이에다 들이댔다.

그들은 모두가 사복 차림이었다. 내 손에는 수갑이 채워졌고, 양쪽에서 두 사내가 팔짱을 끼었다.

「아니, 당신들은 누구요? 왜들 이러는 거요?」

나는 그래도 불알 값이라도 하려고 몇 마디 외쳐보았다. 그들을 지휘하고 있는 듯이 보이는 뚱뚱하고 머리가 벗겨진 중년 사내가 나를 웃으며 바라보았다. 그 웃음에 나는 온몸의 힘이 쑥 빠지는 것을 느꼈다.

「체포하려면 영장을 보여야 할 게 아니오? 사람을 이렇게 다루는 법이 어디 있습니까?」

「뭐 영장? 이 자식이 자다 깼나?」

뚱뚱한 사내의 주먹이 나의 턱을 후려갈겼다. 충격이 커서 나는 땅바닥에 쓰러졌다가 일어났다.

집안은 수라장이 되고 있었다. 그들은 신을 신은 채로 집안으로 들어가 방방을 뒤지더니 이윽고 다락에서 태오를 끌어냈다.

태오는 나보다는 훨씬 거센 태도로 저항을 했다. 그 때문에 그는 여러 사내들로부터 무수히 얻어맞았다. 그들은 때리는 것이 전공인 것처럼 매우 솜씨 좋게 구타를 했다. 우리가 시선이 마주쳤을 때, 태오는 눈을 얼른 돌려 버렸다.

집앞에는 두 대의 차가 대기하고 있었다. 우리는 각각 따로 차에 올라 떠났다. 나를 전송하는 사람은 나이 어린 식모뿐이었다. 식모는 울면서 나를 바라보고 있었다. 나는 아내에게 이런 꼴을 보이지 않아 차라리 잘되었다는 생각이 들었다.

차가 끊긴 통금의 거리를 지프는 쏜살같이 달려갔다. 나는 마지막이 될지도 모를 밤거리의 불빛들을 바라보았다. 절망이 확인되었을 때의 그 맑고 깨끗한 감정이 안개처럼 나를 감싸고 있었다. 최근 들어 이렇게 마음이 가라앉아 보기는 처음이었다. 나는 코 끝에 온기를 느끼고 손등으로 거기를 닦았다. 코피가 계속 흘러내리고 있었다.

우리는 지하실로 내려갔다. 계단은 오른쪽으로 몇 번 꺾어지면서 땅 속으로 처박히고 있었다. 우중충한 콘크리트 벽에 부딪힐 때마다 나는 섬찟한 오한을 느꼈다. 연행되어 오는 동안 가라앉았던 나의 마음은 새로운 공포로 꽉 죄어들고 있었다. 분명히 추운 날씨인데도 나는 땀을 흘리고 있었다.

지하실에는 복도가 길게 나 있었고, 그 한쪽 벽으로 철문이 여러 개 붙어 있었다. 어디선가 비명 소리가 들려왔다. 비명은 세 번 길게 주위를 울리다가 끊어졌다. 그것은 내장을 긁어내는 듯 너무도 처절했기 때문에 나는 구토를 느낄 지경이었다.

우리는 서로 다른 방으로 들어갔다. 한 사내가 손에서 수갑을 푼 다음 나를 안으로 밀어넣었다. 내 뒤에서 철문이 쾅 소리를 내면서 닫히자 시커먼 어둠이 금방 나를 집어삼켜 버렸다. 이젠 죽었구나, 하는 생각과 함께 새로운 공포가 나를 엄습해 왔다.

어둠이 그렇게 무서워 보이기는 처음이었다. 나는 앞으로 나가기가 무서워 벽을 등지고 몇 걸음 옆으로 움직여 보았다. 콘크리트 벽의 냉기가 그대로 등에 전해졌다. 땀이 식으면서 추위로 몸이 떨리기 시작했다. 나는 어깨를 웅크린 채 그대로 서 있었다. 지난날의 갖가지 일들이 머리를 스치고 지나갔다. 모든 것들이 그리운 추억으로 내 가슴을 적셔 왔다. 그러나 이젠 그 어느 하나도 돌이킬 수 없는 꿈 같은 것들이었다.

몸의 떨림은 더욱 심해지고 있었다. 발끝이 먼저 시려왔기 때문에 나는 그 자리에 선 채로 발만 움직였다. 그때 바로 머리 위 천장에서 마이크 소리가 터져나왔다.

「옷을 모두 벗어!」

깜짝 놀란 나는 우뚝 멈춰섰다. 그리고 귀를 기울였다.

「오병학! 말 안 들리나? 옷을 모두 벗어!」

주위를 둘러보았지만 캄캄한 어둠뿐이었다. 나는 망설이다가 옷을 하나씩 벗기 시작했다. 다시 마이크 소리가 귀를 때렸다.

「빨가벗어라! 구두도 양말도 모두 벗어라!」

거칠고 단호한 목소리에 나는 전율을 느꼈다. 거역이란 있을 수 없다고 생각했다.

마지막으로 팬티를 벗고 맨발로 콘크리트 바닥을 밟았을 때 나는 이미 내 자신이 짐승으로 변한 것을 깨달았다. 감정은 말라붙어 눈물 하나 나오지 않았다. 공포가 너무 지나치자 머리 속은 그저 멍하기만 했고, 다만 너무 춥다는 것만 느껴졌다. 나는 추위를 조금이라도 막아 보려고 쭈그리고 앉았다. 발이 시리다 못해 저려왔다. 저려오는 발가락을 나는 자꾸 움직였다. 또 마이크 소리가 울려왔다.

「오병학! 이 새끼, 죽고 싶나? 차렷자세로 서 있어! 움직이
 지 말고 서 있어!」

마이크 소리가 채 끝나기도 전에 나는 벌떡 일어섰다. 분명히 누가 나를 감시하고 있는 사람이 없는데도 나는 어느새 마치

길 잘 들인 개처럼 놀랍도록 말을 잘 듣고 있었다. 잠깐 사이에 이렇게 변해 버린 내 자신에 대해 나는 놀라지 않을 수 없었다.

반듯이 서 있자니 갑자기 오줌이 마려웠다. 그렇다고 아무 데 나 눌 수도 없어 참고 서 있을 수밖에 없었다.

마이크 소리는 더 이상 들려 오지 않았다. 나는 추위를 견디 기 어려워 열심히 제자리 걸음을 했다.

두 시간쯤 지났을까. 갑자기 철문이 열리고 사람들이 몰려들 어왔다. 곧 불이 켜졌는데, 너무 눈이 부셔서 눈을 바로 뜰 수 가 없었다.

앞에 서 있는 사람들의 얼굴이 하나 둘씩 보이자 나의 몸은 경련이라도 난 듯 한층 심하게 떨리기 시작했다.

제일 먼저 눈에 띤 것은 집에서 나를 구타했던 그 뚱뚱한 대 머리 사내였다. 추운지 코트깃을 올리고 어깨를 웅크린 그는 입에 담배를 꼬나문 채 나를 지그시 바라보았다. 담배 연기가 매운지 그는 자주 눈을 찡그리곤 했다.

대머리 외에 네 명의 사나이들이 나를 바라보고 있었는데, 하 나같이 몸들이 비쩍 마른데다 피곤한 모습을 하고 있었다. 그 들은 모두 검정 가죽 점퍼를 입고 있었고, 그것이 그들의 빈약 한 육체를 지탱시켜 주고 있는 것처럼 보였다. 그들의 그러한 모습은 나를 좀 놀라게 했다. 그도 그럴 것이 나는 건장한 사나 이들을 상상하고 있었던 것이다.

그렇다고 해서 내가 그들을 얕잡아보고 안심했다는 것은 물 론 아니다. 그러기는커녕 그들의 피곤해 보이는 비쩍 마른 몸 매와 핏발선 퀭한 눈에서 나는 오히려 음산한 분위기를 느꼈고, 그것이 더욱 나를 공포 속으로 몰아넣었다. 그들은 마치 햇볕을 쬔 적이 없이 지하실에서만 살아온 듯 축축하고 써늘하게만 느껴졌다.

굽혀서는 안 된다, 완강하게 버텨야 된다, 하고 생각하면서 나는 몸에 힘을 주어 보았지만, 두 다리가 후들후들 떨려오는 것을 어쩌지 못했다.

뚱보가 움직였다. 그는 중간에 놓여 있는 책상 앞에 털썩 주저앉았다.

「이리 와.」

하고 그는 가볍게 말했다.

나는 비로소 주위를 둘러보았다. 실내는 넓어 보였다. 그 중간에 책상이 하나 뎅그러니 놓여 있었고, 바닥에는 몽둥이, 가죽장갑, 양동이, 유리병, 장작개비, 수갑, 쇠꼬챙이, 밧줄, 걸레 같은 것들이 흩어져 있었다.

책상 앞에 다가서자 뚱보는 내 아랫도리를 유심히 바라보았다. 그리고는 이렇게 말했다.

「쭈글쭈글하구나.」

나는 무슨 말인지 몰라 어리둥절하다가 그의 비웃음을 보고서야 그의 말뜻을 알아차렸다. 그 순간 나는 수치심으로 숨이 막힐 것만 같았다. 이내 그것은 분노로 바뀌었다. 그러나 나는 상대를 힐끗 한번 바라본 다음 시선을 딴곳으로 돌리는 것으로 그쳐야 했다. 뚱보는 내 성기를 보고 쭈글쭈글하다고 빈정거린 것이다. 사실 나의 성기는 추위와 공포로 바짝 오그라붙어 있었다. 그러나 그 누구라도 이 추운 겨울에 빨가벗고 콘크리트

바닥에 서 있으면 나처럼 비참하게 되고 말 것이다. 따라서 비
웃을 것도 없다. 그런데 놈은 나를 비웃고 있는 것이다. 망할
자식, 어디 두고 보자. 나는 어금니를 깨물고 몸에 힘을 주었
다.

「춥나?」

그가 턱을 치켜들며 계속 일본말로 물었다. 그는 마치 어린아
이를 대하듯이 나를 대하고 있었다. 내가 대답을 하지 않고 있
자 그가 다시 물었다.

「내 말 못 알아듣나? 추운가 말이야?」

「춥습니다.」

나는 완전히 기가 죽어 대답했다. 뚱보의 두꺼운 눈꺼풀이 밑
으로 처지면서 졸리운 표정이 되었다.

「추우면 운동을 해.」

나는 가만히 서 있었다.

「운동을 하라구.」

그가 명령했다. 운동을 하다니, 어떻게 하라는 말인가. 내가
머뭇거리자 그는 손짓을 해 보였다.

「왔다갔다 하라고.」

나는 한 걸음 내걷다가 멈춰 섰다. 벌거벗은 몸으로 그렇게
수치스러울 수가 없었다.

「왜 움직이지 않아? 왔다갔다 하란 말이야.」

그의 어조가 날카로워졌다. 나는 다시 움직이기 시작했다. 이
번에는 멈추지 않고 계속 내쳐 걸었다. 책상 앞을 지나치면서
왔다갔다 했다.

「우리도 추우니까 빨리 일을 끝내고 싶다. 묻는 대로 솔직하게 대답하면 따뜻한 방에서 편히 지낼 수가 있어.」

수치심은 거의 참을 수 없을 정도로 나를 괴롭혔다. 나는 소리를 지르고 싶었다. 그러나 그것은 생각뿐이었다. 손발이 얼어붙어 얼얼해 왔다.

「소변 좀 보게 해주시오.」

나는 그것을 손으로 움켜쥐었다.

「오줌이 마려워?」

「네, 아까부터……」

「좋아.」

뚱보가 턱짓을 하자 한 사내가 앞장서서 나갔다. 나는 한 손으로 사타구니를 움켜쥔 채 그 뒤를 엉거주춤 따라갔다.

화장실은 복도의 맨 끝에 있었다. 문을 열고 들어가자 악취가 코를 찔렀고, 바닥은 오줌이 얼어붙어 미끈거렸다.

사내는 문 밖에 서서 창문 너머로 소변보는 것을 지켜보고 있었다. 나는 머리를 뒤로 젖히고 천장을 바라보았다. 높은 천장 구석에 공기 구멍 같은 것이 뚫려 있었는데, 그 구멍을 통해 별이 하나 반짝이고 있는 것이 보였다. 별을 보자 비로소 나는 자신이 얼마나 먼 세계에 와 있는가를 실감할 수 있을 것 같았다.

오줌은 생각과는 달리 조금 나오다가 말았다. 오줌을 누고 나자 더욱 추웠다. 저절로 몸이 덜덜덜 떨리는 것이 흡사 발작이라도 하는 것 같았다.

사내는 돌아갈 때까지 아무 말도 하지 않았다. 그는 앞장서서 묵묵히 걸어갔다. 그 침묵이 한층 위압적이었다. 나는 길 잘 들

인 충실한 개처럼 그 뒤를 따라 다시 방으로 들어가 책상 앞에
섰다.

「서 있지 말고 운동을 해.」

뚱보는 추운지 손을 마구 비볐다. 나는 또 왔다갔다 했다. 아
까보다는 수치심이 좀 덜했다.

「여기가 어딘 줄 알아?」

「모르겠습니다.」

「음, 그럴 테지. 여긴 특무대다!」

나는 소름이 끼쳤다.

「여기 있는 사람들은 모두 조선인들이다. 나도 마찬가지야.
내가 이런 말을 하는 것은 같은 조선인한테 손을 대기가 싫
어서야. 알겠지? 싫단 말이야. 그러니까 순순히 대답해.」

나는 놀란 눈으로 그들을 다시 한번 바라보았다. 그렇다고 조
선인이라는 사실이 위안이 된 것은 아니었다.

「공범이 누구지?」

뚱보의 목소리가 이상하게 변했다. 갑자기 쉰 소리 같은 것이
섞여나왔다.

「공범이 누구야? 이름만 대. 그러면 넌 석방이다.」

굉장한 유혹이었다. 말해 버릴까? 부인하면 결과는 뻔하다.
혹독한 고문이 가해질 것이다. 내가 부인한다 해도 조만간 모
든 것은 밝혀질 것이다. 사실 이들이 알고 덤빈 것이기 때문에
이런 경우 부인할 건덕지도 없고, 또 부인한다는 것이야말로
어리석기 짝이 없는 일이다. 그러나 나는

「나는 아무 것도 모릅니다.」

하고 대답했다. 생각과는 달리 대답은 반대로 나오고 있었다. 내가 생각하기에도 이상한 일이었다.

「모른다구? 귀찮게 나오는군. 추워서 빨리 끝내려구 했는데…… 이리 와.」

나는 조심스럽게 그의 앞으로 다가갔다. 그는 눈을 치뜨고 나를 노려보고 있었다.

「왜 여기에 연행된 줄 아나?」

「아, 알 것 같습니다.」

「말해 봐.」

「범인을 숨겼기 때문인 것 같습니다.」

「왜 그자를 숨겼지?」

「우린 친구 사입니다. 그래서……」

「누가 그걸 모르나? 공범이기 때문에 숨긴 거 아니야?」

「그렇지는 않습니다.」

「그럼 넌 관계가 없단 말이지?」

「그, 그렇습니다.」

「잘 생각해서 대답해. 사실대로 불지 않으면 여기선 살아서 나갈 수 없어. 특무대가 어떤 곳인지 알고 있지?」

「알고 있습니다.」

뚱보는 고개를 끄덕이더니 나에게 담배를 내밀었다. 나는 두 손으로 그것을 받아 피웠다. 담배를 입으로 가져갈 때마다 손이 자꾸만 떨리곤 해서 피우기가 거북했다.

「그자를 무턱대고 숨겨준 건 아니죠? 그자가 반국가 음모를 하고 있다는 걸 알고 숨겨 준 거지요?」

그가 존대어를 쓰면서 은근히 물었다. 담배 연기를 잘못 삼킨 나는 쿨럭쿨럭 기침을 했다. 반국가 음모라는 말이 생소하게 가슴을 파고들었다. 어째서 반국가 음모일까?

「몰랐습니다. 저는 정말 아무 것도 몰랐습니다. 그 친구가 난처한 일로 쫓기고 있는 것 같아 숨겨 준 것뿐입니다. 그, 그런 음모를 하고 있었다면 숨겨 주지 않았을 겁니다.」

「하아, 그래도 바른대로 말 안하시네. 그러지 말고 신사적으로 처리합시다. 같은 조선인이니까 우리도 웬만한 건 덮어두려고 해요. 오선생이 알고 있는 사람들 이름만 대주시오.」

나는 입을 다물어 버렸다. 이 질문이 마지막일 것이라고 생각하니 온몸에 소름이 끼쳤다. 주위의 사나이들은 여전히 피곤한 눈으로 나를 바라보고 있었다. 아까보다 더욱 핏발이 선 눈초리들이었다.

「비밀은 지켜드릴 테니까 이름만 대시오.」

뚱보는 잔뜩 기대를 걸며 재촉했다. 나는 머리를 숙이고 나의 성기를 바라보았다. 그것은 더욱 볼품없이 찌그러져 있었다.

「정말 저는…… 아, 아무 것도 모릅니다. 미안합니다.」

나는 두 손으로 성기를 덮었다. 그리고 뚱보를 바라보았다. 그의 두 눈이 세모꼴로 변하면서 나를 뚫어질 듯 응시했다.

「이 자식이, 정신이 안 들었군. 이 봐!」

뚱보는 벌떡 일어서더니 둘러선 사나이들에게 턱짓을 해보였다. 나는 뒤로 한 걸음 물러서면서 그들을 바라보았다.

그들 중의 하나가 내 앞으로 가까이 다가섰다. 그는 나보다 훨씬 작아 보였다. 가죽장갑을 낀 두 손이 밑으로 쳐져 있었다.

먼저 그의 오른쪽 주먹이 나의 옆구리를 건드렸다. 가볍게 치는 것 같았는데 나는 굉장한 충격을 느끼고 무릎을 꿇었다. 갈비뼈가 모두 부러져나가는 것 같았다. 내가 신음을 토했지만 상대는 사정을 두지 않고 다시 나의 옆구리를 구둣발로 내질렀다. 그는 재빠르고 정확하게 구타할 줄을 알고 있었다. 숨이 막힌 나는 개처럼 바닥을 기었다. 이번에는 그의 무릎이 나의 콧잔등을 위로 올려 질렀다. 나는 힘없이 뒤로 나가떨어졌다. 내가 일어나려고 하자 그의 구둣발이 나의 목을 짓눌렀다. 나는 숨이 막혀 캑캑거렸다. 나는 금방 얼굴이 부어오르고 피투성이가 되었다. 코에서 피가 막 흘러내리고 있었다.

「말해. 이름을 대란 말이야!」

뚱보가 나를 내려다보며 말했다. 그는 계속 줄담배를 피우고 있었다.

「자백하지 않으면 여기서는 살아서는 못 나가. 그러니까 알아서 해.」

이번에는 두 사나이가 뒤에서 내 팔을 비틀었다. 너무 세게 비트는 바람에 나는 비명을 질렀다. 또 한 사내가 몽둥이로 나의 등을 내려치기 시작했다. 고문자들은 아무도 입을 열지 않았다. 그들은 묵묵히 자기들의 일을 수행했다. 그들은 열성적이고 냉혹하고 기계적이었다. 팔을 비틀고 있었기 때문에 나는 앞으로 쓰러질 수가 없었다. 나의 머리는 잘린 것처럼 앞으로 꺾어진 채 흔들거렸다. 뚱보가 다가와서 나의 머리칼을 움켜쥐고 뒤로 젖혔다.

「말 안하겠어? 이건 시작이야. 아무 것도 아니란 말이야.」

나는 더 이상 참을 수가 없었다. 이젠 병신이 되기 전에 말해야겠다고 생각했다. 팔뚝에서 우두둑 하는 소리가 들려왔다.

「아, 아이구…… 마, 말하겠습니다!」

나는 내가 생각하기에도 애처롭게 소리쳤다. 수치심도 체면도 이젠 없었다. 고문을 피해야 한다는 생각밖에 없었다. 그들은 내 팔을 풀고 나를 의자에 앉혔다. 나는 팔이 저려와서 어깨를 움직일 수가 없었다. 코에서 나온 피가 가슴 위까지 흘러내려와 있었다.

「순순히 말했으면 이런 일이 없었을 텐데……미안하게 생각해요. 자, 얼른 끝내고 나갑시다.」

뚱보는 책상 위에 종이를 꺼내 놓으면서 부드럽게 말했다. 나는 몸을 한번 부르르 떨고 나서 입을 열었다.

「최태오가……갑자기 찾아와서……숨겨달라고 했습니다. 대강 눈치는 챘지만 확실한 건 알 수 없었습니다. 그가 말하지 않기에 저도 묻지 않았습니다. 우리는 오랜 친구라……그래서 숨겨 준 겁니다. 그를 숨겨 준 건 분명히 제 잘못입니다. 거기에 대해서는……죄를 달게 받겠습니다.」

「그게 전부인가?」

뚱보의 얼굴이 다시 일그러졌다. 나는 또 오줌이 마려웠다.

「그 밖에는 잘 모릅니다. 정말입니다.」

나는 울음이 터질 것 같았다. 나는 두 손을 포개 쥔 채 사정하는 눈으로 그를 바라보았다.

「그런 말을 들으려고 여기 끌고 온 줄 아나? 그게 아니고, 그 놈들 이름을 대란 말이야, 이름을! 당신이 알고 있는 이름 말이야! 두목이 누구지? 두목 이름만이라도 말해 봐. 당신이 그렇게 의리를 지킨다고 해서 당신에게 이로울 것은 하나도 없어!」

그의 말대로 내가 입을 다물고 있다고 해서 나에게 이로울 것은 없을 것이다. 그러나 배신자가 된다는 것이 나에게는 무서운 일로 생각되었다. 거사 계획에서 발을 뺐을 때 나는 이미 배신자 비슷하게 수모를 당했었다. 최태오가 분노에 못 이겨 나에게 권총을 발사한 것을 나는 충분히 이해할 수 있었다. 그런데 이번에 또 나에게 배신자가 될 기회가 주어진 것이다. 처음과는 달리 이번에는 정말로 배신자가 될 수 있는 것이다. 배신자가 되면 고문도 없어지고 정상참작이 되겠지. 그러나 배신자가 된다는 것은 정말 무서운 일이다. 내 탓은 아니지만, 최태오가 우리 집에서 체포되었다는 사실만으로도 나는 죄의식을 느껴야 마땅하다. 정말 그에게 미안한 노릇이다. 그런데 최태오가 우리 집에 숨어 있는 걸 어떻게 알았을까.

「주모자가 누구야?」

뚱보가 소리를 질렀다.

「모릅니다.」

나는 반사적으로 대답했다.

「이 새끼, 누굴 놀리는 거야?」

화가 난 그는 책상 밑으로 내 다리를 걸어찼다.

「이 새끼, 죽어 봐라! 너 같은 놈 하나는 쥐새끼 죽이는 것보다 더 쉬워!」

나의 두 팔은 다시 의자 뒤로 비틀어지고, 손목에는 수갑이 채워졌다. 한 사나이가 양동이를 책상 위에 올려놓더니 주먹으로 얼음을 깼다. 얼음은 두껍지 않은지 두어 번 내려치자 금방 깨어졌다. 사나이는 거기에 달린 고무 호스를 내 입 속에 사정없이 찔러 넣었다. 내가 고개를 돌리자 다른 자가 주먹으로 내 얼굴을 후려갈겼다. 호스는 목구멍 속으로 깊이 들어갔다. 내 뒤에 서 있던 자가 머리칼을 움켜쥐고 뒤로 힘껏 잡아당겼다. 나는 머리 가죽이 벗겨지는 것 같아 머리를 뒤로 발딱 젖혔다.

갑자기 차가운 물이 뱃속으로 홍수처럼 쏟아져 들어갔다. 나는 소리를 지르면서 몸부림쳤다. 그럴수록 내 머리칼은 더욱 뒤로 잡아당겨졌다.

배는 금방 터질 것처럼 부풀어올랐다. 위 속에 더 이상 들어갈 수 없게 되자 물은 목까지 차 올랐다. 나는 숨이 차서 입으로 물을 내뿜었다. 그러나 호스가 목구멍 속으로 들어가 있어 소용없었다. 마치 물 속에 빠진 것처럼 나는 허우적거렸다.

이윽고 그들은 입에서 호스를 뽑아냈다. 나는 이미 반쯤 정신이 빠져 입으로 계속 물만 흘리고 있었다. 물이 가슴을 압박하고 있어서 숨을 쉴 수가 없었다. 뚱보가 뭐라고 말했지만 들리지 않았다. 곧 이어 나는 복부에 통증을 느꼈다. 누군가가 내 복부를 주먹으로 강타하고 있었다. 한 번씩 때릴 때마다 내 입에서는 물이 터져나왔다. 머리를 젖히고 있어서 허리를 굽힐 수도 없었다.

얼마 후 내 몸은 의자와 함께 뒤로 내동댕이쳐졌고, 나는 뒤통수를 콘크리트 바닥에 호되게 부딪히면서 의식을 잃었다.

사람이 어느 정도까지 비천해질 수 있는가 하는 것은 직접 겪어 보지 않고는 잘 알 수 없는 일이다. 적어도 내 경우에는 그렇다고 할 수 있었다. 인격이니 체면이니 하는 것도 여건이 주어졌을 때 유지될 수 있다는 것이 나의 생각이다.

예를 들면, 거지가 너무 배가 고픈 나머지 말라붙은 말똥에서 소화되지 않은 보리알을 집어먹는 것을 본 적이 있었다. 거지가 쓰레기통에서 먹을 것을 찾는 것은 얼마든지 볼 수 있는 일이다. 그런 것을 보았을 때 내가 제일 먼저 생각한 것은 사람이 저렇게까지 비천해질 수 있을까 하는 것이었다. 나는 그렇게 비천해질 수 있다는 데 의문을 품었다. 그러나 지하실에 끌려와 모진 고문을 받는 동안 나는 나의 그러한 의문이 얼마나 건방지고 위선적인 것이었는가를 절실히 깨닫게 되었다. 사실 나는 그 거지들보다도 더 비천하게 행동했던 것이다.

내가 깨어난 것은 물세례를 받고서였다. 내 몸 위로 양동이의 물을 들이붓는 바람에 나는 정신을 차린 것이다.

너무 추워서 나는 헉헉거리며 울음소리를 냈다. 그들은 여전히 나를 지켜보고 있었다.

「용서해 주십시오. 잘못했습니다.」

나는 비참하게 꿇어앉아서 그들에게 빌었다.

「뭘 잘못했다는 거야? 말해 봐.」

「범인을 숨겨준 거……잘못했습니다.」

이제 막 말을 배우는 아이처럼 나는 더듬거렸다.

「그것뿐이야? 왜 숨기고 있어? 사실대로 말하지 않고 왜 숨기고 있는 거야?」

「사, 사실대로 말한 겁니다. 정말입니다.」

「개새끼, 엎드려 기어!」

뚱보가 날카롭게 명령했다. 나는 개처럼 엎드려서 무릎으로 기어갔다.

「혓바닥으로 핥아! 바닥을 핥아!」

나는 혀를 내밀고 콘크리트 바닥을 핥았다.

「이 새끼야, 형식적으로 하지 말고 깨끗이 핥으란 말이야!」

뚱보가 내 머리를 내려 밟았다. 내 얼굴은 바닥에 부딪혀 부서졌다. 나는 피와 눈물이 범벅된 채로 바닥을 기면서 핥았다.

이젠 온몸이 얼어붙어 감각이 없었다. 내 몸은 명령에 따라 기계처럼 움직일 뿐이었다.

「지독한 자식인데……. 웬만하면 불 텐데 이 자식은 독종인 모양이야.」

뚱보가 중얼거렸다.

무릎이 벗겨져서 나는 더 이상 움직일 수가 없었다. 내가 움직임을 멈추자 뒤에서 엉덩이를 걷어찼다. 그래도 내가 움직이지 않자 이번에는 내 목에 밧줄을 걸어 나를 끌어당겼다. 나는 보신탕 집에 끌려가는 개처럼 질질 끌려다녔다.

뚱보는 계속 추궁했지만 나는 숫제 입을 다물어 버렸다. 반의식 상태가 고문을 받는데 퍽 도움이 되었다. 만일 내가 정상적인 의식 상태를 유지했다면 나는 견디지 못하고 입을 열어 자백했을 것이다.

갑자기 문이 열리고 한 사람이 들어왔다. 바닥을 울리는 구둣소리가 여자의 하이힐 소리 같았다. 바닥에 쓰러져 있던 나는 얼굴을 쳐들었다. 그리고 안으로 들어온 사람이 아내인 것을 알고는 벌떡 상체를 일으켰다. 아내가 찢어지는 목소리로 나를 부르며 뛰어왔다. 그녀는 나를 껴안고 울음부터 터뜨렸다. 나는 흐려지는 의식을 붙잡으려고 이를 악물었다.

「이게 무슨 짓들이에요? 이 짐승들, 이 천하에 악당들, 사람을 이렇게 고문할 수가 있어?」

아내는 대단했다. 그녀는 주먹을 불끈 쥐고 몸을 떨며 소리소리 질렀다. 그러한 아내를 나는 덜덜 떨며 바라보기만 했다. 아내의 이러한 면은 내가 처음 보는 것이었다. 아내를 말려야 한다고 생각했지만 말이 잘 나오지 않았다.

「부인, 왜 야단이십니까?」

뚱보가 턱을 쳐들고 힐난하듯 물었다.

「뭐라고요? 이 돼지 같은……. 이이가 무슨 죄가 있다고……」

「죄야 크지. 그러니까 당신이 신고한 거 아니오? 신고해 준데 대해 감사하지만 그것 가지고는 안 돼요. 보시다시피 당신 남편이 입을 다물고 있어서……」

「우리 남편은 손대지 않겠다고 하고선……이 날 도둑 같은……」

아내는 손톱을 세우고 뚱보에게 달려들었다. 뚱보는 몸을 피하면서 아내의 따귀를 소리나게 올려붙였다.

「이 쌍년이, 여기가 어디라고 지랄이야!」

따귀를 호되게 얻어맞은 아내는 비틀거리다가 다시 나를 붙잡고 울음을 터뜨렸다.

「이제 알겠나?」

뚱보가 비웃으면서 나를 바라보았다.

「당신 아내가 신고해 주어서 최태오가 당신 집에 숨어 있는
걸 알게 되었지. 당신, 그렇다고 아내를 욕해서는 안 돼. 당
신 아내는 어디까지나 당신을 사랑하기 때문에 신고를 한 것
이니까. 당신을 구하기 위해서 신고한 거니까 아주 장한 일
이야. 아내의 말대로 사실 당신은 별로 죄가 없어. 그러니까
아는 놈들 이름만 대달라 이거야. 아내가 당신을 위해 일을
했으니까 이번에는 당신이 아내를 위할 차례야. 당신이 순순
히 자백하면 이 여자한테는 손을 대지 않겠어. 매우 유감이
지만 말이야. 자, 이제 당신의 사랑을 증명할 차례로군.」

너무 돌연한 사실에 나는 쉬이 판단을 내리기가 어려웠다. 아
니, 그런 것보다도 감정이 북받쳐서 눈앞이 잘 보이지 않을 지
경이었다.

「용서해 주세요! 죽을 죄를 지었어요!」

눈물에 젖은 아내의 두 눈이 내 얼굴 밑에서 파르르 경련을
일으키고 있었다. 순간 나는 그때까지 나를 지탱시켜 준 그 알
수 없는 힘이 쑥 빠지는 것을 느끼면서 웃음을 터뜨렸다.

「이럴 줄은 몰랐어요! 당신이 위험한 걸 더 두고 볼 수가 없
어서 그랬던 거예요! 당신만은 보장해 주겠다고 해서……사
전 약속을 하고 신고했던 거예요! 용서해 주세요! 당신 말을
듣지 않고 이런 짓을 한 거 용서해 주세요! 당신을 위해서 한
거예요! 저는 죽어도 좋아요!」

죽어도 좋아요, 하는 말이 나를 증오에 떨게 했다. 내가 누구
를 죽일 수 있다고 느낀 것은 그때가 처음이었다. 욕을 퍼붓고

때린다는 것은 아직 상대를 용서해 줄 수 있는 여유가 있을 때 하는 짓이었다. 나는 두 손을 늘어뜨린 채 멍청한 눈으로 아내를 바라보았다. 나도 모르는 사이에 내 자신이 배신자가 되어 버린 사실에 나는 현기증을 느꼈다. 내가 넋이 빠져 서 있자 아내는 좀 자신이 들었던지 다시 변명을 늘어놓기 시작했다. 그러한 아내가 나에게는 처음 보는 생소한 사람처럼 보였다. 그녀는 내 아내가 아니고 거리의 여자처럼 보였다. 나를 유혹하려고 내 팔을 붙들고 호소하는 창부 같았다. 지난 십여 년간의 결혼생활이 헛된 것이었고 위선적이었음을 비로소 나는 깨달은 것 같았다.

나는 아무 말도 하지 않았다. 아내를 밀어 버리자 그녀는 바닥에 쓰러졌다가 일어나 놀란 눈으로 나를 바라보았다. 그녀가 울면서 다시 나에게 달려들었지만 나는 또 그녀를 밀어 버렸다. 나의 이러한 태도에 고문자들은 낭패한 기색이었다. 그러나 어떻게 해서든지 목적을 달성하려고 그들은 가장 악랄한 방법을 동원했다.

「당신은 아내의 사랑도 몰라주는 목석 같은 사람이군. 얼마나 버티나 한번 시험해 볼까.」

뚱보의 말이 끝나자 고문자들은 한꺼번에 아내에게 달려들었다. 아내는 몇 차례 악을 쓰고 버티다가 사정없는 주먹질에 곧 잠잠해져 버렸다. 그녀는 공포에 질려 벌벌 떨면서 부어오르는 눈으로 나를 바라보았다. 나도 떨면서 그녀를 바라보았다. 그러나 내가 떤 것은 너무 춥기 때문이었다. 나는 아내에 대해 아무 감정도 일지 않았다.

그들은 아내를 책상 위에 눕혀 놓고 옷을 모두 벗겼다. 브래지어를 벗기고 팬티를 내리려고 하자 아내는 맹렬히 저항을 했다. 그러나 턱을 얻어맞고는 아예 눈을 감아 버렸다.

서른네 살의 여자의 몸은 기름지고 풍만했다. 더구나 아기를 낳은 적이 없는 만큼 싱싱한 탄력 같은 것이 느껴졌다. 그렇지 않아도 흰 살결이 불빛을 받아 눈부시게 빛났다. 그녀는 해부대 위에 누워 있는 환자처럼 보였다. 네 명이 팔다리를 각각 하나씩 움켜잡고 있었기 때문에 아내는 꼼짝할 수가 없었다. 아내의 나체를 이렇게 객관적으로 바라본 것은 처음이었다.

뚱보는 나를 보고 웃더니 손으로 아내의 젖꼭지를 잡아 비틀었다. 처녀처럼 팽팽한 아내의 젖가슴이 흔들거렸다. 아내는 비명을 지르면서 일어나려고 했지만 쓸데없는 짓이었다.

뚱보는 젖가슴을 문지르고 쓰다듬더니 손을 점점 밑으로 가져갔다. 그의 손이 아랫배를 쓰다듬자 실내는 이상한 긴장감이 감돌기 시작했다. 사나이들의 눈이 번득이기 시작했고, 모두가 미묘한 숨소리를 냈다.

「좋은 몸인데…… . 탐스러워. 올라타 볼 만해.」

뚱보는 이죽거리면서 내 눈치를 살폈다. 아내가 악을 쓰자 다리를 붙들고 있던 자들이 가랑이를 힘껏 벌렸다.

「음, 좋아. 이봐, 남편, 마누라 안고 싶으면 안으라구. 마지막 기회니까 말이야.」

나는 팔다리가 꿈틀거리는 것을 느꼈다. 가만 있어서는 안 된다고 생각했지만 아직 몸이 말을 듣지 않았다.

뚱보는 즐거운 듯이 아내의 음부를 들여다보았다. 그러면서

도 나의 반응을 계속 살피고 있었다. 그러나 내가 아무런 반응
도 보이자 않자 초조한 기색이었다. 그는 아내를 건드리면 내
가 즉시 입을 열 줄 알았던 모양이다.

다음에 그는 상상할 수 없는 짓을 했다. 다듬이 방망이만큼
굵은 몽둥이를 집어든 그는 그것을 아내의 음부에 갖다 댔다.
그리고 그것을 밀어넣기 시작했다. 아내가 비명을 질렀지만 그
는 사정을 두지 않고 그것을 쑤셔넣었다. 그 굵은 몽둥이가 안
으로 들어가는 것을 보고 나는 놀랐다. 그가 그것을 앞뒤로 움
직이자 아내의 입에서는 신음소리가 흘러나왔다.

「어때? 기분이 어때? 좋지?」

뚱보가 땀을 흘리면서 아내에게 속삭였다. 나는 앞이 보이지
가 않았다. 어떻게 내가 그렇게 재빨리 행동할 수 있었는지 모
르겠다. 뚱보에게서 몽둥이를 뺏아든 나는 그를 내려치기 시작
했다. 그의 벗어진 이마에서 피가 튀는 것이 보였고, 그의 높은
비명 소리가 실내를 울렸다. 내가 매우 재빨리 미친 듯이 날뛰
었기 때문에 다른 사나이들은 미처 손을 쓸 여유가 없었다.

뒤통수에 강한 타격을 받고서야 나는 물러섰다. 다시 한 대
맞자 나는 쓰러졌다.

내가 희미하게 정신이 들어 눈을 떴을 때 사나이들이 아내를
강간하고 있는 것이 보였다. 아내는 책상 위에 죽은 듯이 누워
있었고, 뚱보는 이마에 피를 흘리면서 욕설을 퍼붓고 있었다.
나는 다시 기절했다.

낮인지 밤인지 구별할 수가 없었다. 짐작으로, 며칠이 흘러갔
을 것이라고 생각될 뿐이었다.

그 동안 나는 내가 미쳐가고 있다고 생각했다. 잠을 재우지 않았기 때문에 의식을 똑바로 가질 수가 없었다. 그들이 나에게 베푼 호의란 내가 얼어죽지 않게 적당히 체온을 유지시켜 주는 것 정도였다. 고문이 끝나면 나는 스팀이 나오는 방으로 끌려가 의사의 진단을 받곤 했다. 그 방 역시 지하실에 있었는데, 크기가 두 평쯤으로 바닥은 마루로 되어 있었다. 그 마룻바닥 위에 벌거벗은 채로 몇 시간이고 꿇어앉아 있어야 했다. 그러면 꿇어앉은 채 졸다가 앞으로 꼬꾸라지기가 일쑤였는데, 그럴 때면 감시하고 있던 사내가 들어와 나를 무자비하게 걷어차곤 했다.

고문실에 서 있을 때도 잠이 왔다. 그러면 으레 차가운 물을 머리 위에 퍼붓곤 했다.

뚱보는 나에게 몽둥이로 얻어맞은 뒤로는 나를 몹시 경계했다. 별로 말을 걸거나 묻지도 않았고, 처음부터 끝까지 고문만을 자행했다. 고문하기 위한 고문이었다. 고문은 갈수록 잔혹해졌다.

나는 거꾸로 서 있기도 하고, 손을 묶인 채 천장에 매달리기도 했다. 어느 것 하나도 괴롭지 않은 것이 없었다. 전기 쇼크는 가장 무서운 것이었다. 나는 몇 번이나 기절하곤 했다.

이런 고문을 받고 있는 동안 나는 뚱보를 비롯한 그 고문자들이 한결같이 괴상한 자들이라는 것을 알게 되었다. 고문을 받는 것도 힘든 일이지만 고문을 가하는 것도 쉬운 일은 아니다. 정상적인 정신 상태를 가지고는 그와 같은 고문을 기계처럼 자행할 수는 없는 것이다. 그들은 한 걸음 더 나아가 고문 자체를 즐기고 있는 것 같았다. 그것이야말로 일종의 새디즘이라고 할 수 있었다. 내가 가장 두려워한 것은 그들의 이러한 정신이상이 나를 말살해 버리지 않을까 하는 점이었다. 그러나 그러한 것도 내가 어느 정도 살아야겠다는 의지를 가지고 있을 때 가진 생각이고 그 다음부터는 오직 죽고 싶다는 생각뿐이었다.

죽더라도 무엇인가 안고 죽어야 한다는 생각에서 나는 여전히 입을 열지 않았다. 비록 모든 것이 밝혀진다 해도 나는 끝까지 입을 다물고 있을 작정이었다. 처음의 질식할 것 같던 공포도 이제는 없었다.

내가 이렇게 변하게 된 것은, 한마디로 잘라 말할 수는 없지만, 아내가 수모를 당하는 것을 직접 목격한 때문인 것 같았다. 그때부터 나는 증오심에 불타기 시작했고, 내가 비굴하게 군 것을 후회하기까지 했다. 또 하나의 이유는 고문자들이 조선인이라는 사실, 그것이 나로 하여금 더욱 증오심에 타오르게 했을 것이라고 나는 믿는다. 나도 놀랄 정도로 나는 고문에 익숙해져 갔고, 강직 현상을 일으킨 송장처럼 계속 침묵을 지켰다. 고문이 심해질수록 나는 투쟁적으로 되어갔다. 그렇다고 하지만 육체와 정신이 함께 결합해서 조화를 이루어 나갔다는 것은 아니다. 오히려 이 둘은 전혀 관계가 없는 것처럼 따로 행동할 때가 많았다. 처음부터 나에게는 육체에 있어서의 지구력의 한계가 전혀 고려되지 않았기 때문에 나의 육체는 다시 조립할 수 없을 정도로 산산이 부서진 상태에 놓여 있었다. 따라서 정신이 육체를 지배할 단계는 이미 벗어나 있었다. 두 개는 전혀 다른 개체로서 존재하고 있었다. 예를 들면 고문자의 명령이 떨어지면 그것은 뇌신경에까지 전달되지 않은 채 이행되곤 했다. 나는 아무 생각 없이 명령에 따라 기계처럼 움직였다.

따로 떨어져 있었다고는 하지만 정신도 거의 마비되어 있었다. 그것은 오직 한 가지만을 붙들고 있었다. 비밀을 지켜야 한다는 것, 입을 열어서는 안 된다는 것, 오직 그것에만 집착하고 있었다. 마치 운명적인 것처럼 정신은 그것만을 움켜쥐고 있었다. 그 밖의 모든 것은 포기하고 있었다. 뚱보는 그 줄을 끊으려고 발악을 했다. 그러나 그럴수록 나는 안으로 안으로 오그라들어 그것을 깊이 품었다. 그리고 더 이상 깊이 품을 수 없게 되자 나는 자살을 생각했다. 자살을 구체적으로 생각하자 나는 마치 맑은 공기를 마시게 된 것처럼 기분이 상쾌했다. 그러나 즉시 자살을 단행하지는 않았다. 그것을 생각한다는 것만으로도 나는 상당히 위로가 되었고, 마치 영양 식품을 먹는 것처럼 천천히 그 생각을 음미하고 있었다. 그러니까 나는, 언제든지 자살할 준비가 되어 있다. 이렇게 생각하고 있었다.

때때로 아내 생각이 나기도 했다. 혐의가 없으니까 풀려났겠지만 궁금했다. 그렇다고 걱정한 것은 아니었다. 아내는 이미 나에게서 떠나 있었다. 그녀가 생각날 때면 내 자신을 저주하면서 그녀를 잊으려고 노력했다. 그리고 그때마다 고독이 뼈 속으로 스며드는 것을 느끼곤 했다.

고문에 익숙해지면서 나는 고문자들의 솜씨를 알게 되었고, 그것은 나에게 퍽 많은 도움이 되었다. 고문이 시작되면 나는 거기에 적응할 수 있는 태도를 미리 취함으로써 고통을 최소한도로 줄일 수가 있었다. 그리고 항상 대하다보니 고문자들과도

무언의 친밀감 같은 것을 느끼게 되었다. 그들은 무자비하고 잔혹한 사나이들이었지만 명령을 성실히 수행한다는 점에서는 나무랄 데 없는 놈들이었다. 그러면서도 그들은 고문에 지친 듯 항상 피곤한 모습들을 하고 있었다. 그러한 점이 나로 하여금 그들에 대해 친밀감을 느끼게 하는 원인이 되기도 했다. 뚱보가 없을 때, 한번은 가장 나이 들어 보이는 고문자가 나에게 이런 말을 한 적이 있었다.

「지금까지 고문에 견디는 사람은 아무도 없었어. 모두가 한 차례 고문이 끝나면 입을 열곤 했지. 가끔 자살하는 사람이 있긴 하지만……그것도 따지고 보면 견디지 못해 자살하는 거지. 그런데 당신은 좀 다르군. 우리를 지치게 만들 정도니. 당신 같은 사람은 처음이야. 곧 불 줄 알았는데, 어찌된 건지 당신은 갈수록 강해지는 것 같아. 당신이 참아내는 걸 보면 오히려 내가 고문을 받고 있는 것 같은 기분이 들 때가 있어. 솔직히 말해……이제는 당신을 존경하고 싶어지는군.」

이 말을 듣고 나는 아무 느낌도 들지 않았지만, 그가 거짓말을 하고 있지 않다는 것은 알 수가 있었다.

만일 다른 고문자들이 나타나 다른 식으로 고문을 했다면 나는 새로운 고문 방법에 적응하지 못해 자백했거나 자살했을 것이다. 그러나 내가 염려한 다른 고문자들은 나타나지 않았다. 처음 고문을 맡은 자들이 끝까지 나를 상대해 주었다는 것은 나로서는 적이 다행한 일이었다.

그런 어느 날, 갑자기 고문이 중단되고 뚱보가 활기있게 나타났다. 그의 머리와 어깨 위에는 눈이 채 녹지 않은 채 쌓여 있

었다. 불빛에 반짝이는 하얀 눈을 보자 나는 불현듯 바깥 세상
이 그리워져 눈시울이 뜨거워졌다.

뚱보는 요란스럽게 눈을 털고 나서

「일당이 모두 잡혔다! 이장군도 체포되었어! 사건 전모도 밝
혀졌어! 이젠 너 같은 거 손대지 않아도 돼.」

하고 큰 소리로 말했다. 다른 고문자들과는 달리 그는 나에게
유별난 증오감을 품고 있었다. 그에 못지 않게 나 역시 그에 대
해 심한 적개심을 느끼고 있었다.

「너는 악질로⋯⋯재판에서 극형을 받게 될 거야. 지긋지긋한
자식⋯⋯너 때문에 우리가 고생한 걸 생각하면⋯⋯」

그의 살찐 턱이 증오심으로 씰룩거렸다. 이장군을 비롯한 모
든 동지들이 체포되었다는 것은 그다지 놀랄 일이 못 되었다.
내가 말하지 않더라도 어차피 모두가 체포되고 전모가 밝혀질
것임을 나는 알고 있었다.

내가 별로 반응을 보이지 않자 뚱보는 한층 소리를 높였다.

「좋아. 네놈이 얼마나 바보 멍텅구리인가를 보여 주지. 이봐,
최태오를 데려와!」

그는 의기양양하게 나를 바라보았다. 나는 비로소 긴장했다.
최태오를 만난다는 사실이 그만큼 나에게는 두려운 일이었다.
무엇보다도 그가 내 아내의 처사를 질책하고 나올까봐 나는 겁
이 났다. 그것은 정말 괴로운 일이었다.

최태오는 옷을 입고 있었지만 처참한 몰골을 하고 있었다. 그
의 모습은 너무 변해서 못 알아볼 정도였다. 그렇지 않아도 작
은 눈이 잔뜩 부어서 거의 감겨 있다시피 했고, 머리와 목에는

흰 붕대가 감겨 있었다. 거동하기도 불편한지 거의 끌리다시피 해서 안으로 들어왔다. 그가 얼마나 혹독한 고문을 받았는가 하는 것은 밖으로 드러난 이러한 모습만 보아도 나는 충분히 짐작이 갔다.

그는 쳐다보는 것도 어려운지 몇 번 눈꺼풀을 무겁게 움직이다가 겨우 나와 시선이 마주쳤다.

그 순간 그의 입이 벌어지고 눈도 커지는 것 같았다. 그가 놀란 것이 분명했다. 놀라기는 나도 마찬가지였다. 나는 성기를 손으로 가리고 그의 눈치를 살폈다. 이런 모습을 그에게 보인다는 것이 수치스러웠다.

그의 입에서 무슨 말인가 나올 것을 기다렸지만 그는 나에게 아무 말도 하지 않았다. 이윽고 그는 나로부터 고개를 돌려 버렸다. 아내가 그런 짓을 한 거 미안해. 그렇지만 내가 시킨 게 아니야. 나는 이렇게 말하고 싶었다. 그러나 생각일 뿐 말이 나오지는 않았다. 그런 말을 한다는 것이 더없이 비굴하게 생각되었다.

그런데 그 다음에 내가 상상도 못한 놀라운 일이 일어났다.

「이자도 공모자인가?」

뚱보가 물었다. 그러자 태오는 나를 쳐다보지도 않은 채

「네.」

하고 대답했다.

「틀림없는가?」

「네, 틀림없습니다.」

분명히 그가 대답하고 있었지만 나는 믿기지 않아 내 귀를 의

심했다.

「이자가 공산당에 손을 썼나?」

「네.」

「그리고?」

「자금책이었습니다.」

「자금은 누가 대주기로 했지?」

「그 사람 형이 대주기로 했습니다.」

「이름이 뭐지?」

「오병준(吳秉俊)이라고 합니다.」

「어디 살지?」

「상해에 살고 있는 걸로 알고 있습니다.」

태오는 거침없이 대답하고 있었다. 갑자기 눈물이 나오고 오줌을 쌀 것 같았다. 사람이 이렇게 변할 수 있다는 사실을 나는 어떻게 받아들여야 할지 알 수가 없었다. 하긴, 내 아내도 이런 짓을 했으니까 나로서는 태오에 대해 할말이 없었다. 그가 고문에 못 이겨 이런 대답을 하는 것일까, 아니면 내 아내의 고자질에 분개한 나머지 나를 곤경에 빠뜨리려고 일부러 그런 것일까. 나는 알 수가 없었지만, 이유야 어떻든 나로서는 놀랍고 그대로 당할 수밖에 없는 일이었다.

나는 눈앞이 캄캄해졌다. 새로운 절망감이 나를 엄습했다. 이러한 나의 모습에 뚱보는 기분이 흡족한 모양이었다.

「자, 이젠 네가 멍텅구리란 걸 알겠지? 다 드러난 마당에 잡아뗄 건가?」

그는 나에게 진술서를 쓰라고 했다. 그러나 나는 포기하지 않았다. 포기할 수가 없었다. 내가 쓰기를 거부하자 그는 임의대로 그것을 작성한 다음 나에게 읽어보라고 했다. 읽어보고 난 나는 예상했던 것이라 별로 놀라지 않았다. 거기에는 내가 핵심 인물로서 시종일관 중요한 역할을 맡은 것으로 작성되어 있었다.

「읽었으면 밑에다 서명하고 지장을 찍어.」

「사실과 다릅니다.」

「사실이 뭐야? 그럼 사실을 말해 봐.」

「저는 아무 것도 모릅니다.」

「세상에 이런 바보가 있나.」

그의 말대로 나는 바보였는지 모른다.

그후 대우가 달라졌다. 영양 주사도 놓아주고 잠도 푹 재우더니 얼마 뒤 재판이 열렸다. 극비리에 열린 특별 군사재판이었다. 재판은 처음부터 비공개였기 때문에 법정에는 신문기자나 방청객 하나 없이 피고와 증인들만 참석했다.

재판장을 중심으로 그 좌우에는 심판관과 법무사가 앉아 있었고, 한 단 아래 왼편에 검찰관이 자리잡고 있었다. 재판장은 육군 대좌로, 이런 재판을 맡게 된 것을 매우 영광스럽게 생각하는 듯 위풍당당한 모습이었다. 검찰관은 이런 사건에는 이제 진력이 난다는 듯 자주 얼굴을 찌푸리곤 했다. 그는 대위였고, 그야말로 새파랗게 젊어 보였는데, 나중에 알고 보니 그 역시 조선인이었다.

피고는 수십 명이나 되었다. 그 수에 나는 어리둥절했다. 직접 관계가 없는 연루자들까지 모두 체포된 모양이었다. 그 속에 형도 끼어 있었다. 형은 생각과는 달리 침착해 보였고, 나를 보자 고개를 끄덕거리기까지 했다. 나는 문득 형에게 미안한 생각이 들었다. 형에 대한 이러한 생각은 처음이었다.

그런데 나를 놀라게 하고 수치스럽게 만든 것은 아내가 검찰 측 증인으로 나와 있었다는 사실이었다. 그녀는 검찰관이 묻는 대로 울면서 증언했다.

「남편이 음모에 가담하고 있는 것을 알았나요?」

「네, 어느 정도는 눈치채고 있었습니다.」

「그 어느 정도라는 것이 어느 정도를 말하는 겁니까?」

「……」

누군가가 킥 하고 웃었다. 그 웃음은 갑자기 전염병처럼 번져 모두가 킥킥거리고 웃었고, 나도 웃음이 나왔다. 별로 우스운 것도 아닌데 웃음이 나오는, 죽음의 냄새가 나는 절망적이고 이상야릇한 웃음이었다. 검찰관은 얼굴을 찌푸리며 날카롭게 추궁했다.

「분명히 말씀해 주십시오. 가담하고 있는 걸 알았습니까 몰 랐습니까?」

「알았습니다.」

아내는 이어서 조금 소리를 높여 말했다.

「그래서 집안에서는 적극 말렸고, 그분도 결국은 거기서 발 을 뺐습니다. 이건 정말이에요!」

「아, 그런 건 말씀 안해도 됩니다. 묻는 말에만 대답해 주십 시오.」

대위는 손을 흔들고 나서 다시 물었다.

「최태오를 알고 있습니까?」

「네, 알고 있습니다.」

「이번 음모에 두 사람이 함께 가담하고 있었다는 것을 알았나요?」

「네, 그렇지만 남편은……」

「알겠습니다. 최태오가 부인의 집에 숨어 있었던 게 사실입니까?」

「네.」

「누가 숨겨 준 겁니까?」

「……」

「남편 오병학이 숨겨 준 겁니까?」

「그이의 입장에서는 어쩔 수 없었어요. 최씨가 친구인데다 마음이 약해서……」

「알겠습니다. 부인께서 신고하셨습니까?」

「네.」

그 순간 피고들 사이에서 동요가 일었다. 그들은 수군거리면서 모두 나를 쳐다보았다. 한결같이 나를 경멸하는 눈초리들이었다. 나는 앞으로 뛰어나가 아내를 죽이고 싶었다. 이 여자는 내 아내가 아닙니다, 하고 소리치고도 싶었다.

「왜 신고하셨지요?」

검찰관이 가장 난처한 질문을 던졌다. 아내는 몸을 떨면서 다시 흐느끼기 시작했다. 화장한 얼굴이 눈물로 범벅되는 바람에 역겹게 보이기까지 했다.

「그이는 아무 죄가 없어요! 정말 억울해요!」

「남편을 구하기 위해 신고를 했다는 게 사실입니까?」

「네, 사실입니다.」

피고들이 다시 동요했다. 저런 개 같은 년, 하는 소리가 들리기도 했다. 나는 쥐구멍이라도 있으면 들어가고 싶었다. 아내가 나를 바라보았다. 자기를 이해해 달라는 그런 눈이었다. 나는 증오를 품고 그녀를 노려보았다.

최태오의 진술은 나를 별로 놀라게 하지 않았다. 나는 이미 그가 어떻게 진술할 것인가를 짐작하고 있었기 때문에 담담한 심정으로 들을 수가 있었다. 그러나 다른 피고들은 그렇지가 않았다. 그들은 태오의 진술에 모두 당황하는 것 같았다.

태오는 그 일에 참가한 것을 정말 후회하는 듯 눈물까지 흘리면서 울먹이는 소리로 진술했다. 동정을 사려고 그는 무진 애를 쓰고 있었다.

「피고는 무슨 이유로 이런 음모를 꾸미게 되었나?」

「이유는 없습니다. 음모를 꾸민 것도 아닙니다.」

「그럼 죄가 없단 말인가?」

「그게 아니고……」

「그게 아니고 뭐야?」

「저는 뭣 모르고 그냥 몇 번 참석한 것뿐입니다. 미리 내막을 알았다면 처음부터 나가지 않았을 겁니다. 나중에 그것을 알고는 모임에 나가지 않았습니다. 정말 후회막급입니다. 용서해 주십시오.」

그때 피고들 가운데서 한 사람이 벌떡 일어나면서 큰 소리로 외쳤다.

「야, 이 개새끼야, 너도 남자새끼냐?」

「뭐야? 끌어내!」

검찰관이 호통을 치자 헌병들이 그 피고를 재빨리 밖으로 끌고 갔다. 그는 내가 알기로는 매우 과묵한 사람이었다. 그는 끌려가면서도

「이새끼, 어디 두고 보자! 얼마나 잘되나 두고 보자!」

하고 소리쳤다.

이 소동 때문에 재판이 한때 중단되고, 피고들은 재판장으로부터 엄중한 경고를 받았다. 태오는 동지들로부터 이렇게 욕을 먹으면서도 이미 각오하고 있었는지 태도를 고치지 않았다.

「음모를 알았으면 왜 신고를 하지 않았지?」

「후환이 두려워서 그랬습니다.」

「후환이 두렵다니, 협박을 받았다는 말인가?」

「네, 그렇습니다.」

「뭐라고 협박을 받았나?」

「생명이 위험하다고 했습니다.」

「누가 그런 협박을 했지?」

「그, 그건……말씀드리기 곤란합니다.」

태오가 사실대로만 진술했다면 동지들은 그렇게 분개하지 않았을 것이다. 그러나 그는 자신의 입장을 두둔하다 보니 계속 거짓말을 하고 있었다.

「공산당원을 만난 적이 있나?」

「네, 만난 적이 있습니다.」

「왜, 무슨 목적으로 만났지? 지원을 받기 위해서 만난 거 아

닌가?」

「공산당원인 줄 모르고 만났습니다. 저는……따라가 보았을 뿐입니다.」

「누구를 따라갔다는 건가?」

「오병학입니다. 중국인을 만난다고 하면서……함께 가자고 하기에 따라갔습니다.」

「거기서 무슨 말을 했지?」

「오병학이 무기 지원을 해 달라고 했습니다.」

「피고인들의 행동을 어떻게 생각하나?」

「시대착오적인 어리석은 행동이라고 생각합니다.」

「피고인들 중에 존경이 가는 사람이라도 있나?」

「없습니다.」

「일본을 어떻게 생각하나?」

「위대한 조국이라고 생각합니다.」

「혹시 고문은 없었나?」

「없었습니다. 자유롭게 지냈습니다.」

「강요에 의한 자백은 없었나?」

「없었습니다. 어디까지나 제 소신에 따라 자백한 겁니다.」

태오는 묻는 대로 소상하게, 적당히 구색을 맞춰가면서 대답했다. 그는 대답을 미리 준비한 듯 조금도 막히지 않고 진술했다. 검찰관이 마지막으로 할말이 없느냐고 하자 그는 다시 울면서 이렇게 말했다.

「본의 아니게 국가에 누를 끼쳐 죄송하기 짝이 없습니다. 한 번만 용서를 해 주신다면 앞으로 국가 사회를 위해 이 목숨을 바칠 것을 약속합니다. 한번만 기회를 주십시오. 지난날 저는 천황폐하를 위해 목숨을 바칠 것을 몇 번씩이나 맹세했습니다. 그런데……어쩌다가 이런 실수를 했는지……」

흐느껴 우느라고 그는 말을 다 잇지 못했다.

아침부터 열린 재판은 밤늦게까지 계속될 모양이었다. 단 하루만에 해치울 셈인 것 같았다.

오후가 되자 나는 너무 지리해서 졸음이 왔다. 생사를 결정하는 중요한 시간이라고 거듭 내 자신에게 타일렀지만 졸음이 밀려오는 것은 어쩌지 못했다.

최태오의 진술은 모든 피고들에게 상당히 영향을 끼친 것 같았다. 부인해도 쓸데없다는 것을 알았는지 그들은 갑자기 절망적인 표정으로 사실을 인정하기 시작했다. 이장군도 모든 사실을 순순히 시인했다. 그러나 그는 피고들 중에서 가장 침착하고 기품이 있어 보였다. 그는 비굴한 태도를 조금도 보이지 않았고, 하고 싶은 말을 회피하지도 않았다. 그의 입에서 신랄한 비판이 튀어나오자 나는 비로소 졸음이 가셨다.

이윽고 내 차례가 되었다. 내가 일어서자 모든 시선이 일제히 나에게 쏠렸다. 피고들은 내가 얼마나 기대에 어긋나는 발언을 하게 될까 하고 염려하는 것 같았다.

「피고는 이번 음모에서 어떤 역할을 담당했나?」

「아무 역할도 맡지 않았습니다.」

「뭐야? 지금까지 피고들이 진술한 걸 듣지 않았나?」

「들은 것도 있고 듣지 않은 것도 있습니다.」

「다른 피고들의 진술이 허위란 말인가?」

「허위인지 아닌지는 잘 모릅니다. 저하고는 관계가 없는 일입니다.」

검찰관이 잠시 나를 물끄러미 바라보았다. 잠시 후 그는 생각난 듯이

「피고는 지금 정상적인 상태에서 말하고 있는 건가?」

하고 물었다.

「그렇지 않습니다.」

나는 누구도 의식하지 않고 대답했다.

「자신이 스스로 사물을 판단할 능력이 없다고 생각하는가?」

「판단할 능력은 있습니다.」

마룻장이 쾅 하고 울렸다.

「뭐야? 지금 장난하고 있는 줄 아나?」

「아닙니다.」

「그 따위 대답이 어딨어? 정상적인 상태가 아니라고 대답해 놓고 판단 능력이 있다고 말하는 건 또 뭐야? 건방지지 않으냐 말이야!」

「정상적인 상태가 아니라는 건 제 자신을 두고 한 말이 아닙니다.」

나는 담담한 심정이었고, 머리속이 갑자기 맑아지는 것을 느끼고 있었다.

「그럼 뭐야? 뭐가 정상적인 상태가 아니란 말이야?」

「처음부터 이 사건은 잘못 조작된 것입니다.」

「조작된 거라고?」

검찰관은 몸을 일으키려다가 말았다. 피고들 사이에서 웅성 거리는 소리가 들려왔다.

「여긴 신성한 법정이야. 법정을 모독하는 발언은 용서할 수 없다. 사건을 조작했다니, 그럼 이 검찰관이 조작했다는 말인가?」

그는 주먹으로 책상을 쾅 하고 내려쳤다.

「사실대로 말해! 자기 발언에 대해서는 책임을 져야 한다! 피고 부인의 협조도 있고 해서 본인은 피고에 대해 정상 참작을 하려고 했는데 이젠 그럴 필요가 없어졌다.!」

「네, 그럴 필요가 없습니다. 저는 그런 것을 바라지도 않습니다. 제 아내와 저를 결부시켜 말하지는 마십시오. 우리는 형식적인 부부일 따름입니다.」

아까보다 더 큰 소요가 일었다. 검찰관은 분통이 터지는지 얼굴을 붉히면서 나를 노려보았다. 그는 이제 사건 자체보다도 나를 상대로 자존심을 회복하는 것이 더 큰 문제라고 생각하는 것 같았다.

「좋아! 사실에 입각해서 법대로 엄중히 다스리겠다! 이 사건이 조작된 것이라고 했는데, 무슨 근거로 그런 말을 했나? 그 근거를 대봐, 빨리!」

「저는 체포되는 날부터 계속 고문을 받았습니다.」

「여기 건강진단서가 있어! 모두 정상이야! 무슨 개수작을 하는 거야?」

「그건 엉터리입니다. 며칠 전부터 잠을 재우고 영양 주사를 놓아주고 치료를 해주었습니다. 그런 다음에 진단을 한 것이니 고문한 흔적이 나올 리 없습니다.」

「수사 책임자는 이리 나와 주시오!」

검찰관이 뒤쪽을 향해 소리치자 뚱보가 앞으로 나왔다. 그는 말쑥한 양복 차림이었고, 그날따라 그 살찐 얼굴은 유난히 윤기가 돌았다. 증언대에 올라선 그는 잠시 나를 무표정하게 바라보았다.

「이 사람을 알고 있습니까?」

검찰관이 나를 손가락으로 가리키면서 물었다. 뚱보는 기침을 하고 나서 느린 어조로 대답했다.

「네, 알고 있습니다. 제가 쭉 저 사람을 심문했습니다.」

「피고의 말이 고문을 받았다는데 사실입니까?」

「글쎄, 그걸 고문이라고 해야 할지 모르겠습니다만, 화가 나서 뺨을 한두 대 때린 적은 있습니다. 그 밖에는 고문이라고 생각되는 짓은 하지 않았습니다.」

「알겠습니다.」

검찰관이 비웃는 듯한 표정으로 나를 바라보았다.

「피고는 들었는가? 따귀 한 대 때린 걸 가지고 고문 운운하는 건 엄살이야. 이런 반역죄를 저지르고도 따귀 한 대 맞지 않으리라고 생각했나?」

「고문을 받은 게 당연하다는 겁니까?」

나는 서서히 분노가 일었다. 검찰관은 당황한 기색을 보였다.

「누가 당연하다고 그랬어? 당신이 너무 엄살을 떠니까 하는 말이야! 따귀 한 대 맞는 건 고문이라고 할 수 없어!」

나는 손을 들어 뚱보를 가리켰다.

「왜 저 사람 말만 믿고 제 말은 무시합니까? 이런 게 모두 조작이 아닙니까? 재판이 편파적으로 진행되면 그건 조작이나 다름없습니다. 이렇게 된 이상 분명히 밝혀 두겠습니다. 저기 서 있는 뚱뚱한 사람이……」

나는 잠깐 말을 끊었다. 곧 웃음소리가 들려오고, 뚱보의 얼굴이 붉게 상기되고 있었다. 그는 눈알을 굴리면서 주위를 둘러보았다.

「저 뚱뚱한 사람이 바로 고문을 지휘한 책임자입니다. 저 역시 뺨 한 대 맞은 걸 가지고 고문이라곤 생각지 않습니다. 저는 불도 없는 추운 지하실에서 항상 빨가벗긴 채 고문을 받았습니다. 추운 겨울에 빨가벗고 있는 것이 얼마나 고통스러운 건지 아십니까? 저 뚱뚱한 사람과 부하들은 전문적으로 고문을 연구해 온 사람들답게 저를 고문했습니다. 그들은 몽둥이로 저를 때리기도 하고, 팔을 비틀기도 하고, 천장에 매달기도 했습니다. 그뿐이 아닙니다. 배가 터질 정도로 물을 먹여 놓고는 주먹으로 배를 때려 다시 토하게 했습니다. 저는 개처럼 기어다니면서 바닥을 혀로 핥았고 무릎을 꿇고 빌기도 했습니다. 전기 고문은 정말 참을 수 없는 것이었습니다. 저는 항상 떨고 있었고, 잠을 재우지 않아 미칠 것 같았습니다. 다행인 것은 이렇게 고문을 받다 보니까 제 자신 고문에 익숙해졌다는 겁니다. 만일 그렇지 못했다면 저는 죽었거나 참지 못해 자살했을 것입니다. 이렇게……처음부터 수사가 고문으로 이루어진 이상 이 사건은 조작된 것이나 다름없습니다. 죽지 않고 이렇게 사실을 말하게 된 것을 천만 다행으로 생각합니다. 저 뚱뚱한 사람은 제 아내까지도……」

나는 얼른 입을 다물어 버렸다. 법정 안은 벌집을 쑤셔놓은 듯 술렁거렸다. 지금까지와는 다른 일종의 생기 같은 것이 피고들의 얼굴에 나타나 있었다. 그들은 나를 바라보기도 하고, 자기들끼리 숙덕거리기도 하고, 의미심장한 눈짓을 교환하기도 했다. 재판장이 책상을 두드리면서 조용히 하라고 하자 그제야 실내는 잠잠해졌다. 나는 뚱보가 땀을 흘리고 있는 것을 보자 기분이 유쾌해졌다. 아내와도 시선이 마주쳤는데, 그녀는 하얗게 사색이 되어 나를 바라보고 있었다.

검찰관은 재판장과 몇 마디 소곤거리고 나더니 아까보다 더욱 날카롭게 나를 쏘아보았다.

「피고가 법정을 무시하고 소란을 피우는 것은 더 이상 묵과할 수 없다. 아무리 고문이 있었다 해도 그것을 이유로 재판을 기피할 수는 없다. 본 재판은 피고의 반역죄를 다스리기 위해 열린 것이지 그런 사소한 문제를 따지기 위해 열린 것이 아니다. 본 법정은 여기 있는 진단서와 수사 책임자의 증언을 토대로, 피고가 재판에 임할 수 없을 정도로 비정상적인 상태가 아니라고 보기 때문에 피고에 대한 심리를 계속하겠다. 피고는 법정을 모독하는 발언을 삼가 주기 바란다. 이의 없는가?」

「이의 있습니다.」

나는 지체하지 않고 대답했다.

「뭔가?」

「저는 민간인입니다. 군사재판을 받아야 할 이유가 없습니다. 민간재판으로 넘겨주십시오.」

「이건 반역죄를 다루는 특별 군사재판이야!」

「특별 군사재판이라는 게 있을 수 있습니까? 저는 분명히 민간인이니까 민간재판을 요구할 권리가 있습니다. 그리고 아무리 특별재판이라고 하지만 방청객이나 기자 한 명 없이 이렇게 비밀리에 숨어서 하는 재판이 어디 있습니까? 저는 이런 재판은 받을 수 없습니다. 일체의 답변을 거부하겠습니다!」

나는 준비나 한 듯 술술 말했다. 그러나 사실 준비하고 있던 것은 아니었다. 그때의 기분이 나로 하여금 그렇게 말하게 했던 것에 불과하다. 태오를 비롯한 모든 피고인들의 태도에 나는 나도 모르는 사이에 실망을 느끼고, 그런 나머지 반발을 한 것인지도 모른다.

내가 이렇게 나오자 검찰관은 더 이상 상대하지 않고 그 대신 재판장에게 나에 대한 심리를 중단하겠다고 말했다.

「피고는 본 법정을 모독하고 있을 뿐만 아니라 심리를 거부하고 있습니다. 따라서 피고에 대한 심리를 중단하고, 공소 사실과 수사 기록 및 증언을 토대로 피고에 대한 심리를 대신하겠습니다.」

피고들 중 사형 언도를 받은 사람은 리더인 이장군을 비롯해서 모두 다섯 사람이었다. 그 다음 나와 두 사람이 무기 언도를 받았다. 그 밖에는 거의가 10년에서 20년 사이의 형이었다. 예외가 한 사람 있었는데 예상했던 대로 최태오였다. 그에게는

2년이 선고되었다. 나의 형에게는 10년이 선고되었는데 최태오의 형량과 비교하면 확실히 주객이 전도된 엉터리 판결이었다. 대범해 보이던 형도 10년이라는 기나긴 형벌을 받자 쓰러질 듯 비틀거리기까지 했고 나를 몹시 원망하는 눈치였다. 나는 형에게 미안했지만 어쩔 수 없는 일이었다.

나는 무기형을 언도받았을 때 등골에 얼음덩이가 굴러가는 것 같은 느낌을 받았다. 그러나 이미 각오하고 있었으므로 마음을 가누기 어려울 정도로 충격을 느끼지는 않았다.

상소가 허락되지 않았으므로 판결은 그것으로 확정되었다. 이제 벽과의 기나긴 투쟁을 시작하게 된 것이다. 어느 날 갑자기 일상적인 모든 것들로부터 차단되어 벽 속에 갇힌다는 것, 그것도 죽을 때까지 갇혀 있어야 한다는 것이야말로 정말 견딜 수 없도록 고통스러운 일이었다. 판결을 내린 사람들은 이 고통을 알 수 있을까. 그들은 어떤 마음으로 이런 판결을 내렸을까.

며칠 후 우리는 긴 오랏줄에 한 줄로 묶여 역으로 실려갔고, 거기서 화물칸에 짐짝처럼 처박혀 어디론가 끌려갔다.

밤낮으로 기차가 달리는 것을 보고 그제야 우리는 그리던 조국으로 가고 있는 것을 알았다. 기차가 만주를 지나 압록강 철교 위로 덜커덩 하고 들어섰을 때 우리는 문틈으로 조국의 산하를 보려고 서로 얼굴을 디밀었다. 강 위로 솜처럼 부드러운 흰 눈이 내리고 있었다. 실로 10년 만의 귀향이었다. 그러나 이렇게 죄수의 몸으로 돌아오게 되니 가슴은 칼로 도려내는 듯 고통스럽기만 했다. 나는 처음으로 눈물이 나왔다.

우리들 중 밖을 내다보지 않는 사람이 한 사람 있었다. 바로 최태오였다. 그는 구석에 웅크리고 앉아 눈을 번득이고 있었다. 그로서는 산하를 내다보기가 두려웠을 것이다.

마침내 우리가 긴 여행 끝에 내린 곳은 경성역이었다. 역에 내리자 우리는 즉시 트럭에 실려 서대문 형무소로 실려갔다.

체포되어 고문 받을 때는 공포와 고통으로 생각할 여유도 없었고 틈만 나면 졸곤 했었다. 그러나 일단 벽 속에 갇혀 하는 일없이 하루종일 앉아 있자니 온갖 상념이 머리를 스쳐가면서 내부적인 고통이 고개를 쳐들기 시작했다. 그것은 금방 고무풍선처럼 부풀어올라, 내 가슴은 펑 소리를 내면서 터져 버릴 것만 같았다. 하루가 일 년보다 더 길다는 것을 처음으로 알게 되었고, 시간이 흐르는 게 아니라 정지해 있다는 것도 배우게 되었다.

처음 며칠 동안 나는 견딜 수 없어 손톱으로 벽을 긁어대기까지 했다. 식사도 할 수 없었고 잠도 오지 않았다. 어이없는 것은 내가 무기형을 언도받았다는 사실이 도무지 현실로 느껴지지 않는다는 점이었다. 모든 것은 잘못된 것이고 나는 곧 석방될 것이다. 나는 이렇게 어리석은 착각 속에 내 자신을 위로하려고 애를 썼다.

그러나 얼마 후에 나는 벽을 긁는 일도, 어리석은 착각 속에 빠지는 일도 없어지게 되었다. 두 팔과 다리를 절단당한 채 어둠 속에 내동댕이쳐진 내 자신을 발견하게 된 것이다. 그렇게 되자 나는 무덤 속에 누워 있는 시체 같다는 생각이 들면서 마음이 가라앉게 되었다.

　내가 갑자기 이렇게 변하게 된 것은 어느 날 아침 이장군이 교수대로 끌려가는 것을 보고서였다. 갑자기 주위가 조용해지기에 밖을 내다보니, 이장군이 간수들의 부축을 받으며 통로 저쪽에서 걸어오고 있었다. 어깨를 축 늘어뜨린 채 비틀거리는 것이 이미 제정신이 아닌 것 같았다. 재판 때의 그 침착하던 모습은 찾아볼 수가 없었다. 내가 들어 있는 감방 앞을 지날 때 이장군은 숙이고 있던 얼굴을 쳐들고 나를 바라보았다. 그는 주름진 얼굴에 웃음을 띠면서 고개를 끄덕거렸다. 먼저 간다는 그런 뜻인 것 같았는데, 그의 웃음이 너무도 서글프게 느껴져 나는 차마 마주 바라볼 수가 없었다. 그가 사라진 다음에야 나는 내가 울고 있는 것을 알았다.

　이때부터 나는 내 자신이 무기수라는 사실에 실감이 갔고, 어떠한 희망도 갖지 않게 되었다. 나는 바깥 세상에 대한 환상을 거부하고 벽 속에 안주하려고 노력했다. 그래서 아내가 처음 면회를 왔을 때 나는 가벼운 마음으로 그녀에게 이혼하자고 말할 수가 있었다.

　「앞으로는 면회오지 말고……변호사를 통해서 이혼 절차를 밟도록 해.」

　아내는 몹시 야위어 있었다. 그녀는 계속 울어대고 있었다.

　「여보, 왜 그러시는 거예요? 당신은 석방될 수 있어요! 당신을 기다리겠어요!」

　「어리석은 소리하지 마. 나는 무기수야. 죽을 때까지 여기서 살아야 해. 이장군이 사형 당한 거 몰라? 나를 기다릴 생각하지 말고 재혼해. 설사 기적이 일어나서 다시 세상에 나가

게 된다 해도 당신하고는 살 수 없어. 이건 내 솔직한 심정이
니까 명심해 둬.」

그녀는 내 말에 몹시 충격을 받았는지 얼이 빠져버린 표정이
되었다.

「재판 때 하신 말씀 정말이었군요.」

「그래. 우린 형식적인 부부일 따름이야.」

그녀는 마구 흐느껴 울었다.

「용서해 주세요! 당신을 위해서 한 거예요!」

「알고 있어. 그렇지만 할 수 없어. 너무 늦었어. 당신 때문에
수치스러워서 얼굴을 들 수 없는 형편이야. 자살하지 못하고
있는 것이 부끄러워. 당신을 용서하고 안하고 그게 문제가
아니야. 나는 이 세상에서 제일 비열한 놈이 되었단 말이
야!」

「저를 미워하시는군요?」

「처음에는 당신이 죽이고 싶도록 미웠지. 그렇지만 지금은
그런 마음도 없어졌어. 당신을 완전히 잊게 되었으니까.」

아내는 절망적인 눈으로 나를 쳐다보았다.

「저를 사랑하지 않으세요?」

「사랑하지 않아.」

면회 시간이 끝나 아내가 일어섰을 때 나는 다짐하듯 다시 말
했다.

「당신은 젊으니까 다시 결혼할 수 있어. 우리가 다시 함께 살
수 있다고는 생각하지 마. 하루라도 빨리 이혼 절차를 밟도
록 해. 재산은 모두 당신이 알아서 처리해. 나에겐 필요 없으

니까.」

그러나 아내는 내 말을 듣지 않고 그 뒤에도 자꾸만 면회를 왔다. 세 번째 면회까지는 그녀를 만나 주었다. 그때 나는 화가 나서 심하게 면박을 주었다.

「뭣 때문에 자꾸 오는 거야? 나한테서 무얼 얻겠다는 거야? 정말 보기 싫으니까 찾아오지 마! 감옥에 있다고 해서 나를 동정하지는 마! 나는 행복해!」

그 뒤부터 나는 아내의 면회를 일체 거절했다. 아내도 지지 않고 끈질기게 나를 만나려고 했다. 그러나 끝내 내가 만나 주지 않자 그녀도 마침내 포기했는지 몇 달쯤 지나자 면회가 끊어졌다.

그런데 얼마 뒤 처제가 나타나서 나에게 놀라운 소식을 전해 주었다.

「형부 나빠요!」

그녀는 먼저 울기부터 했다. 아직 미혼인 그녀는 여학교 미술 선생이었다. 어리벙벙해 있는 나를 그녀는 충혈된 눈으로 쏘아 보았다.

「언니는 죽었어요! 형부 때문에 죽은 거예요!」

「무슨 소리야! 죽다니?」

「며칠 전에 죽었어요! 자살했어요!」

나는 목이 잠겨 말이 나오지가 않았다. 처제의 말소리가 꿈 속에서 들려오는 것 같았다.

「형부가 만나 주지 않으니까 언니는 제정신이 아니었어요. 그래서 병원에 입원시키려고 했는데……약을 먹었어요. 저는 형부를 이해해요. 그렇지만……미워요! 그럴 수가 없어요! 그렇게 만나고 싶어했는데.」

「유언은 없었나?」

「형부를 사랑한대요! 죽어서라도 사랑한대요!」

처제는 두 손으로 얼굴을 가리고 흐느껴 울었다. 그 바람에 나도 눈물이 나왔다. 후회한들 이미 늦은 일이었다.

「아직도 언니를 미워하세요?」

「죽었다니까 더 미워지는군. 그렇지만 나도 언니를 사랑하고 있어.」

나는 울음이 터지는 바람에 먼저 자리에서 일어났다.

아내의 죽음은 벽 속에 안주하려던 나를 몹시 괴롭혔다. 나는 거의 식사를 입에 대지 않은 채 송장처럼 지냈다. 그 때문에 내 몸은 눈에 띄게 말라갔다.

최태오에 대해 좀 이야기를 해야 될 것 같다.

같은 형무소에 있었기 때문에 그와 나는 종종 마주칠 때가 있었다. 그때마다 그는 몹시 경계를 하며 나를 피하곤 했다. 나도 일부러 그에게 말을 걸어야 할 필요가 없었으므로 그를 모른 체했다.

그는 사람이 많이 달라진 것 같았다. 그전의 그 패기만만하던 모습은 없어지고 그 대신 남의 눈치나 살피고 적당히 처세하는 그런 사람이 되어 있었다. 그래서인지 그는 형무소 살이 하는 사람 같지 않게 혈색이 좋았다.

몇 달 지나 그는 예상했던 대로 보석으로 석방되었다. 그는 정말 사람이 달라져 가지고 세상으로 나간 것이다. 그가 바깥 세상에 나가 어떤 식으로 살아나갈지는 보지 않아도 알 수 있는 일이었다.

그런데 그해 8월, 이번에는 나와 그 밖의 모든 동지들이 갑자기 출감하게 되었다. 정말 예상치도 않았던 뜻밖의 일이라 나는 얼떨떨했다. 무기수 생활이 불과 몇 달만에 끝났으니 그럴 만도 했다. 우리가 그렇게 빨리 석방된 것은 조국이 해방되었기 때문이다.

출감하자 나는 한동안 바빠졌다. 방문객이 많았기 때문이다. 정치인들도 상당수 다녀갔는데, 나를 일종의 정치적인 인물로 내세우려고 하는 것 같았다. 출감한 동지들도 정치단체를 결성할 움직임을 보였고, 나에게 중임을 맡기려고 했다. 그러나 나는 이 모든 것을 거부했다. 정치인이 될 수 없다는 것을 내 자신이 그 누구보다도 잘 알고 있었기 때문이다.

밤은 나에게 고통스러운 시간이었다. 텅 빈 방안에서 혼자 지내자니 자연 아내 생각이 났다. 아내의 환영이 나를 괴롭히는 시간이 점점 많아졌다. 하는 수없이 아내에게서 조금이라도 벗어나 보려고 나는 폭음을 했다. 그런 어느 날 밤, 느닷없이 최태오가 나를 찾아왔다. 술에 취한 그는 내 손을 움켜잡고 고개를 숙였다.

「모두 석방됐다는 말을 듣고 있었지만, 바로 올 수가 없었어.」

그는 불안해 보였다. 나는 담담한 심정이었다.

「미안해. 용서를 빌러 왔어.」

「용서는 오히려 내가 빌어야지.」

나는 아내의 과오를 생각하고 이렇게 말했다. 그러자 최태오 는 훌쩍거리며 울기 시작했다. 술에 취했다고는 하지만 그것은 정말 보기에 민망한 모습이었다.

「어쩔 수 없었어. 고, 고문 때문에 어쩔 수 없었어. 그럴 생 각은 추호도 없었는데 고문 때문에 결국 나, 나는……배신자 가 되고 말았어.」

「이제 다 지난 일인데 뭘 그래.」

나는 귀찮은 생각이 들었다. 그와 나 사이의 관계는 다시 돌 이킬 수 없는 것이었다. 나는 벌써 오래 전에 그를 잊고 있었 다. 그런데 그는 그렇지 않은 것 같았다.

「이봐, 병학이, 나는 어쩌면 좋은가?」

그는 충혈된 눈으로 호소하듯이 나를 바라보았다.

「어쩌다니, 뭘 말이야?」

「옛 동지들이 나를 가만 두지 않을 거란 말이야.」

「글쎄……」

나는 말끝을 흐렸지만 태오가 염려하는 것은 이미 사실로 나 타나고 있었다. 동지들이 그를 찾고 있었다. 그는 현재 도망 중 이었다.

「그 친구들……나를 죽일 거란 말야. 나는 죽어 마땅해.」

그는 좀더 격하게 흐느꼈다. 나에게 동정을 바라고 있는 것이 역력했다.

「병학이, 염치없는 말이지만……나좀 도와 주게! 정말 부탁 이네!」

「글쎄, 내가 어떻게……」

나는 거북해서 일어나고 싶었다. 그러자 그가 다시 내 손을 움켜쥐었다.

「부탁이네! 일본에 갈 수 있게 손 좀 써 줘! 그 길밖에 없을 것 같아서 그래.」

「그건 안 돼!」

나는 단호하게 말했다. 동시에 심한 모욕감을 느끼고 분노가 일었다. 사람이 달라졌다 해도 이렇게 달라질 수가 있을까. 그러나 태오는 물러서지 않았다.

「그렇다면 동지들에게 잘 좀 말해 주게! 자네는 앞으로 큰일을 할 사람이고……자네라면 그들을 설득할 수 있을 테니까!」

「나는 그런 말을 할 입장이 못 돼.」

「난 자네가 내 부탁을 들어줄 줄 알았는데……」

나는 입을 다물어 버렸다.

무거운 침묵이 흐른 뒤 그는 힘없이 돌아갔다. 나는 내가 너무 모질게 굴지 않았나 하고 생각했지만 잘 알 수가 없었다.

며칠 뒤 태오는 한강변 모래밭에서 시체로 발견되었다. 자살인지 타살인지 밝혀지지는 않았지만, 무척이나 살고 싶어하던 그가 그렇게 죽은 데 대해 나는 착잡한 심정을 금할 수 없었다.

〈끝〉

版權所有

DJ에게 보내는 편지

지은이　金聖鍾

펴낸이　金憲鍾

초판발행　2000년 7원 5일

초판인쇄　2000년 7월 10일

펴낸데　추리문학사

　　　　서울 강동구 천호3동 451산경빌딩 B동 502호

　　　　전화: 483-2115, FAX: 483-2116

등록 1988년 1월 8일 제5-115호

ⒸKim Sung Jong, Printed in Korea

ISBN 89-85351-62- 1　　　　　　값 8,000원